みしらぬ国戦争

三崎亜記

角川書店

目次

装画／jyari
装丁／青柳奈美

ユイ・エピソード1　流れ着くもの

「戦争なんて、ホントにやってるの？」

徴集者たちを乗せた送迎バスから降ろされたのは、目的地から五百メートルも離れた山の中だった。離合場所もないので、バスはユイ一人だけを降ろしてすぐに走り去った。

事前に地図でレクチャーを受けていなければ、脇道であることすら気付かないような、草むした小径《こみち》に入り込む。木々の天蓋《てんがい》から漏れこぼれた光の斑紋《はんもん》を道しるべにして、ユイは歩き続けた。

スニーカーの下で、折れた枝木が乾いた音を立てる。

やがて雑木林は途切れ、松が等間隔に植えられた造成林に変わった。四月の松林は鳴く虫もおらず、ひっそりと静まりかえっている。松は防風林としての役目を律儀に果たしているらしく、ユイの平衡感覚に挑むように、一方向に傾いて立っていた。風の気まぐれなのか、クモの糸からぶら下がった一対の松葉がクルクルと回転する様も相まって、異世界に迷い込んだ気分にさせられる。

海が近づいたことを、未知の動物の寝息のような不規則な潮騒《しおさい》が伝える。足元の地面が砂をはらむようになり、なだらかな丘を越えると、視界が一気に開けた。茫洋《ぼうよう》と広がる砂浜の向こうに、波静かな海が横たわっていた。水平線の彼方《かなた》に小さな島影が一つだけ浮かんでいるが、場所も知らされずにバスから降ろされたユイには、島の名前すらわからなかった。

「さて、始めるか……」

リュックから徴集業務用のスマホを取り出し、「業務開始」を送信した。海岸線に沿って歩き始める。波静かな砂浜の風景はのどかすぎて、ユイに今のこの国の現実を忘れさせた。気を改めて業務に集中する。足元を見つめ、漂着物を一つずつチェックしてゆく。流れ着いた「異物」を確認し、異常を発見したら業務スマホで撮影し、本部に送信するように言われていた。「国防」なんて言葉と、自分が関わることになるなど、想像したこともなかった。

とはいえ、内海のこのあたりの漂着物は木片や貝殻ばかりで、たまに人工物があっても、漁船や港から流れ着いただろう漁具のウキや発泡スチロールくらいのものだった。

業務に集中できず、ユイは顔を上げた。風が海面をドット絵のように細かく切り分け、光を乱反射させる。ユイはまぶしさに目を細めながら、海岸近くを見渡した。

「あれって……」

波間に漂う漂着物の姿に、思わず声を上げていた。波は焦《じ》らすように漂着物を行きつ戻りつさせる。待ちきれずに、スニーカーを脱いで海に入った。まくり上げたジーンズを濡《ぬ》らしながら、ユイはフジツボが付着したその木片を手にした。

「……やっぱり、あの浜にしか流れ着かないんだ」

記されていたのは、「遠藤鮮魚店」の文字。トロ箱の破片だろう。落胆を込めて、木片を水平線に向けて放った。

文字の記された漂着物は、ユイの心を望月《もちづき》さんに出逢《であ》った六年前の浜辺へと引き戻した。

同じ浜辺でも、ここは違い、海際まで迫る二つの山襞《やまひだ》の狭間《はざま》で守られた、弧を描いた小さな入り江だった。波に角を落とされた小さな丸石が重なり合う石浜には、波が押し寄せるたびに、少しだけ間を置いて、異国の打楽器を打ち鳴らすような音が響き渡っていた。その男性は、波打ち際の海と陸の境界線を辿《たど》るように、ゆっくりと歩いていた。ただ、足元だけを見つめて……。

「落とし物ですか？」

背後から声をかけると、彼は初めて顔を上げ、ユイと向き合った。髪の毛の半ばが白髪になっている、六十代くらいの男性だ。洗いざらしのグレーのコットンシャツに、ブラウンのチノパン。足元は濃紺のデッキシューズ。近所を散歩するような装いだが、使い込んだ服や靴はどれも、名の通ったブランドのものだった。

「良かったら、一緒に捜しましょうか？」

男性は心の起伏を見せようとせず、無表情にユイを見つめた。

「落とし物か……。どうしてそう思うんだい？」

暗い海の底で錆《さび》付いたような声だった。

「だって、さっきから海の方を一度も見ずに、下を向いて何か捜しているみたいだったから」

わざわざ海を訪れて、海に眼を向けない人なんていない。彼を惹《ひ》き付ける何かが浜にあるのだろう。男性は再び視線を落とした。

「確かに落とし物を捜しているよ。ただし、落としたのは私ではないがね」

ユイに向けた言葉のはずだが、まるで自分に言い聞かせるようで、返答に困ってしまう。視界に入っていても、心の視野にはまだ、ユイは映っていないのかもしれない。

「一緒に歩いてもいいですか？」

返事もせずに、散歩にしてはゆっくりした足取りで、男性は歩きだす。貝殻、発泡スチロールの欠片《かけら》、漁具のブイやウキ、そしてペットボトルにプラスチックと、波打ち際の風景はずいぶんとカラフルだ。だけどその色の乱舞は、用済みとなって捨てられ、誰の下へも行き着けない、不毛な鮮やかさだった。男性の歩みは、後ろを歩くユイを拒むようでも、受け入れるようでもない。何かが彼の、外に向けての感情を虚《うつ》ろにしている。

「この浜だけなんだ……」

独り言のようなその呟《つぶや》きは、波音にかき消されそうだった。

「海の向こうのどこかで使われている、誰も知らない文字の記された漂着物が、この浜だけに流れ着くんだよ」

「誰も知らない文字……」

「いや、誰も興味を持っていない、見捨てられた文字と言った方がいいかもしれないね」

ユイは思わず、胸元に隠したペンダントヘッドを服の上から握りしめていた。

「だけど、こんな時代に、誰も知らない文字だなんて……」

動揺を必死に抑え込んで、ユイは取り繕った声を発した。声の震えを、石浜の奇妙な波音がかき消してくれることを願いながら。

「ほとんどの人は、そう思うだろうね」

男性は足元を見つめたままで、ユイの否定を気にするそぶりもない。

「人工衛星が飛ぶ現代に、誰にも知られず使われ続けている文字だなんて、あるはずがない。だが、この海岸に流れ着く漂流物に記されている文字は実際、世界のどんな文字とも違うんだよ」

淡々とした語り口は、不思議なことを不思議と感じさせない。男性は初めて海に顔を向けた。その瞳《ひとみ》は、海の向こうの、辿り着けないずっと遠くに向けられているようだった。

「君は、このあたりに住んでいるのかい？」

男性の口調に、少しだけ親しみが込められた気がした。

「一人旅の途中なんです。勤めていた会社を辞めたばっかりで、しばらくのんびりしようと思って」

「それは、何だか贅沢《ぜいたく》な時間の使い方だね」

「貧乏旅ですから。バイトをして、お金が貯まったら次の街に行くって感じで。今はスマホがあれば、その日の仕事が見つかるし」

ユイは問わず語りに自分のことを話した。新卒で入社したものの上司と反りが合わず、退職代行サービスで逃げ出したブラック企業のこと。何となく始めた貧乏一人旅の、旅先でのエピソード……。根無し草のような旅の日々で、ユイもまた、この浜辺にたまたま流れ着いたようなものだった。

不意に男性が足を止めたので、思わずその背中にぶつかりそうになる。彼はしゃがみ込んで、黒い海藻に埋もれた漂着物の一つを掘り起こした。

「遠くから旅をしてきたんだな……」

男性は手のひらに包んだ木彫りの人形に向けて、優しく語りかける。どんな子どもが、その人形の持ち主だったのだろう？　笑顔が半ば消えかけた人形の、海を越える旅を思う。迎え入れたこの浜からすれば、それは確かに「旅」だが、どこへ辿り着くかわからない人形からすれば、「漂流」に過ぎない。一歩間違えば、暗く深い海の底に引きずり込まれたかもしれない旅路は、どんなに心細く、孤独なものだっただろう。その遠さは、距離の遠さだけではない。想いの遠さだった。人形を失い、届かない場所に必死に手を伸ばす子どもの姿が、心にありありと浮かんだ。

男性の手が、丁寧に汚れを払う。ユイは思わず、その手元をのぞき込んでいた。

「これって……」

人形のおなかの部分の消えかけた模様は、折れ曲がった釘《くぎ》を組み合わせたような、独特の形だった。

「どうしたんだい？」

「えっ？」

のぞき込まれて初めて、自分が涙を流していたことに気付いた。ユイは涙を拭《ぬぐ》うことも忘れて、泣き笑いを浮かべた。それは、人形と自らの境遇とを重ね合わせた悲しみの涙であり、同時に、喜びの涙でもあった。

ユイは服の中からペンダントヘッドを取り出し、人形の横に並べた。そこに刻まれた「文字」は、人形のおなかの模様と同じ形状をしていた。男性は束の間、驚いた表情をした後、人形へ落としたのと同じ、優しいまなざしをユイに向けた。

「君も、同じ文字を探していたんだね……」

そんな望月さんとの出逢いから、六年の時が経った。あの時とは違う形で、ユイは今も海辺を歩き続けている。

「あんた、ここでなんばしよるとね？」

回想は、目の前に立ち塞《ふさ》がる人物に断ち切られた。腰の曲がったおばあさんだ。

「海に出ちゃ危なかよ。ゆーえぬしーからいつミサイルが飛んでくるかわからんとやけんね」

ことばの不穏さとは裏腹に、おばあさんはのんびりと水平線の向こうを見やった。この国を侵略する敵国〈ＵＮＣ〉も、訛《なま》りの強いおばあさんの言葉だと、何だか違うものに聞こえる。

「このあたりにも、ミサイルが飛来したんですか？」

「この浜には飛んで来とらんばってん、他の地区じゃ、えらい被害があったように聞いとるよ」

近隣地区にミサイルが落下した際には、安全確認のため三日間、海辺への立入が禁じられる。今はその期間からは外れていたが、最近は国民すべてが「自粛警察」になって、お互いの自由な行動を制限し合っている。ミサイルが自分の上に落ちてくるだなんて、誰も思ってなどいないのに……。

「あんた、このあたりじゃ見らん顔やねぇ。どこから来たとね？」

電車の駅も、バスの停留所も遠い、幹線道路からも離れた海岸だ。おばあさんの詮索《せんさく》は当然だろう。できるだけ住民とは接触するなと言われていたが、話しかけられたら、徴集業務だとは知られずに会話すべしとレクチャーされ、シミュレーションもしていた。

「旅の途中なんです。とってもきれいな砂浜だってネットの噂で聞いたんで、ちょっと寄り道して歩いてきました」

マニュアル通りに、ユイは答えた。架空の住所、架空の仕事、架空の家族構成、架空の旅行の理由――。誰に何を聞かれても即答できるように、偽りの人生は諳《そら》んじることができる。

「そげんね。戦……平和な時代じゃないとやけん、フラフラ遊び歩いとっちゃいかんよ」

「戦争」と言いかけたおばあさんは、慌てたように言い繕った。そう、今まさにこの国は「戦争中」なのだ。だけどそれを、誰も言ってはいけないことになっている。

「はい……。気をつけます」

頭を下げるユイに頷《うなず》いて、おばあさんは砂のこびりついたユイの素足を見つめた。

「まあだ水も冷たかとに海に入ったりしよるけん、ミサイルが怖くて、自殺でんしようとしたかと思うたばい」

「まさかぁ。ミサイル恐怖症だなんて、そんな恐がりじゃないですよぉ」

「そんならよかばってん……。そしたら、気をつけて帰らんね」

そう言って、おばあさんは背を向けてゆっくりと歩み去った。その姿が消えるのを待って、ユイは業務を再開した。スニーカーを手にしたまま、波打ち際を歩き続ける。

波音が、ユイの空白の過去を揺さぶる。記憶の始まりは、波音だった。幼いユイは、浜辺に倒れていた所を発見された。頭に残る傷と、共に流れ着いた船の残骸《ざんがい》らしき木片から、ユイに訪れただろう悲劇は容易に推測できた。だが、その日、国内で難破した船は確認されておらず、捜索願も出されていなければ、両親だと名乗り出る者もいなかった。頭の傷が記憶一切を奪い、過去への扉を開く唯一の鍵は、首から下げていた、誰も読むことができない謎の文字が刻まれたペンダントヘッドだけだった。

二キロほど続いた海岸線は、小さな港の防波堤で終わりだった。リュックから業務用のスマホを取り出し、「異常なし」を送信する。戦時中、いや「非平和状態」の今、ユイが感じ取れる「異常」とは、侵略者の上陸かもしれないし、漂流した不発弾の発見かもしれない。たとえそんな異常が見つかったとしても、武器一つ持たないユイに、いったい何ができるだろう。

そんな疑問を封じ込めるように、歩いた浜辺を振り返った。砂の上のユイの足跡は、満ちてきた波がすべて消し去っていた。

奥崎・エピソード1　顕戦工作

境界線。

奥崎《おくざき》は境界線を歩いていた。日常と非日常の境界線。平時と有事の境界線。そして、平和と戦争との境界線。

歩く目の前にあるのは、首都近郊の駅前繁華街の風景だ。チェーン店と個人経営の店が入り交じり、雑多で猥雑《わいざつ》で、少し窮屈なことが逆に居心地の良さになる駅前商店街が広がっている。奥崎が大学生の頃に一人暮らしをしていたのも、こんな場所だった。日々が平穏であることを当然として、それを平和と結びつけようともせずに安閑と暮らす人々が行き交う街だ。

民家の庭先からこぼれ咲く桜に足を止めて愛《め》でる人々を、奥崎は知らず知らずのうちに睨《にら》み付けていた。学生の頃、震度七の激震に見舞われた街にボランティアとして入ったことがある。壊滅した家々の瓦礫《がれき》の隙間を力ない足取りで歩く被災者たちは、希望も未来も寄せ付けようとしなかった。目の前の人々もそれと同じ、虚ろな表情であるべきなのだ。もちろん、歩く街並みに目に見える被災はない。それでも、今はこの国土すべてが、いつ灰燼《かいじん》と化すかもしれない戦場なのだから。

支給された「私服」は、グレーのパーカーにカーキ色のチノパンと、動きやすく、かつ市民の日常に溶け込む目立たないものだった。奥崎はこの地に長く住む住人を装って歩いた。周囲から見れば奥崎は、少し行儀悪く歩きスマホをしている若い男に過ぎない。スマホを模した通信端末には、作戦に従事する奥崎を含めた十人の位置情報や、本部からの指示がリアルタイムで表示されている。

奥崎たち工作班の行動は、地域の治安維持部署にも事前通達されていない極秘のものだ。不審な動きを見咎《みとが》められて職務質問でも受けたなら、通信端末は非常時用の「デススイッチ」を押せば文鎮化できるが、背負ったリュックの中には、見られたら一発でアウトな剣呑《けんのん》なシロモノが眠っている。

繁華街から住宅街へと景色が移り変わる頃、奥崎は端末をポケットにしまった。目的地までおよそ二百メートル。今日の工作ポイントは、二年前に閉鎖された国家施設跡地。事前のVR空間でのシミュレーション通り、表通りから死角となる南東の敷地境界の金網が侵入経路だ。

三分前に到着していた侵入路確保担当のSとKがすでにフェンスを破り、ハンドサインでクリアを伝えてくる。二人は使用した大型工具を分解してリュックに収納し、撤収に入っている。

同時に、それぞれ別方向からこの場所に向かっていた工作担当のN、Y、A、Mが姿を現した。侵入路から一人ずつ敷地内に入り込む。閉鎖された施設なので、警備員も監視カメラも存在しないのは事前に確認済みだ。

工作ポイントの配電施設跡に到着した。それぞれリュックから「部品」を取り出し、無言のままシミュレーション通りに組み立ててゆく。新任のNが初参加しているのもあって若干手間取ったが、それも誤差範囲内だ。通電を確認し、絶縁装置を干渉させて時限起動スイッチを取り付けたのち、絶縁装置を取り外す。ここまでで、想定工作時間三分三十秒プラス七秒。奥崎は工作班のリーダーとして、ハンドサインで撤収を告げる。振り返って背後の雑居ビルの屋上を見上げた。撮影班のF、Rも撮影完了を伝えてくる。

奥崎は起動スイッチを押し、残留物がないかを確認しながら最後に退避する。離れて周辺哨《しよう》戒《かい》を行っていたTに工作完了を送信し、来た時とは別のルートを辿って駅に戻った。起動時間は二十分後に設定しているので、奥崎たち工作班が爆発に立ち会うことはない。その時間にはもう散り散りになって、市民の中に溶け込んでいる。

駅のトイレで、ロッカーに入れていた自分の私服に着替え、本部からの指示通りに、私鉄とバス、地下鉄三本を乗り継ぎ、遠回りをして本部へと戻った。

窓の外で移り変わる風景を見るともなく流し去りながら、奥崎は思い出していた。五年前の、国家保安局入庁時のことを。

「この国は三年後、戦時体制へと移行することが想定されている」

能面のような表情で切り出された、当時の局長による訓示。「戦時体制」という降って湧いた言葉に、奥崎は狐につままれたような気分になったものだ。

それでなくとも、庁舎大ホールでの入庁式から隔離されるように地下会議室に集められて開催された式に、戸惑いを覚えていた所での局長の言葉だ。思えばその当時から、UNCは密《ひそ》かに、この国に見えない侵略の手を伸ばしていたということなのだろう。

来たるべき戦時体制について、奥崎たち特別対策班第一期生は、極秘カリキュラムによってたたき込まれた。まがりなりにも「平和」であった入庁時、それを自らの血と肉にするのには、長い月日が必要だった。

二年前、局長の言葉通り、戦争が始まった。海を越えてミサイルが飛来するようになり、今まで事故と思われていた国内施設の爆発や炎上が、敵国潜入兵士によるテロ行為であったことが表面化した。

攻撃を仕掛けてくる敵国については、その国名、位置、戦力や侵略理由など、一切が謎のままだ。そのため敵国は仮称として「Unidentified Neighbor Country（未確認隣接国家）」と呼ばれ、今では略称のＵＮＣが呼称として定着している。

正式な宣戦布告無きまま、この国は戦時体制への移行を宣言した。ほんの十日間で、その宣言は国家的配慮から白紙化されたが、今もまだ戦時体制は継続中だ。それ以後、この国は「非平和状態」というあいまいな表現によって、国境を封鎖し続けている。そして特別対策班は、そんな見えない戦争の最前線に立っているのだ。

通信端末に、工作地点周辺での「中規模パンデミック発生情報」が表示され、それに伴う移動制限と、インターネットの地域遮断情報がポップアップした。それはつまり、奥崎たちの工作が予定通りに「発覚」し、適切に処理されたということだ。

ターミナル駅が近づき、電車は地下へと潜っていった。窓景は消え去り、奥崎の目の前のガラスには、平和と非平和の境界線の上を生きる乗客たちの姿が映り込んだ。奥崎をねぎらおうとも、感謝しようともしない、守るべき無垢《むく》なる市民たちは、スマホにポップアップしたパンデミック情報を指先で弾《はじ》き飛ばし、戦争の恐怖など寄せ付けようとしなかった。

◇

対策本部は、都心の官庁街にある保安局本部から三十キロも離れた郊外にある、かつて変電所だった建物だ。役目を終えた施設を特別対策班が居抜きで使用している。地図上でもこの建物は変電所のままであり、地域住民もそう認識している。

それぞれ迂回《うかい》して帰路についた工作担当者全員の帰着を確認して、奥崎は作戦室Bに長島《ながしま》を呼び出した。工作班にNとして参加していた長島は、研修期間を経て、今日が初めての工作任務だった。

「長島、初の工作従事、お疲れ様。これから、帰還後の作業についてレクチャーしておこう」

「はい！　よろしくお願いします！」

長島の気負いと初々しさを、奥崎は好ましく感じた。

「工作活動は現地工作で終わりじゃない。事後の作業を完璧《かんぺき》に終えて初めて、工作活動が１００％の効果を発揮するんだ」

説明しながら端末に動画編集ソフトを起動し、撮影班の撮影データを取り込んだ。

「まずは撮影データの加工だ。撮影班は、敢《あ》えて固定アングルで、望遠機能も使わずに撮影している。名目上は、隣接する雑居ビルの防犯カメラの映像ということになっているからな。犯行現場も、たまたま映っていたって設定で、画面のすみっこになるように画角を調整しているんだ」

「は、はぁ……」

長島は返事をしながらも、要領を得ない様子だった。

「これを、編集ソフトを使って加工する。画質を敢えて粗くして、監視カメラ風に映像を汚していくんだ。これには、俺たち工作班の顔バレを防ぐって意味合いもある」

映像の中には、つい二時間ほど前の奥崎たち工作班の「犯行」の一部始終が記録されていた。

「そしてもう一つが、犯行声明文の作成だ。工作の規模や、外交トピック、周辺他国との緊張度の変化によって、犯行声明の色合いも変わってくる。作成後に、怒りレベル、恫喝《どうかつ》レベル、挑発レベルを調整して完了だ」

声明文のひな形は、罵倒《ばとう》型、冷笑型、皮肉型、泣き落とし型など、さまざまな口調がバラエティ豊かに取り揃えてある。

「犯行声明をどの政府機関に送りつけるかは、情報統制局が調整することになっている。文章データを作って情報統制局にメディアで手渡しするまでが、俺たちの役目だ。もっとも、この国は戦争状態ではないって他国への建前上、犯行声明が表に出ることはないがな。さあ、それじゃあ俺が横で見ているから、とりあえずやってみろ」

データのやりとりは、今ではクラウドが主流だが、間違っても外部に流出させられない最重要機密データだ。メディアで手渡しし、受け渡し後は即座に粉砕処理される決まりになっている。

「どうした長島。作業を開始しろ。こんなのは慣れが肝心だぞ」

促したものの、長島は椅子に座ろうともせずに立ち尽くしている。

「これじゃあ……。これじゃあまるで僕たちが、テロ組織みたいじゃないですか！」

長島の心からの叫びに、思わず苦笑した。二年前に、この工作に初めて参加した奥崎が言った台詞《せりふ》そのままだったからだ。

「なあ長島。お前、ＵＮＣの侵略部隊の姿って見たことあるか？」

「……いえ、ありません」

「そうだろう。俺だってそうさ。戦争なんてホントにやってるのかってくらい、奴らが姿を見せることはない」

奥崎は長島に見せつけるように、大げさに肩をすくめた。

「ＵＮＣの侵略行為への疑惑が芽生えたのは、政府が国境を封鎖する二年も前だ。それから時を経て、奴らの侵略行為はますます巧妙化している。俺たちの工作と違って、奴らは犯行声明を出さない場合もある。だから攻撃を受けてもそれと気付かず、事故や災害として処理してしまうことも少なくない。数ヶ月に及ぶ調査を経てやっと侵略行為だと判明することも多いし、いまだ単なる事故として警察の処理で完結しているものもあるはずだ」

日々、多発する事故や災害を隠れ蓑《みの》に、この国への侵略を繰り返すＵＮＣを思うと、心の中にどす黒い憎悪が湧き上がった。

「だからこそ、ＵＮＣがやったと国民にわかる形でのテロの痕跡《こんせき》を作り出さなきゃならない。それが、俺たちがやっている、侵略を顕在化させる工作……つまり、顕戦工作だ」

「だけど、それをわざわざ僕たちが捏造《ねつぞう》してまで、国民に知らしめる必要がどこにあるんですか？」

長島は、心の葛藤《かっとう》をそのまま奥崎にぶつけてきた。

「そうしなければ、国民の中に、国家存亡の秋《とき》であるという危機意識は芽生えない。そうして、いつのまにかこの国はＵＮＣに破壊され、蹂躙《じゅうりん》し尽くされ、取り返しのつかないことになってしまうぞ」

国民に、この国が戦時下にあることを知らしめ、危機感を植え付け続けること。それこそが特別対策班の使命だった。

「なあ長島。俺がこの部署に配属された頃は、まだＵＮＣっていう存在自体が世間には公表されてもいなかったんだぞ」

「そうか、先輩はその頃からずっと……」

「初めて顕戦工作に従事した時の絶望感や徒労感は、今のお前の比じゃあなかったぞ。戦時中だっておおっぴらに宣言できない状況ではあるが、今はＵＮＣの侵攻も無差別攻撃も、国民の誰もが理解している。たとえ最前線に立つのが俺たちだって認識されていなくとも、国民は皆、誰かが自分の代わりに立ち向かってくれていることを理解しているんだ」

長島はようやく、瞳の輝きを取り戻した。

「俺たちは、国家保安局の中の、存在しない組織だ。見えないUNCの奴らと戦うためには、俺たちも見えない存在になりきるしかない。相手の姿が見えないからって、自分の使命まで見失うな」

「はいっ！」

作業を見守りながらも、奥崎は暗澹《あんたん》たる思いに包まれていた。長島に語ったことは、絵に描いた餅《もち》でしかなかった。戦争開始から二年の月日が経ち、特別対策班の「顕戦化」の努力も空しく、見えない戦争に国民の恐怖心は薄れ、厭戦《えんせん》気分が蔓延《まんえん》していた。

ユイ・エピソード2　三種徴集業務

「アタシも今まで、いろんな仕事をしてきたけどさぁ……」

ルミさんは、目を保護する未来人みたいなゴーグルをかけて、すねの脱毛に余念がない。

「こぉんなわけわかんない仕事って、初めてじゃない？」

「まあ、そうですよね」

ルミさんが言うのも無理はない。毎日それぞれに担当と決められた浜辺でバスを降ろされ、ひたすら歩くだけなのだ。一応、「漂着危険物を目視確認する」という任務が課せられてはいたが、この業務が想定している「危険物」など、そうそう見つかるものでもなかった。張り切って危険物とこじつけてたくさん送信したところで賞賛されることもなく、何も発見しなかったからといって叱責《しっせき》されるわけでもない。

「まあ、楽でいいんだけどさ。目的ってやつがはっきりしないと、ルールを知らないスポーツでもやらされてる気分でさぁ、スッキリしないんだよねぇ」

ルミさんは脱毛器を棚にしまうと、ベッドに大の字で寝転んだ。

閉鎖されたリゾートホテルを一棟丸ごと借り上げた徴集者専用の宿舎だ。ファミリー向けの部屋はベッドばかりが三つも並んで殺風景でだだっ広く、一人でいるとなんだか心に隙間風が吹くようだった。それでユイは、業務終了後は仲良くなったルミさんの部屋に入り浸るようになっていた。

「まあ、こんなんでお金もらっていいのかって、ちょっと申し訳なくなっちゃいますけどね」

ユイはそう言って、小さく舌を出した。

「徴集業務従事者慰労金ねぇ……。もらってるって言っても、三種徴集者は、最低賃金の全国平均値だしねぇ。もっとも、一種とか二種の徴集を受けるよりは、よっぽどラッキーだけど」

音が無いと寂しいからという理由だけで付けっぱなしにしていたテレビに映された数字に、二人とも自然に目をやっていた。

――本日の新型ウイルス罹患《りかん》情報（確定値）
死者数　39名

重症者数　63名
軽傷者数　232名　――

「ルミさん。知り合いに、一種とか二種の徴集を受けた人がいるんですか？」

「まわりにはいないけどさあ、ネットの噂じゃ友達に赤紙が来て、行ったきり帰ってこないとか、二種の工場で大怪我したとか、イロイロと聞こえてくるじゃない？」

一種徴集は、一世紀近く昔の戦争で言う「赤紙」で、二種は兵器を作る工場での危険な作業に従事するという噂だ。

「ホントだったら、ユイちゃんと外で飲んだりしてみたいとこだけど、徴集業務だから、そこだけはお堅いのよねぇ」

全国から集められた三種徴集者の研修では、業務内容よりもむしろ、業務時間外の禁止行動についての説明の方が長かったくらいだ。本名を名乗らないこと。徴集者同士で業務時間外に連れだって外出しないこと。出身地の方言を使わず標準語で話すこと、などなど……。

「一緒に夜遊びなんかしたら、それぞれ一人旅中って設定が崩れちゃうからでしょうね」

ルミさんは脱毛を終えたすねを触りながら、不満そうに首を振る。

「その設定ってやつもよくわかんないよね。そんな大層な業務でもないってのに、どうして偽名を使って、まるっきり違う人物を演じなきゃいけないんだか」

「それはやっぱり、機密保持のためじゃないんですか？」

ルミさんは大げさに笑って、ベッドの上ででんぐり返しした。

「こぉんな浜辺を歩くだけの業務に、どんな機密があるっていうのよ」

「そうですよねぇ……」

ユイは苦笑いで返すしかなかった。

「まあ、二ヶ月続いたこの業務も、この五月いっぱいで終わるから地元に戻れるんだけどさ。戻ったところで、この戦……非平和状態じゃ、いつミサイルやテロで移動制限がかかるかわからないし、地元の観光地も自粛警察とか不謹慎モンスターばっかりで、遊びにも行けないしさぁ。息が詰まるよ」

ユイはあいまいに頷いた。ルミさんは知らない。ユイが非平和状態になってから二年にわたって、さまざまな徴集業務に従事し続けていることを。

二人のスマホが、同時にメッセージの受信を告げた。居住まいを正してスマホと向き合ったルミさんは、すぐになぁんだって顔になって、そのままスマホでネットサーフィンの態勢だ。だけどすぐに、スマホをベッドの上に放り投げた。

「まぁったく、カホゴのせいで、ネットもつまんなくなっちゃったしさぁ」

ルミさんは大きく伸びをしてTシャツからおへそをのぞかせた。

「ところで、カホゴカホゴって言ってるけど、何の略だっけ？」

「ええっと、たしか……、『ネット空間を快適に保つための環境保全五原則』だったと思います」

「それそれ。なぁにが『快適に保つ』よ！　ぜんっぜん、快適じゃないじゃない！」

ルミさんは枕を振り回して、親の敵《かたき》とばかりにスマホに向けて振り下ろした。カホゴは、非平和状態になってすぐ、「国民生活の安全を維持するため」という名目で始まった制度の一つだ。

「法律で決まったってんなら、まだ納得できるけどさぁ、またあれでしょ？『遵守を強く推奨する』なんてお偉いサンの言葉一つで決まって、スマホとかネットの会社が、ははーっ！ってひれ伏して従ってるってだけでしょ？　結局、非常時にかこつけて、ネット規制がしたかっただけじゃないの！」

枕の連打にも、耐久性が売りのルミさんの最新スマホは知らん顔だ。

「昔の戦争の時にも、検閲って制度で、本当の情報を隠したりしてたって話ですけど……。それとはだいぶ違いますね」

カホゴ下での検閲官はＡＩだ。政府や社会への不満をネットに書き込もうとしたら、ＡＩがそれを瞬時に判断して、「本当にいいですか？　後悔しませんか？」と何度も形を変えて念押ししてくる。その発言が世に広まった場合の炎上可能性やリスクまで、予測して提示してくるのだ。はじめは意地を張って「表現の自由」を行使していた人々も、その煩わしさに、本音を書き込むことを諦《あきら》めてしまっていた。

「一種徴集を受けたなんて書き込みをしてる人って、過保護な親を押しのけて、どうやって書き込んでるんだろう？」

子どものやることにあれこれ口出しする過干渉な親のように、おせっかいで押しつけがましいネット環境保全五原則は、「カホゴ＝過保護」と略称されるようになっていた。

「……ところで、そろそろ鳴るかな？」

ルミさんがそう呟いた矢先、二人のスマホのアラート通知が同時に鳴り響き、テレビの音量が自動的に上がって臨時放送に切り替わった。

「カンボーチョーカン様の臨時放送だよ」

うんざりしたように言って、ルミさんは首を振った。ウマヅラハギという魚にそっくりな官房長官は、深く刻まれたほうれい線のせいで、口を開くと腹話術の人形がしゃべっているようだ。

「本日午後八時十六分に、UNCからの未確認飛翔物体が、本土西方域に飛来し、落下した」

用意された文章を読み上げるだけで、事態の緊迫性は伝わってこない。水族館の分厚いガラスの向こうから話しかけられているみたいで、国民に寄り添う感情を表情筋に乗せる気は一ミリもないようだ。その姿はアバターで、本当の官房長官とは似ても似つかないという噂もあるけれど、本当だろうか。

「まったく、UNCの奴も、好き勝手にやってくれるもんだねぇ」

ルミさんはテレビ画面には見向きもせず、気のない声だ。UNCは何か小難しい言葉の略称で、敵国がどこにあるかもわからないからこその仮の呼称だった。だけど、「未確認飛行物体」のUFOが「空飛ぶ円盤」の代名詞になったように、UNCもすっかり、敵国の名前として定着してしまっている。

「着弾地点および我が国の被害については？」

記者からの質問も、判で押したように毎回同じだった。

「着弾地点および被害状況については、国民感情保護の観点から、開示を憂慮すべき情報であると考えている」

「あらまあ、とってもお優しいことで」

ルミさんが画面に向かって嫌みを言った。ミサイルやテロの被害者数は決して公表されない。その代わり、「ウイルスの罹患者」という名目で被害者数が発表される。この国はあくまで、未知のウイルスの蔓延によって国境を封鎖しているってタテマエだ。戦争をしていることが他の国に知られたらマズいということらしい。

「ミサイルなんて落ちもしないし、戦争って本当にやってるの？」

ルミさんが呟いた。戦争が始まった当初は、ミサイル着弾の通知が来るたびに飛び上がってテレビやスマホで確認していたが、二年も経つと警戒心もすっかり薄れてしまっている。

ルミさんは一度放り投げたスマホを再び手にした。

「それにしても、ミシラヌの人たちも、おせっかいなことだね」

「ルミさんも、ミシラヌのアカウント、フォローしているんですね」

「だって、外しても外しても、ゾンビみたいに復活してくるんだもん。面倒くさくって放置してるだけ。ユイちゃんもそうでしょ？」

Ｙ０６３９５１５Ｓという、登録時に割り当てられた初期番号のままのＳＮＳアカウントがミサイル情報を発信しだしたのは、非平和状態が始まってすぐだった。その情報はいつも政府の発表よりも早く、より絞り込んだ落下予測地点も含まれていた。

プロフィール欄も空白のままで、ドロップされるのは、どことも知れない風景の写真と、ＵＮＣのミサイル発射情報だけだ。非平和状態が始まった頃は、いつ、どこに落ちるかわからないミサイルへの恐怖もあって、人々はそのアカウントを、ＵＮＣに近接する国家が善意で運営しているものだと信じ、こぞってフォローしたものだ。この国に救いの手を差し伸べてくれる「見知らぬ国」から、いつしか「ミシラヌ」と呼ばれるようになっていた。

だけど戦争開始から二年が経った今、ちっとも終わらないし、勝ってるのか負けてるのかもわからない戦争に、みんな飽き飽きしていた。戦争は、どこか遠くで起きているように、誰もが他人事《ひとごと》だ。ミシラヌをユートピアだなんて信じているのも、臆病な一部の「信者」たちだけになっていた。ミシラヌ・アカウントがゾンビ化しているのも、信者たちが強制的にそのアカウントをフォローさせるウイルスを作って広めているからって噂だ。

「まあ、ミシラヌからのミサイル情報の方が五分以上早いから、ミサイル警報のアラートにびっくりしなくっていいんだけどね」

ルミさんの言葉は、ゾンビ化したミシラヌ・アカウントをフォローさせられている人々の心を代弁したものだった。

「しかたない。暇つぶしに、ミシラヌのコミュニティでものぞいてみるか」

ルミさんはスマホを熱心に操作しだす。なぜかミシラヌに関してだけは、「カホゴ」のおせっかいを受けることもなく書き込むことができるらしい。ミシラヌのコミュニティ内では、信者たちによって、どうやったらミシラヌに渡れるかという熱心な議論が繰り返されていた。それを生ぬるい視線で見守り、おちょくるのが、フラストレーションが溜《た》まった人々の憂さ晴らしになっていた。

「どうやったら行けるんでしょうねぇ、ミシラヌって」

「何だか、ミシラヌに渡るための特別なパスポートがあるんだってさ。馬っ鹿馬鹿しい！」

薄ら笑いを浮かべて、ルミさんは信者たちをからかう書き込みに夢中になっている。

「もっとも、アタシも一種徴集の赤紙なんて来たら、ミシラヌへの亡命を真剣に考えちゃうかもぉ！」

それは、ミシラヌ信者を装う定番過ぎる会話の一つだった。

「ところで、ユイちゃんのサイト、けっこう話題になってるみたいじゃない？」

ミシラヌ信者ごっこにも飽きたのか、ルミさんはユイの個人ホームページを閲覧しだしたようだ。

「ええ、ルミさん も、お友達にどんどん紹介してくださいね」

「それじゃあ、しっかり紹介料をいただかなくっちゃねぇ」

サイト内の動画を開いたのか、ソラの歌が流れ出す。

「誰も知らない文字と、どこでもない国の言葉で歌われる歌かぁ……」

そう呟いたルミさんは、少し意地悪な顔を、ユイに向けてきた。

「ねえ、もしかして、ユイちゃんの探している文字って、UNCかミシラヌのものなんじゃないの？」

「もう！　そんな意地悪、言わないでくださいよぉ！」

ユイは大げさにむくれて頰を膨らませた。自分の人生をかけて追い求めている存在を、この国に攻撃を仕掛ける敵国や、手垢《てあか》のついた妄想の国なんかと一緒にされてはたまらない。

ユイはルミさんに「おやすみなさい」と告げて、自室に戻った。そろそろ、ソラと約束したビデオ通話の時間だった。今週いっぱいで、この徴集業務も終わる。そうしたらまた、望月さんにも会いに行こう。今は一人でも多くの人にサイトにアクセスしてもらって、文字と歌のヒントを得ることだ。記憶から消えた空白の過去を取り戻すために……。戦争なんて、ユイにとっては遠い世界の出来事だった。

奥崎・エピソード2　H公園

「犯行声明」のデータ受け渡し場所は、毎回異なっていた。今回、情報統制局側から指定されたポイントは、首都中央駅から二駅離れた地下鉄駅の構内だった。

——本日の新型ウイルス罹患情報（速報値）

死者数　25名

重症者数　71名

軽傷者数　１９４名——

靴紐《くつひも》を緩めながら、車内の電光掲示板の表示を確かめる。

ＵＮＣに侵略を受ける戦争状態であることを公的に宣言すれば、輸出入が滞るのはもとより、外交的な不自由・不利益が生じ、戦争状態にかこつけて我が国の領土を掠《かす》め取ろうとする周辺国家との軍事的緊張が高まることは目に見えていた。

そのため国際的には、この国は未知のウイルスの蔓延によって国境を封鎖すると宣言し、国内外の人や情報の行き来をシャットアウトしている。ミサイルの飛来だけは、「未確認飛翔物体の飛来」として飛来地を特定せずに公表されるが、実際のミサイル着弾被害地や無差別テロ発生地は、「ウイルスによるパンデミックの発生地」として封鎖される。日々公表されているウイルス罹患情報の数字はそのまま、ＵＮＣの侵略による死傷者数だった。

戦時下（非平和状態）となってからの累積死者数は、二万人台に及ぶ。その死者が、不当に命を奪われた侵略被害者であると公表できる「終戦」の時を一日でも早めるために、奥崎たちの暗闘は続く。

十六時四十三分着の電車を降りた奥崎は、ほどけた靴紐を直しがてら休憩するふりをして、ホームの端のベンチに座った。二分後、島式ホームに逆方向の電車が到着し、スーツ姿の男が一人、ベンチに鞄《かばん》を置いた。会議の資料でも確認する様子を見せて、すぐに立ち上がる。立ち去る男の鞄には、奥崎が渡した封筒が入っていた。

これで、受け渡しは完了だった。

直帰しようとして、ふと思い立ち、改札を出てH公園に直結する14番出口の階段を上った。出口の先には管理事務所があり、事務所を閉じる時間なのか、掲揚台では管理員の紐の操作で国旗が下ろされてゆく所だった。

「落ち日の国の旗か……」

かつてこの公園では、国旗の日の丸が旗の下端にひび割れた姿で描かれた「没落旗」が、大量に翻っていた。非平和状態が訪れるまで、この国はそんな没落のイメージと共に語られる国に成り下がっていたのだ。十五年前の、全世界に広がった疫病での経済停滞は世界中で同じだったが、その停滞から抜けきらないうちに訪れた二度の大震災が致命的だった。復興費用の経済圧迫によってスタートダッシュが遅れ、疲弊した国民もまた、国家を未来へと進める推進力とはなり得なかった。経済構造改革の遅延や社会保障費の増大など複合的な要因によって他国の発展から置いてきぼりになり、かつて背中を見せていた国に追いつかれ、今度はその背中が遠ざかってゆく焦燥と失望。萎縮《いしゅく》し、疲弊し、自信を失った国民と、旧弊と既存の権力構造を変革できず、国民を鼓舞も後押しもできない機能不全となった政府。この国は、身体《からだ》の各所に病巣を抱え、もはや手術にも耐えられない末期患者と同じだった。

さまざまな問題で絡まり合った糸を誰もほぐすことができないまま、それでも進み続けるしかなかったのだ。いつかがんじがらめになって、この国が立ちゆかなくなるだろうことは誰もが気付いていた。だが、立て直すことなどできないまま、少し糸をほぐしては二、三歩前に進み、余計に絡まって踏みとどまる――そんなことを繰り返してきた結果、この国は他国から「落ち日の国」と呼ばれるまでになった。

そんな現実を前に、自暴自棄となった国民の間には、両極端な反応が起きていた。過激指向とモラトリアムだ。

過激指向の「没落旗族」が出現した発端は、ある一つの無差別殺傷事件だった。被害者の一人がたまたま政権を擁護する御用学者だったことから、犯人の男はダークヒーローとしてもてはやされた。男が警察に確保されたのが、官庁街にほど近いこのH公園だった。男は犯行時、白無地のTシャツを着ており、返り血を左裾《すそ》に丸く付けた姿で悠然と歩く動画が拡散されると、それ以後、男が着ていたシャツの返り血をイメージし、国旗の日の丸が落下してひび割れた「没落旗」がデザインされた。

「没落旗」を掲げての殺傷事件が相次ぎ、それは、犯罪に手を染めることを躊躇《ちゅうちょ》させる家族も、社会的地位や信用も、そして倫理観もない「無敵の人」であるということを誇示する象徴的なアイテムとして広まった。没落旗を掲げた者はアンタッチャブルな存在となり、「没落貴族」をもじった「没落旗族」と呼ばれるようになった。

一方で、モラトリアムな連中はその真逆だった。働き口がないわけではなかったが、どんなに働いても公的扶助以下の賃金しかもらえないのだ。賃金は上がらず、社会負担は増え、物価は際限なく上がり続ける――。そんな社会で働く気を無くした若者たちは、スマホで見つけた短期バイトで最低限の日銭を稼いでは、後は日がな一日、公園の芝生の上で寝転がるようになった。彼らは決して起き上がらない「不起族」と称された。それは、社会のどこにも帰属しないという

「不帰属」とのダブルネーミングでもあった。もっとも彼ら自身は自分たちを、社会のしがらみを超越した高貴なる種族「富貴族」と呼んでいたが。

このH公園では、手製の旗を掲げた没落旗族たちが噴水広場で、いつでも官庁街に突撃するぞと不気味な笑みを浮かべてたむろし、その横の芝生広場では、行き場を失った不起族たちが、何をするでもなく芝生に寝そべり続けていた。それはどちらも、政府への不信と将来への不安が極限に達した「未来ある」若者たちの、両極端な姿だった。いつしか二つの広場は、「合わせ鏡の広場」と呼ばれるようになっていた。

H公園の現状が報道されると、その風潮は全国に広がっていった。各地の公園は軒並み、二つの「貴族」によって占拠されてしまった。どちらも組織化されて集まったわけではないので、集合したからといって大きな騒動に発展するわけではなかった。だが逆に組織化されていないことが、排除の動きを限定化させた。ただ旗を掲げるか芝生に寝転ぶだけの人々を、規制することもできなかったからだ。

国民の多くもまた、積極的な賛同か消極的な黙認によって与《くみ》した。彼らは国民の物言わぬ代弁者だった。モラトリアム的厭世観が浸透するにつれ、失業率や公的扶助受給比率は上昇し、国内総生産も景気指数も出生率も、予測を超えて下がっていった。この国がいずれ形だけの空洞国家となって瓦解《がかい》することを、誰もが暗い薄笑いを浮かべて待ち望んでいるような、末期的状況だった。

だが今、二派の「貴族」たちは、このH公園にも、全国の公園にもどこにもいない。戦時体制の到来によって消え去ってしまったのだ。過激行動を起こした者から一種徴集され、UNCからの攻撃の矢面に立たされるという噂が広がった。そして実際に没落旗族の中心人物たちが姿を消すと、噂は現実として固定化され、彼らは旗を手放し、公園にも寄りつかなくなった。

それは不起族も同様だ。職業登録をしていない失業状態の者から一種徴集されるという噂の前に、寝そべっていた身体を慌てて起こして、アルバイトや派遣登録に奔走する根性の無さだった。

実際の所は、彼らのほとんどは現在、三種徴集業務に従事させられているはずだ。戦争遂行の後方支援業務とされているが、その業務は戦争の遂行には何ら寄与していない。制御しづらい二派の「貴族」のムーブメントを終焉《しゅうえん》させ、同時にお仕着せの単純労働に従事させることで、懸案だった高止まりした失業率を抑制するという、一挙両得の施策だ。攻撃性とサボタージュで国家のあり方に異を唱えていた彼らが、「落ち日の国」の由縁の一つだった高い失業率の解消に大きく貢献しているのが、何とも皮肉だった。

「あれから五年……、いや、八年か」

この公園は、学生時代の恋人と付き合うきっかけになった場所であり、最後に会った場所でもある。

彼女との出逢いは、大学一年生の夏休み、政府主催のセミナーの場だった。その年から始まったプロジェクトで、省庁を横断して学生向けの体験型アクセラレーション・プログラムがさまざまに組まれていた。国家省庁への入庁も将来の選択肢に入れていた奥崎は、特に期待も気負いもなく、参加を申し込んでいた。

セミナーは十日間続き、内容は多岐にわたった。予算消化や活動実績作りのためのイベントにありがちな、有識者講演やワークショップでお茶を濁す着ぶくれした内容ではなく、行動心理学に即した自己マネジメント実践の側面もあったし、問題思考のプロセス化のシミュレーションや、行動レベルの意識付けによるコンピテンシー思考体験など、充実した内容だった。参加した側の奥崎からしたら、身につけた学力や知識・経験とは別次元の、何らかの能力を測られているような気分になったものだ。

将来の入庁に有利になると噂が立って、参加希望者が膨れ上がった開催四年目で、セミナーは突然に終了し、その翌年、奥崎たちの入庁した頃から秘密裏に、戦時体制に向けての組織変革が実行されていった。今にして思えば、セミナーで測られていたのは、奥崎の国家観であり、統治観であった。つまりは、非常時を担う人材を見極めるためのものだったのだろう。

最終日のディスカッション・トークでは、主催者側から割り振られたテーマのもとに集い、十日間で実装された新たな「自分」を持ち寄って語り合った。萎縮せず自由に発言してもらうためか、トークルームに主催者側の人間はおらず、別室のモニターで観察するスタイルだ。テーマは、「国家の幸福と個人の幸福」と設定されていた。

奥崎はしばらく聞き手に徹した。つまらない主張ばかりだったからだ。大学生になった万能感と、社会を知らない未熟さとが、学生たちに理想論を大言壮語させていた。夢や希望という言葉で、世間知らずや知識不足を都合良くディフォルメして恥じることのない、若さという翼の力を過信している輩《やから》ばかりだった。

「そんなキレイごと、あのH公園でたむろしてる奴らに、どれだけ実効性があると思ってるんだ？」

奥崎は敢えて挑発するように言って、その頃から公園に出現しだした二派の「貴族」を引き合いに出した。希望のない社会とはすなわち、幸福の自己設定が難しい社会だと定義し、その上で、「国家の幸福」と「個人の幸福」とを両立させるためには、没落旗族たちのような、行動力を持ちつつも方向性を間違った層の意識改革が必要だと主張した。彼らを一種の矯正施設にたたき込んで明確な目的を持たせ、国家の推進力として利用すべきだと。

「幸福に向けての努力を放棄すると自ら宣言している奴らだよ。ねじ曲がった幸福観は国家が摘み取って、矯正してやることさ。長い目で見れば、彼らにとっても幸福なんじゃないかな？」

他の参加者は暴論を聞いたように肩をすくめ、そこから議論が発展することはなかった。参加しているのは一流大学の学生ばかりで、奥崎のようなFラン大学から参加している者は皆無だった。彼らが奥崎に向ける視線は、一般人が没落旗族に向ける視線そのままだ。バカにしやがって……。奥崎は奥歯を嚙《か》みしめた。

「今の社会現実に即した、実践的な幸福論ですね」

そんな中、同じく大学一年生の女性だけが、奥崎の暴論を肯定的に受け止めた。

「ですが、私はむしろ不起族の、自己主張なく、寄る辺なく日々を生きているだけの人々に注目したいですね。モラトリアムの代表のように思われがちですが、彼らはただ、自分で自分の幸福を見つけることができない不器用な人たちなのではないでしょうか。たとえ幻想であっても、今の人生をささやかだけれど幸福だと思わせる仕掛けができれば、彼らは立ち上がって、国家を幸福に導く推進力になってくれるはずです」

「不起族だって？　あんなやる気のない怠け者たちに幸せの幻想を押しつけたところで、国を下支えする力なんか持てっこないさ」

奥崎はささくれ立った心のまま、相手を睨んだ。しかし火花を飛ばすかと思った視線はぶつかることなく、好奇心と探究心とをたたえた理知的なまなざしに搦《から》め捕られた。奥崎にとってディスカッションとは格闘技だった。相手をたたきのめすか、寝技で抑え込むか……。だが彼女はまるで、ポーカーのテーブルで奥崎の持ち札を透かし見るように、瞳の輝きをこちらに向けてきた。

「押しつけられた幸せだと、思わなかったとしたら？」

「え？」

「例えば一週間、奥崎さんの行動範囲を予測して、その予測範囲の外すべてを高い塀で囲ったとします」

彼女は奥崎の名札を確かめて、そんなたとえ話を始めた。モニターの向こうの主催者側は、二人の意見の応酬をどんな風に評価しているのだろうか。

「俯瞰《ふかん》して見れば、奥崎さんは塀に囲まれた、束縛された日々を送っていると言えますね。ですが奥崎さんは塀の存在を認識することなく、自分の意思で行動し、自由に生きていると感じています。この時、奥崎さんは幸福なんでしょうか、それとも、不幸なんでしょうか？」

謎かけをするように、彼女は首を傾げて笑いかけた。その瞳に、反発するのと同じくらい、引き込まれていた。二人の意見は真っ向から対立したわけではない。「幸福」という重く巨大な石を動かすために、強い力を持った者を鞭《むち》打って推進力とするか、力が弱くとも何百人もの人間に重さを感じさせないようにして運ばせるか……。手段こそまったく違ったが、見据える先は一緒だった。

だからこそお互いが印象に残って、セミナー終了後に、奥崎から声をかけていた。会場はH公園に隣接したホテルだったので、公園のベンチに座って話した。自己紹介という互いの輪郭をはっきりさせるための儀式もなく、二人は会話を弾ませた。若さについて、互いの夢について、この国の未来について……。彼女は予想外の反応で、奥崎を導く。心の奥の形が変化して、そこに彼女がすっぽりとはまったような心地好《よ》さだった。

それから時折、時間を合わせて会うようになった。一般的な若い男女の仲の深まりとは一線を画していただろう。周囲の恋人たちが遊園地や映画デートをする感覚で、裁判を傍聴し、被災地にボランティアとして赴き、地方再生に取り組む団体の活動に参加した。お互い、流行《はや》りの「自己啓発」には興味がなかった。社会運動や政治活動、事件の現場に身を置いては二人で語り合い、いずれ立ち向かう社会という器の中での、自らの立ち位置と歩き方を模索するフィールドワークを続けた。互いに心の鍛錬を競い合い、認め合う中で、男女の機微ではなく、人間としての機微を近づけていった。

隣り合ったブランコを揺らしていて、たまたま揺れの振り幅が揃い、ひとときの伴走者となって同じ方向に向かっている感覚だった。いつか互いの揺れが変わり、離れていくまでの関係なのだと、奥崎は心のどこかで理解していた。夜中にふと目覚めて、月明かりに照らされた彼女の裸身の背中が、彫像のようにほの白く輝く様を眺めながら、切なくも、定めのように受け入れている自分がいた。

奥崎は、彼女の歩く姿が好きだった。一歩ずつにしっかりと意思を介在させたような、今の一歩を何年も先の未来の一歩と結びつけるような、浮遊感と安定感を併せ持つ歩み……。わざと遅れて歩いて彼女の歩みを眺めていると、彼女は振り返って立ち止まり、二人の距離を測るように手を差し伸べた。そんな時、追いかけて手を握っても、決して追いつけない気分になったものだ。その切なさは、一人で歩くようになった今も、鮮やかな静止画のように心によみがえる。

思い出を辿りながら公園を歩いていた奥崎は、階段を見上げて立ち止まった。公園に隣接した丘の上には、小さな神社があった。小さくはあるが、勝負事の願掛けで有名な神社だ。急すぎる参道の石段を、奥崎はゆっくりと上った。

最後に彼女に逢ったのも、この場所だった。大学四年生の就職活動の合間に、リクルートスーツ姿で落ち合ったのだ。二派の「貴族」たちのムーブメントが最高潮に達していた頃で、広場には近づけなかった。神社の境内から見下ろす「合わせ鏡」の映し出す社会はますます混迷を極め、「個人の幸福」と「国家の幸福」は、より切実な命題として二人の前に横たわっていた。

「向き合わなきゃならないんだよね、これから。人々をあの行動に走らせる現実と……」

「社会そのものの構造を変えれば、あいつらは自然にいなくなるよ。そのために、俺たちは働くんだろう？」

　そんな時代だったからこそ、お互い省庁への入庁を希望していた。「安定した就職先」としてではなく、「最も効果的に自己実現できる環境」を目指して。とはいえ、彼女とは受けた試験のランクも違えば、広がる未来も違う。彼女は気にしたそぶりも見せなかったが、奥崎の心にはいつしか、卑屈な思いが芽生えていた。奥崎が国家機関で働くことを決めたのも、彼女の影響があったことは否めない。二十二歳の自尊心は、それを認められるほどに成熟してはいなかった。入庁が決まったことを告げることもなく、自ら彼女から離れていったのだ。

　そして彼女もまた、奥崎の前から姿を消した。入庁者名簿のどこにも、彼女の名前はなかった。彼女の携帯の番号もアドレスもいつのまにか変わり、音信不通となっていた。そうなって改めて、奥崎は彼女のことを何も知らなかったことに気付かされた。出身地も家族構成も、大学で何を学んでいたのかも。自分から離れたつもりだったが、本当は彼女に、そう仕向けられていたのではないか。今となっては、そうも思えてくる。

　それから五年が経ち、改めて境内から公園を見下ろす。戦争が始まり、公園の奇妙な占拠者たちは消え去ったが、今度は自粛警察や不謹慎モンスターによって「非平和時に公園で遊ぶことはけしからん」という風潮が形成された。五月の花壇に季節の花が咲き誇ることもなく、公園は本来の役目を忘れて静まりかえっている。

神社の絵馬掛けは、絵馬が重なり過ぎてすっかりメタボリックになってしまっていた。学生の頃に訪れた際には、恋愛成就や、推しのアイドルの成功を願う絵馬が多かったことを覚えている。


——ミシラヌに行けますように——

——ミシラヌにつれて行ってください——

——家族揃って、ミシラヌに渡ることができますように——


絵馬は見事なまでに、「ミシラヌ」の文字で埋め尽くされていた。非平和状態の今、絵馬は打倒UNCや、平和を願うもので溢《あふ》れていてしかるべきなのに。

「ミシラヌ幻想か……」

UNCの侵略行為が表面化すると同時に、その幻想は広がっていった。願望が形を持つことはある。だが、ミシラヌ幻想の形は、どこかいびつだった。この世界のどこかにある、「見知らぬ国」。それがミシラヌの語源だ。国家なのか、ある特定の地域なのかもわからないし、確かに存在するという具体性があるわけでもない。そんなあやふやなものを、どうして人々は信じてしまったのだろう。

没落旗族も不起族も、戦時体制下で消えてしまった。だがそこに存在した不安や怒り、諦めや願望は、目に見える行動が消えてしまったからといって霧消するわけではない。仕掛けられた戦争という理不尽と、ミサイルやテロによるリアル過ぎる「命の危険」、その二つの鉄蓋によって、強引に封じられただけだ。鉄蓋の隙間から立ち上る煙のようなものが、ミシラヌ幻想ということだろう。

　実体のない幻想に形を与えたのは、人の弱さだ。一人一人の行動の帰結を「平和」と結びつけるだけの気力も能力もなく、ただただ現実逃避願望だけで形作られた蜃気楼《しんきろう》の国、ミシラヌ。

　だが、奥崎はミシラヌ信奉者たちをさげすむ気にはなれなかった。どんなに愚かな妄想だとしても、それはすなわち、戦争への恐怖心の裏返しだからだ。侵略を受けているこの国の現状を肌で感じているからこそであり、奥崎たちの顕戦工作が功を奏した証拠でもある。

　一人の参拝者があたりをはばかるように現れ、長い時間祈りを捧《ささ》げて、そそくさと立ち去っていった。この神社は何故か、ミシラヌ信奉者の最後の砦《とりで》となって、人目を忍んで願掛けに訪れる場所となっていた。

　戦争開始から二年が経ち、国民の臨戦意識も低下した。今ではミシラヌ幻想は、一部の臆病者だけがはまってしまう宗教的な扱いだ。ミシラヌ幻想が人の愚かさの現れだとしたら、それがあっという間にカルト化してしまうのもまた、愚かさの別の側面だ。今の彼女が、愚かさを身にまとった人々の姿を見たならば、何と言うのだろう。それでも彼女は、そんな人々にもまた、幸福へと導く道を指し示すことができるのだろうか。

　彼女の面影を消すべく、勢いよく階段を駆け下りた。

　一つだけ気がかりなことがあった。ＳＮＳ上に、ミシラヌからの発信だとされるアカウント「Ｙ０６３９５１５Ｓ」がある。Ｙ０６３９５１５Ｓが出すミサイル通知は、なぜか政府が出す警報よりも数分早く、飛来予報も精度が高かった。しかもそれはゾンビ・アカウント化し、ほとんどの国民にフォローされている状態だ。

　戦時体制下の国民をネット上の誤情報や偽情報から守るべく定められた「ネット環境保全五原

則」に間違いなく抵触するアカウントである。それにもかかわらず、残り続けている……。いや、残され続けている。

ユイ・エピソード3　誰も訪れないギャラリー

海辺の街だけれど、漁師町という感じではなかった。並べられた漁具もなければ、ひなたぼっこをする猫の姿もない。海近くの集落にたまたま生まれ、この地で仕事を得て家や土地を受け継ぎ、暮らしの形を作っている人々が住む住宅街だ。海風に吹きさらされ、すべてがセピアの風合いに洗いざらされた印象の家々の中で、その家は少しだけ異質だった。板塀が白く塗られた洋館風の建物は、変に生活感がない。どんなに長く建っていたとしても、この場所に馴染《なじ》むことを拒むようなたたずまいだ。それは建物の住人が、ここことは別の場所に心を向け続けているからなのかもしれない。

浜で出逢った六年前のあの日、望月さんは別れ際に、ためらいがちにユイを招待してくれた。

「私は、この近くの集落で小さなギャラリーを開いているんだ。もっとも、看板も出していないし、お客が来ることもないがね。もし良かったら、いつか遊びにおいで。最初のお客様として」

その言葉通り、ユイはギャラリーの最初の、そしてただ一人だけの「お客様」だった。古い形のチャイムを鳴らす。今時の応答ができるインターフォンではないので、中の反応はわからない。もう一度押そうと手を伸ばしかけると、ゆっくりと扉が開いた。砂を噛んで軋《きし》んだ音を立てる扉は、持ち主の長く閉ざし続けた心の軋みを写し取ったかのようだ。

「こんにちは。お久しぶりです」

「ユイさんか……。一ヶ月ぶりだね」

望月さんが迎える。どこか面映《おもは》ゆそうな微笑みを浮かべて。

はじめの頃は、訪れるたびに、彼は長く使わなかった顔の筋肉を解きほぐすような複雑な表情でユイを迎えたものだ。ユイは異物であり、闖入者《ちんにゅう》だった。望月さんにとってもこの家にとっても。しかめっ面も、歓迎していないからというわけではなかった。心の運動不足で過ごしてきた望月さんは、ユイの来訪を心待ちにしてしまう自分を持て余していたのだろう。

平屋の一軒屋には、充分な広さのキッチンとリビングに、仕切られた部屋が二つ。家族で住むには手狭だし、一人で暮らすには余裕がありすぎる中途半端な家の作りもまた、建物がこの地に馴染まない理由だろうか。

「もともとは海辺の別荘地として作られた家なんだ。だけど、二十年ほど前に港の整備で海流が変わってね。海水浴にも、サーフィンにも適さない海岸になって、人も遠ざかったということだよ」

最初に訪れた際に、望月さんはそう説明してくれた。手放された別荘を、画家がアトリエとして使っていたそうで、光の入るデッサン室としてサンルームが増築されていた。望月さんがここで暮らすようになったのも、このサンルームがあったからだ。

「先月来た時から、漂着物は増えましたか？」

「ああ、三つほどかな」

天窓からの光が差し込むサンルームが、望月さんのギャラリーだ。流木を組み合わせて作られた棚の上に、この国ではあまり見かけない織り柄の織物が敷かれ、浜に流れ着いた漂着物が並べられている。生活雑貨や家具の一部、子どものおもちゃ。素材も鉄や木材、プラスチックと統一感はない。長い漂流の果てに、偶然この浜に流れ着いた、この地には何の縁も持たない存在ばかり。たった一つの共通点は、漂着物に残された、特徴的な異国の文字だった。

「おかえりなさい」

そう声をかけながら、ユイはビデオカメラを取り出し、新たに仲間入りした漂着物たちを映像に収めてゆく。

「おかえり、か……」

「なんだかこの子たち、望月さんの家に着いて、とっても落ち着いている感じ。帰るべき場所に戻ってきたって顔をしているもの」

生まれたばかりの赤ん坊をのぞき込むようなユイの様子に、望月さんは微笑んでいた。

光が降り注ぐサンルームで、色褪《いろあ》せた漂着物たちは、かつてそれを使っていた人々の想いまでもが漂白されてしまっていた。ユイが目指すのは、漂着物たちの息吹をよみがえらせることだった。

「また、浜で撮影してもいいですか？」

「ああ、かまわないよ。私も一緒に行こう」

望月さんは、織物で漂着物を丁寧に包んで、一緒に浜に向かった。梅雨のわずかな晴れ間が、撮影のチャンスだった。

「さて、君はどんな風に映してあげようかな」

最初の被写体は、何かの木箱だった。側面には少し崩した字で、異国の文字が三行にわたって記されていた。踊るような書体から、それは歌詞の一節のように思えた。長い海の旅で角の一画が壊れて、箱としての役割は果たせなくなっている。ユイは空に掲げ持つようにして、しばらく箱の内なる声に耳を傾けた。

「そうだ！」

ユイは浜の丸石の中から白や煉瓦《れんが》色の、明るい色の石を選び集めた。望月さんも手伝ってくれる。

充分に集まった所で、ユイは石浜の黒い石が集まった場所に箱を置いた。配色のバランスを考えながら集めた石を箱の中に敷き詰め、さらに壊れた角からはみ出し、広がってゆく形で配置する。白い石は希望、赤い石は夢、緑の石は勇気……。黒石のカンバスの上で、旅路半ばで壊れた箱から、夢や希望がシャボン玉のように舞い上がり、まだ見ぬ誰かに届くイメージだ。シチュエーションが決まって、さまざまな角度から撮影を開始した。望月さんは、そんなユイの様子に、何か懐かしいものでも思い出すような表情をしている。

「ユイさんのサイトは、すっかり人気サイトになっているね」

旅をしている間、リモートでもできるアルバイトとして、動画編集やWebデザインにも携わっていた。そんな経験と技術を活《い》かして、ユイは望月さんの集めた漂着物を紹介するサイトを作って公開していた。

「おかげさまで、ソラの歌の力もあって、注目度が上がってるみたいです」

気付けば、週に二十万人に閲覧される人気サイトになっていた。

望月さんに迷惑をかけたくはないので、漂着物の周囲の景色はモザイク代わりにエフェクトを強くかけて、場所を特定できないようにしている。そんな写真の雰囲気が逆に「エモい」と評価された、動画をアップするたびに注目度が高まり、熱心なファンもついていた。

漂着物たちの撮影を終えて、ユイは望月さんと並んで、昨年の台風で流れ着いたという巨大な流木に腰掛けた。

「どうしてあの子たちは、この浜にだけ流れ着くんでしょう？」

「長く住む老人の話だと、ここに流れ着くようになったのは、十年ほど前からだそうだよ」

望月さんの声もまた、どこか遠くから流れ着いたように聞こえる。

「目に見えない海の上の道が、この浜につながっているのかもしれないね」

「目に見えない道……」

過去の記憶を失い、見えない道を辿るようにして生きてきた。ユイはそっと、心の中の暗い世界を振り返った。暗闇が消え去ったら、そこにはもしかしたら、細くともしっかりとつながった、一本の道があるのではないだろうか。

「人と人とも、そうなんでしょうか？」

「どういうことだい？」

望月さんが、もの問いたげにユイを見つめた。

「偶然の出逢いってあるでしょう？　偶然って、当人同士は思っているけれど、そこには目に見えない、想いのつながる道があったのかもしれないなって思って」

「見えない、想いの道か……」

望月さんは、丸く平らな石を手に取って積み重ねてゆく。途切れた言葉のつながる先がどこなのかも、今のユイにはわかっている。

「妻が、突然消えてしまったんだ。もう何年も前のことだがね」

望月さんがそう打ち明けてくれたのは、ユイがギャラリーを訪れて五度目、知り合って一年半が経った頃だった。

「私は妻を購《あがな》ったんだよ。織物一反と引き換えにね」

織物の輸入販売業を営んでいた望月さんは、大陸の山岳地帯に赴いては、少数民族が織り上げた織物を買い上げる日々を送っていた。二人が出逢ったのは、そんな買い付けの旅のさなか、峻《しゅん》険《けん》な山々を越える二つのルートが交わる場所にある小さな集落だった。

商隊の荷車に縄で家畜のようにつながれ、襤褸《ぼろ》布を纏《まと》って裸足《はだし》で歩く女性がいた。彼女もまた商品の一つだった。人身売買も半ば公然と行われている地域だ。眉《まゆ》をひそめつつも、この地の営みの一つと受け入れざるを得なかった。

すれ違いざま、目が合ったその瞬間、二人は通じ合っていた。埃《ほこり》にまみれ、世の汚濁を一身に浴びせかけられたような人生だったに違いない。それでも、孤峰に輝く氷壁のように穢《けが》れのない彼女の瞳が、望月さんの心の奥底に突き刺さった。

天涯孤独な身の上だった女性と共に、望月さんは帰国した。二人での暮らしはぎこちなく始まった。違う素材と色合いの縦糸と横糸とで織物を紡ぐように。ほつれ、絡まり合いながらも少しずつ重ねた月日は、どこにもない風合いの模様となって織り上がっていった。二人はそんな暮らしにささやかな喜びと安寧を見出《みいだ》し、紡ぎ出される日々を慈しむように過ごしていた。

望月さんの事業の利益の大半は、山岳地帯の某国特別自治区の少数民族の織物によるものだった。第三国の仲介業者を経由しなければこの国に輸入することができない特殊な織物だ。景気の波に左右されながらも、希少性故に安定した利益を生んできた事業に、ある時、暗雲が立ち込める。信用していた取引先が仲介業者と結託し、ルートと織物の販売権をそっくり奪われたのだ。

抗議しようとすれば違法取引として某国に引き渡される可能性があると言外に脅してくる用意周到さで、泣き寝入りをするしかなかった。

そんな折、奥さんは何も言わずに姿を消した。愛想を尽かして出て行ったのだろう。しかし三ヶ月後、石持て追われるようにして事業を畳もうとしていた望月さんの前に、奥さんは一反の織物を携えて戻ってきた。それは、染料がその地域特有の鉱物を含んだ水と反応して独特の色合いで輝く、どこにもないものだった。望月さんは、その織物の独占販売で経営を立て直し、以前に倍する規模に事業を拡大することができた。

そして十年前、奥さんの開拓したルートからの織物の供給は、泉が枯れゆくように徐々に先細り、やがて途絶えた。それを機に望月さんは引退し、奥さんと一緒に穏やかに暮らす生活を望んだ。贅沢をしなければ一生を過ごせるだろう見通しも立っていた。望月さんは五十五歳、奥さんは四十八歳だった。事務所を閉鎖し、ささやかなお祝いをしようと花束を手に家に帰ったその日、奥さんの姿は、家の中のどこにもなかった。

何の予兆もなかったし、何の知らせもなかった。

奥さんが残したわずかばかりの身の回りの品にも、手掛かりは何も見つからなかった。二人が紡いだ日々の織物は、糸が断ち切られ、織り柄も色褪せた。望月さんの日々もまた、色を失い、音を失い、光を失った。時計の無慈悲な時の刻みだけが響く部屋で、望月さんはただ、自分と向き合い続けた。秒針の刻みが一秒ごとに、心を少しずつ、少しずつ削り取っていった。

耐えられなくなり、針を止めようと壁掛け時計に手を伸ばした望月さんは、その裏に隠された手紙を見つけた。奥さんが望月さんに宛てたものだったのかもしれない。だけど望月さんには、その手紙を「読む」ことができなかった。

「仕事柄、さまざまな国や地域の文字を見てきたけれど、妻が書き残した文字は、世界のどんな場所にも見当たらなかったんだ」

読めない手紙は、鍵《かぎ》のない金庫と同じだ。詰まった中身もわからないまま、鍵を探して訪ね歩くしかない。手掛かりを求めての大陸での長い孤独な旅路は、彼の持病を悪化させるだけの結果に終わった。

だが、何が功を奏するかはわからないのが人生だ。病を癒《い》やす転地療養の場所としてこの家を紹介された望月さんは、石浜を歩くうちに、流れ着いた木片に気付いた。拾い上げた木片に刻まれていた、異国の文字……。その上に、望月さんの涙の滴が広がっていった。

それ以来、望月さんはこの地に移り住み、毎日浜を歩いては、漂着物を探し続けている。

「自分でもわからないままだよ。どうすればいいのかね」

望月さんは、浜の石を積み上げ続ける。丸みを帯びた石は、四つも積み重ねるとすぐにぐらついて、あっけなく崩れてしまう。

撮影を終えてギャラリーに戻った望月さんは、漂着物たちを大事そうに棚に戻していた。そのまなざしに、表面上の悲しみはない。うつむいて足元だけを見つめ続けた日々が、悲しみを深く暗い場所に押し込めてしまったのかもしれない。

「出逢いはどうあれ、夫婦としての強い絆《きずな》で結ばれていたつもりだった……。だが、妻の中ではずっと、織物一反で購われた関係でしかなかったのだろうね」

事業を終えたことで、織物一反分の「恩返し」を果たし、奥さんは昔話の鶴のように、望月さんのもとから飛び立っていったのかもしれない。奥さんが消えた今、本当の理由はわからないいまだ。

「帰ってきてほしいですね。奥さんに」

「そんなことは言えないよ。彼女は自分の意思で僕から離れていったのだから」

望月さんの回想を断ち切るように、ユイのスマホの、メッセージの到来を告げる通知音が鳴り響く。

「不思議な音色だね」

ピアノの旋律に似たその通知音は、デフォルトの通知音とも、ミサイルの警報音とも違う、独特のものだった。ユイは鳴り止まぬ通知を切り、画面を見ないようにしてスマホをリュックにしまった。

顔を上げると望月さんが、いぶかしげな表情で、ユイを見つめていた。

「ごめんなさい。通知、切っておけばよかった」

「何か、重要な連絡だったんじゃないのかい？」

「いえ、いいんです。今すぐに返事をしなくっても」

心を揺り動かさないように、努めて平静な声を出す。

「そうかい……」

望月さんの声は、まだどこかもの問いたげだ。そのまなざしは、まるでユイではない誰かに向けるようだった。

ユイはごまかすように、漂流物の一つを手にした。何かの部品だったであろう木片の一部で、そこに記された文字を指でなぞる。

「この文字って、何て書いてあるんでしょうか？」

「わからないね」

望月さんは、望みを断ち切るように、ゆっくりと首を振った。

「言語学者ならば、この記号のような文字の集合から、意味を解析できるのかもしれないね。だが……」

文字を解読すれば、奥さんの心もわかってしまう。望月さんはそれを望み、同時に恐れている。この場所を名実共にギャラリーにして人々を受け入れたなら、文字の謎の解明は一気に進むだろう。そうしたら、ペンダントヘッドの文字も読み解けて、記憶から消えたユイの過去の手掛かりもつかめるかもしれない。だけど、望月さんの心の葛藤がわかるユイは、それを言い出せずにいた。今のユイにできることは、自分のサイトにできるだけ多くの注目を集めて、謎の文字について何か一つでも情報を得ることだった。それなのに……。

「せっかく注目が集まってきたから、文字に関する情報が得られるかもって、コメント欄も用意しているんですけど、なぜかカホゴの干渉がひどくって。まったくコメントが届かないんです」

サイト運営者であるユイには、コメントしようとしたもののカホゴによって諦めた「自主削除数」がわかる。実に一日に数百件ものコメントが、カホゴの度重なる過干渉によって「自主的に」削除されていた。ミシラヌに関する発言は何の制限もなく許されているのに、この扱いの差はどこから生じているのだろう。

奥崎・エピソード3　UNCの影

予定していた侵入経路に到着した奥崎は、一秒の遅滞も許されない作戦行動中にもかかわらず、動きを止めてしまった。

「これは……！」

地方都市に遠征しての顕戦工作中だった。特別対策班は現在、十人ずつの合計十二班に分かれて、それぞれに活動を続けている。三グループが首都圏周辺の顕戦工作を担い、六グループはそれぞれの担当地方に遠征して顕戦工作を実施。そして残りの三グループは、その他の工作活動や、他部署や省庁との連携業務に当たっている。

先行して侵入経路を作るはずのMとOが、工作用具を出すこともなくうろたえていた。理由はすぐにわかった。すでに人が通れるだけの幅で、金網がこじ開けられている。

前途を予言するように、空には梅雨の暗雲が立ちこめる。危険は感じたが、工作予定時間が迫っている。別ルートから侵入したSとKとも合流しなければならない。ハンドサインで最大警戒を伝えて、奥崎は、誰かにお膳《ぜん》立《だ》てされた経路から施設内へと侵入し、工作予定ポイントに向かった。

奥崎が到着した時には、SとKは先着していた。いつもならば全員の到着を待たずにそれぞれの分担作業を進め、一秒でも早く工作地点から離脱することを至上命題としているが、二人とも工作を進めようともせず、そこに立ち尽くしていた。

「奥崎さん、あれを見てください……」

コードネームで呼ぶことも忘れて、Kこと柏木《かしわぎ》は、目の前の状況を凝視している。

目標地点にはすでに、爆破装置と時限装置が設置されていた。十分後に爆破の時が訪れるように設定してある。五人全員が顔を見合わせた。確認するまでもなく、この地域で活動している工作班は他にいない。

「もしかして、これって……」

Mこと守口《もりぐち》が、かすれた声を上げた。

「どうやら、本物のUNCのテロ工作とニアミスしたみたいだな」

奥崎の言葉に、全員が黙り込む。

顕戦工作は、作業が露見しない場所を選んで工作地点を決める。その絞り込みはUNC側も同様だろう。今回は偶然にも、UNCと特別対策班が同じ場所を工作地点として選択し、しかもその実行時間が絶妙の差で前後していたということだ。

初めて見るUNC側の爆破装置は、奥崎たちの使う装置と酷似していた。だがそれは、解析班がUNCの工作兵器に似せて作っているのだから当然だった。酷似していなければ、顕戦工作をUNCからのものと主張することはできなくなってしまう。

こうしている間にも、起爆のタイムリミットが迫っている。ぱらついてきた雨が、早急な頭の切り替えを迫るようだ。

「と……、とにかく、早く爆破装置を解除しましょう」

柏木がそう言って、他のメンバーも動きだそうとする。

「いや、ちょっと待て」

もちろん、顕戦工作に従事するにあたって、設置後の爆破装置の解除の仕方も学んでいる。UNC側の装置も同じ作りであれば、解除は可能だ。

「どうしたんですか？　このままじゃ爆発して被害が生じますよ」

Sこと菅野《すがの》が、焦れるように奥崎を急《せ》かした。

「俺たちは、ガスの元栓を閉める役割じゃないぞ」

奥崎は浮き足立ったメンバーを見渡し、敢えて素っ気なく言った。

「俺たちがテロを未然に防いでいたら、国民の戦争への危機意識は高まらない。頭を切り替えろ。今回の任務は顕戦工作ではなくなった。テロ現場の確保と、現状確認が最優先だ」

他の四人はその言葉で初めて、我に返ったように動きを取り戻した。

「現状を撮影して撤退だ。急げ、爆発するぞ！」

急かすように雨脚が強まる中、メンバーに発破を掛けて、爆破装置や周辺の状況を撮影する。それは通常の工作業務でもやっていることなので、爆破装置を仕掛けなかったこと以外は、マニュアル通りの行動を取って撤退する。

地方遠征の最終日だった。使用することのなかった爆破装置等の危険物を、遠征の際には用意される爆発物対応の特務車両に返却して、各自で違う交通機関を使って対策本部に戻る。

帰路は高速バスで三時間の距離だった。時間つぶしにスマホでネットニュースを見ていたが、県境を越えたところで二日前のミサイル落下地点の周辺地区に入り、地域制限で通信が遮断された。

「パンデミック地区に入りました。カーテンをお閉めください」

自動アナウンスが流れ、乗客たちは自主的にカーテンを引いた。ミサイル落下による「パンデミック発生」指定地区は交通が遮断されるが、高速道路や鉄道は、その地域を通過する場合に限り、通行可能である。その代わり、通過の際にはカーテンを引くというマナーが、いつからともなく定着してしまっていた。

手持ち無沙汰《ぶさた》になり、車内の電光掲示板を見るでもなく眺める。

――本日の新型ウイルス罹患情報（速報値）

死者数　25名

重症者数　43名

軽傷者数　１２９名　――

ウイルス罹患者に名を借りた、テロやミサイル攻撃による被害者数の速報値が表示される。その数字の中には先ほど見た、ＵＮＣのテロ行為の被害者も含まれているはずだ。

爆破装置解除の動きを止めたのは、不測の事態でメンバーが爆発に巻き込まれるのを避けるためだ。だが、それだけではなかった。顕戦工作に用いる爆発物とは桁《けた》違いの殺傷能力を持つ「本物」で、人々に戦争のリアルを突きつけたい。そんな思いも、心のどこかにあったのだ。

乗客たちは電光掲示板には興味も示さず、ネットもできないのでふて寝を決め込んでいる。カーテンを引く意味の無い行為も、戦争への恐怖や国家への忠誠心からやっているのであれば、まだ救いがあるだろう。だが実際は、周囲の目を気にして歩調を合わせる、単なる「マナー」としてしか定着していなかった。

奥崎は憤りを溜《た》め息にして、電光掲示板の数字を見つめ続けた。

◇

翌週、対策本部に戻った奥崎は内勤業務に就いていた。内勤時のルーティン業務である、ＳＮＳ上の「国民意識調整」に従事する。

「国民意識動向のデータ、更新されています」

リモートでやりとりする本庁の情報統制官は、画面に映る自身の背景を海外リゾートのビーチの風景にして、海外渡航ができない心の不満をいくらかでも晴らそうとするかのようだ。

「国家帰属意識は、前週から2・３％下落。具体的には、ネット五原則に抵触する書き込みが23件増加、三回警告での断念が１３９件増加しています」

国家帰属意識調査は、ネット上のさまざまな記事へのアクセス数や書き込みの内容はもとより、ミサイル警報避難訓練の参加率や壁の落書きの解析まで、さまざまな要因が因子としてインプットされ、ただ一つの「国家帰属意識」としてアウトプットされる。

「ネット上の意見表明断念内容を分析すると、戦争長期化への厭戦感情、移動制限への不満、海外旅行願望などのパーセンテージが上昇しています。その他、特徴的な変化はミシラヌ関連です。パスポート信仰とミシラヌ信仰の話題が、前週より4・６％上昇しています」

それがミシラヌ信仰の高まりを意味していないのは、互いに確認し合うまでもない。ほとんどが、「信者」を揶揄《やゆ》する書き込みだ。

「もう少し、厭戦ではなく恐戦方向に波が立ってほしいところですね」

奥崎は国民意識統計のグラフを前に腕組みをした。

ネット世論の動向を把握し、国民意識を安定化させるのも、特別対策班の役目の一つだ。安定化とは、波風の立たない平穏な状態にすることではない。表だって「戦争」と口にできない戦時体制下で、戦争を対岸の火事と思わせず、さりとて自暴自棄にもさせずに、適度な波風を立てた状態で維持することが重要だった。

「……ですので今週は、各地区合計で百五十六のアカウントで、五原則に抵触する発言をさせようと考えています」

情報統制官だけに、さすがに国民に広まった「カホゴ」の蔑称《べっしょう》を口にする気はないようだ。

「一種徴集されて戦うことになった」や、「二種徴集の兵器工場で大怪我した」といった類《たぐ》いの書き込みは、通常であれば「カホゴ」によって何度も諫《いさ》められ、翻意を促される。それがわかっているので、今では皆、日常の穏当な書き込みしかしなくなっていた。そうなると逆に、国民の戦時下という意識は薄まってしまう。

そのため特別対策班では、ネット世論調整用のアカウントを二千件ほど運用している。ＡＩによって普段は何気ない日常の呟きを続けさせているので、架空の人物のアカウントとは知らずに、「彼ら」をフォローしている国民もいる。情報統制官は、それらのアカウントを調整し、国民意識に適度な「波風を立てる」ための発言をさせる。それに対し、実際に現地工作活動をしている立場から助言するのが、特別対策班の内勤時の業務の一つだった。

「今週は、ＴＨ地区およびＨＫ地区で遠征工作をする予定なので、そちらは濃度を薄くしてもいいかな。逆にＱＳ地区の南部は、この一ヶ月、ミサイルもテロも起きていないので、濃くしてもらいたい」

「濃度」とは、この調整会議独自の言い回しで、どれだけ過激な発言をさせるかの度合いを指す。

十段階で調整可能だ。

リモート会議を終えた画面から統制官の姿が消え、統計資料のグラフだけが残された。厭戦率は開戦時から上昇を続け、戦争恐怖率はそれに反比例して低下し続けていた。

——工作グループBは、至急、対策課長室へ集合——

グラフを打ち消すように緊急呼び出しがポップアップした。対策課長室に向かうと、短軀《たんく》の課長は大きな背もたれの椅子を持て余すようにちょこんと座り込み、触覚のような太い眉の下で、黒目の大きなまなこを奥崎たちに向けた。

「先週、あなたがたが遭遇したＵＮＣのテロ行為について、犯行声明が出されたようですね、ハイ」

床に足が着かない椅子の上での課長の身振りはどこかぎこちなく、えび茶色の背広も相まって、背中を摑まれた甲虫がもがいているように見えなくもない。

「声明は、どこで見られるんですか？」

工作経験を増し、もはや中堅となった長島が尋ねた。左端に立った長島に顔を向けた反動で、課長の身体はねじれて右を向く。身体をひねる体操でもしているようだ。

「今回は政府向けに出された声明なので、公表はされておりませんね。こちらには、犯行声明が出されたという事実だけが通達されております、ハイ」

愉快犯などではなく、正真正銘のＵＮＣのテロだったことが、これで確実となった。

「今回のテロ近接遭遇を受けて、下松《くだまつ》局長の訓示があります、ハイ」

課長の言葉に皆がざわついた。局長の「姿」を見ることとは、滅多になかったからだ。課長の背後のモニターには、自然の風景が映し出されている。灌木《かんぼく》がまばらに立ち、下草が時折風にそよぐ、この国のどこにでもあるようで、どこでもない風景だ。

画面の中に局長の全身像が浮かび上がった。

「ものの価値とは、そのもの自体によって固定化されるのではなく、置かれた環境によって変わってくるものです」

前置きもなく話しだす。なめらかで、そして微《かす》かに錆を含んだ声。細い切れ長の目を半眼に開き、口元にうっすらと微笑みを浮かべている。宗教画風ののっぺりとした肌の質感も相まって、奥崎はその姿を密かに「菩薩《ぼさつ》像」と呼んでいた。もっとも、その菩薩のような姿と声は、アバターと音声変換によって、本来の局長の顔や声とはかけ離れているのだろうが。

非平和状態の到来と共に、各省庁幹部はテロ対象となったことから、たとえ部下の前であっても実際の姿を見せることはない。仕事の指示はすべてリモートで行い、アバターと音声変換によって完璧に保護される。「下松」という名前もアバター名であり、本当の名前すらわからない。たとえ道で本物の局長とすれ違ったとしても、気が付くことはないだろう。

「かつて高級フルーツとしてもてはやされたバナナは、移送技術の発達によって安価な大衆フルーツへと成り下がり、椎茸《しいたけ》の後塵《こうじん》を拝していた松茸は、その希少性のみによって自らの価値を最大限に高めたのです」

菩薩の微笑みが、横スクロールするように一定速度で奥崎たちを見渡した。

「平和もまた、平和な状態そのものによって価値が生じるのではありません。生命や国土の危機という平和を脅かす対となる状態が国民に認知されて初めて、かけがえのないものとしての価値を無限に高めることが可能となってくるのです」

すべてを見通すかのような菩薩の表情は、この戦時体制の先の未来も見据えているのだろうか。

「さて、ＵＮＣのテロ行為への近接遭遇。あなた方への被害も危惧《きぐ》される中、突発的な事態に、よく冷静に対処できましたね」

アバターの微笑みの口角が上がって、目尻《めじり》が下がり、はっきりとした笑顔になる。笑顔の「出力」をアップしたようだ。

「皆さんの陰なる働きが、戦時体制を一日も早く終了させ、平和の価値を限りなく高めるものになることを、今後も期待しております」

画面の中の局長は、賞賛を表わすように両手を広げたが、バグが生じたのか両手の軌跡にいくつもの手が出現し、千手観音のようになってフェードアウトしていった。

局長からのお褒めの言葉に、部員たちは皆、上気した表情で頷き合っている。実際の所、工作の効果が現れない国民の臨戦意識の低さと向き合う日々は、奥崎の心をすら、徒労感で疲弊させていた。こうしてはっきりと敵の侵攻を目の当たりにし、局長に働きを認められたことで、改めて心を奮い立たせることができた。

あと五分早く現場に到着していれば、ＵＮＣのテロ工作部隊と鉢合わせていただろう。いったい彼らは、どんな顔をしているんだろうか？

ユイ・エピソード4　ミサイル落下

　支給された徴集業務用のスマホだけをポケットに入れて、街を歩く。初めて訪れる地方都市だった。七月になって初の猛暑予想で、Ｔシャツ姿で荷物も持たずに道を歩くユイの姿は、それが重大な任務中であるとは誰も思えないだろう。

　汗をかいて歩きながら、街の隅々に目を光らせる。路地裏の電柱、自販機の側面、閉店した店のシャッター……。普段の散歩ならば、注目することもない場所ばかりだ。探しているのは、繁華街のあちこちにスプレーやマジックで殴り書きされた「落書き」だった。

　通り過ぎる人にとっては落書きでしかないけれど、書き手からすれば、社会に訴えたい切実なメッセージなのかもしれない。アートや現代芸術なのかもしれない。だけど実際のところ、目を留める人は一人もおらず、誰もが素通りしてゆく。

　そんな誰からも注目されていない存在に、スマホのカメラを向ける。業務開始前の研修では、撮った写真はＡＩが自動的に文字を読み取り、データとして蓄積されると説明された。それを解析することで、国民の間にたまった表層には表れていない不平不満を読み取り、社会秩序の維持に活《い》かすのだという。

「そんなの、国民にアンケートでも取ればいいんですヨ。なんでこんなメンドクサイことして、落書きの意見なんか集めなきゃいけないんですかネ」

　喫茶店で昼食がてら休憩していると、隣の地区を担当している男性徴集員がやってきて強引に相席し、ユイは彼の甲高い声の愚痴を延々と聞かされる羽目になった。

「カホゴのせいでネットに本音を書き込めないってのに、こんなところで国民の本音を読み取ろうだなんて、本末転倒してますネ」

理屈っぽい男の言葉に、ユイは苦笑しながら頷《うなず》くしかなかった。男は店のおしぼりで首筋の汗を拭《ぬぐ》いながら、かつては没落旗族として地方の公園で政府と「闘っていた」と自慢しだす。以前の徴集業務で一緒だったルミさんは、パチンコで借金を背負う不起族だった。三種徴集されて任務についているのは、無職だったり、世間からは底辺層と見なされる人たちが多かった。

生返事をしながら、店の「自由帳」を開く。休憩のたびに違う店に入って、「告知」を書き込んでいるのだ。ユイがあまり相手をせずにいると、男はブツブツと呟《つぶや》きながら業務に復帰していった。

休憩を終えて、ユイは次なる撮影対象を探す。さまざまなものを探して、人は街を歩く。テレビで紹介された「映《ば》える」カフェだったり、急に必要になった文房具を買うためのコンビニだったり……。探すたびごとに、街を見る目は自然に切り替わっている。今、ユイの目は街の落書きをサーチする限定的なレーダーになっていた。路地裏の雑居ビルの、古びた「お琴教室」の看板の裏。カメラを向けようとして、ユイは思わず業務スマホを取り落としそうになった。

「この文字……」

スプレーでの殴り書きやシールが地層のように重なった片隅に、その「文字」は、ひっそりと埋もれるように残されていた。思わず、服越しに胸元のペンダントヘッドを握りしめる。

「いったい、どういうこと？」

誰がこれを書いたのだろう？　思考を失って呆然《ぼうぜん》とたたずむうち、背後の人々の流れが、突然変わった。見えない号令でも受けたかのように、決まった方向に一斉に動き始める。

道行く車がハザードをつけて路肩に止まり、車から降りた人は周囲の建物に駆け寄った。バスも停留所でもない場所で乗客を吐き出す。通り沿いの店々は、入口の扉を開け放して、人々を迎え入れる態勢だ。そんな周囲の様子を見て、何かを察したように走りだす人たちが第二陣を形成した。急《せ》いてはいるが、誰もが皆、うんざりした表情だ。

「そうか、ミシラヌのアカウント……」

今回の業務では、個人のスマホは携帯できないので宿舎に置きっぱなしだ。それで、皆から挙動が遅れてしまった。慌てて手近な雑居ビルに駆け込む。エレベーター前のわずかな空間には、通行人たちが十数人避難していた。開戦当初はきちんとしゃがんで頭を守る避難姿勢を取っていた人々も、今は手持ち無沙汰《ぶさた》な風にたたずむばかりで、急な夕立ちで雨宿りでもするようだ。

「そろそろ鳴るかな？」

下校中だったらしい高校生の男の子たちが、雑居ビルの染みの浮かんだ天井を見上げる。その言葉が呼んだように、チャイムが鳴り響いた。学校の始業や終業のチャイムとは少しだけ違う音色で、海外の大聖堂のある街を彷彿《ほうふつ》とさせるが、鐘の音の意味するものはまったく違う。

ミサイル飛来を伝える第一種警報チャイムは、近隣地域への着弾が予想されることを知らせるものだ。このチャイムが鳴ったら、仕事や学業を中断して避難することが義務づけられている。

実際には、ほとんどのスマホはゾンビ化したミシラヌ・アカウントをフォローさせられているので、チャイムが鳴った頃には避難は完了している。一刻も早い避難を促すもののはずが、情報の遅さを哀れまれる存在に成り下がっているのだった。

「ほんとにもう、面倒なことねえ」

白髪に紫のメッシュを入れた上品そうな老婦人が、レースのハンカチで額の汗を拭いながら話しかけてくる。

「最近、月に一回は避難ですものね」

ユイも同調して肩をすくめた。こんな時には、知らない人との間にも連帯感が芽生えてしまうものだ。

「私も小さい頃は、祖母から戦時中のことを聞いて育ったの。空襲警報が鳴って逃げるなんて昔話みたいに聞いてたものだけど、まさか自分もおんなじように避難するだなんて、思ってもみなかったわ」

もはや空襲警報を経験しているのは、テレビで国内最長寿などとニュースになるような人たちだけだ。

五分ほどして、先ほどとは違う音色でチャイムが鳴り響き、警報が解除された。

「どこかに落ちたんでしょうか？」

「地響きもしなかったし、近くじゃないみたいで良かったわ。でも、これで明日はまた、渋滞しそうねぇ」

老婦人は溜《た》め息をついて眉《まゆ》をひそめる。ミサイルが付近に落下すると、普段は見かけない「特務」と書かれた車両が行き来して、大通りが通行止めになってしまう。自治体のホームページでものぞけば、細かな交通規制がわかるのかもしれないけれど、誰もそんなものを律儀にチェックなどしていない。

「すみません、十分ほど遅れます、ええ、ミサイルのせいで……」

避難していた背広の男が、スマホで謝罪しながら足早に歩きだす。

「よっしゃ、カラオケ行くか！」

高校生たちは駅前に駆けだした。みんな、ミサイルのせいで滞った日常を急いで取り戻そうとしている。雑居ビルから外に出て、空を見上げた。夏らしい入道雲が湧き上がった空には、ミサイルの影などどこにもなかった。

◇

翌日は土曜日で徴集業務も休日だったので、ユイはお昼過ぎに街に出た。業務で歩く時と、はたから見れば変わらない姿だが、気持ちとしては全然違った。ミサイルが落ちた直後で、周辺地域との移動制限もあり、街は閑散としている。昨日の老婦人の予想通り、完全シールドされた特務車両が大通りをパレードのようなゆっくりとしたスピードで進み、ユイは十分以上も待機を余儀なくされた。

ランチ営業している居酒屋でお昼を取って、自由帳に書き込みをして店を出る。向かったのは昨日の撮影場所だ。業務中は自分のスマホは携帯できなかったので、改めて撮影しにきたのだ。

「あった、ここだ」

くさびが組み合わせられたような、ある種の規則性を持っている事がわかる「文字」。それは街の片隅にひっそりと存在していた。自分だけしか注目しない文字を前にして、ユイはしばらく、撮影も忘れて立ち尽くしていた。

どこからか歌声が聞こえてくる。舗道の街路樹を背にして、ギターを抱えた若い男性が立っていた。ギターを爪弾《つまび》き、訥々《とつとつ》とした歌声を響かせる。道行く人たちが、一人、また一人と足を止めた。聴衆が増えて勇気を得たのか、次第に大きくなった声が、窮屈な世界から抜けだそうと訴え、自由な大空に羽ばたこうと呼びかける。彼もきっと、ネット空間の「カホゴ」に辟易《へきえき》して、自分の思いを直接表現したくなったのだろう。

「だけど、すぐに……」

ユイは、そう呟いた。男は上気した表情で歌い終え、反応をうかがうように、周囲を見渡す。聴衆は拍手もせずに、男に近寄った。

「不謹慎でしょう？　すぐにやめなさい」

「みんな我慢してるんだから、あなたも我慢しないと」

歌い手はギターをケースにしまって、トボトボと去っていった。

非平和状態になってから、お祭りや娯楽イベントどころか、個人の趣味にまで厳しい眼が向けられるようになっていた。非平和状態になる前は、戦時中の娯楽の制限と言えば、国に監視されるイメージだった。だけど実際は、一人一人が善意の監視者になって、他人のはみ出しを取り締まっている。自分が我慢しているのに、他人が自由なのは許せないという横並び思想で、自粛を押しつけあっているのだ。

そんな時代だから、ソラは決して路上で歌うことはなかった。いや、戦争が始まるずっと前から、彼女の歌声は街の空気を震わせなかった。誰よりも、聴いて欲しいと願っていながら……。

ソラの歌声を初めて聴いたのは五年前、旅の途中の偶然だった。観光地でもないその駅に降り立ったのは、乗り換えの都合で一泊せざるを得なくなったというだけの理由だった。駅の裏手にあるホテルに行くには、ガード下の長い通路を歩かなければならなかった。

重いリュックを背負って歩くユイの耳に、何かが届いた。

街の喧噪《けんそう》。それは一つ一つは聞き分けられない、雑多な音の集合体だ。だけど、何かをきっかけにそのうちの一つが、自分に向けて届く明確な「呼びかけ」になることがある。まるで自分の名前を呼ばれたかのように、その歌声は心の中心に飛び込んできた。

ガード下の通路の鉄骨の間に挟まれるようにして、一人の女性が歌っていた。二つの路線の分岐駅で車両基地もあるので、帰宅ラッシュの時間には電車の音が途切れることはない。すぐ横には四車線の幹線道路があり、排気音が反響して、まるで操業中の製造工場の中にいるようだった。

そんな場所で、彼女は歌っていた。足を止める者は誰もいない。彼女も彼女の歌声も、そこに存在しないかのように、人々は素通りしてゆく。

「この歌って…」

異国の言葉の響きは、外国の流行《はや》り歌にも民族音楽にも、どれにも当てはまらない。それなのに何故かその歌は、懐かしく心に届いた。光をあてられた心地好《よ》さと、心の内を暴かれたような居心地の悪さとがせめぎ合う。ユイは思わず身震いして、服の下に隠れたペンダントヘッドを握りしめた。

消えたはずの過去の記憶が揺さぶられる。

存在しない郷愁に胸が締め付けられる。

「音色」という言葉がある。実際に音と色が紐《ひも》付けされ、音楽が色づいて見える人もいるという。ユイの探し求める異国の文字と、目の前の女性の歌声とは、同じ作者の手掛けた絵画のように、同じトーンでユイの心に郷愁を描いた。

ユイより年下の、二十歳前後と思える小柄な女性だった。無造作に髪をゴムで束ねた化粧っ気のない姿で、彼女は歌っていた。ぎゅっと目をつぶって、心を絞り出すようなひたむきさで。ユイは身動きできずに立ち尽くして、彼女の歌の「色」に翻弄《ほんろう》され続けた。

不意に、歌が終わった。何の前触れもなく。色が消え、唐突に闇が訪れた気分だった。ゆっくりと目をあけた彼女は、そこで初めて、ユイが前にいることに気付いたようだ。

「……今、歌っていたのって、なんて曲なの？」

ようやく気を取り直して、かすれた声でユイは尋ねた。思いがけない事態だったのか、彼女は途端に挙動不審になった。

「ご……、ごめんなさいっ！」

駆けだそうとした彼女を、慌てて腕をつかんで引き留めた。

「こちらこそ、ごめんなさい。咎《とが》めるつもりじゃなかったの」

野良猫のように見えない毛を逆立てる女性に、害意がないことを伝える。まだ戦争の影すら見えず、路上の歌い手を咎める自粛警察もいなかった頃だ。彼女が何に怯《おび》えているのかわからないままだったが、まずは落ち着かせる必要があった。

駅近くの遊歩道のベンチに座って、ユイは自分の生い立ちを話した。天涯孤独というユイの身の上に、彼女は大きな反応を示し、心の距離が一気に縮まった気がした。そこでユイは、最初の問いを再び向けてみた。

「さあ、わからないんです」

ソラと名乗った彼女は、戸惑ったように首を振った。黒目がちな目も相まって、巣穴に潜り込んだリスのようで、歌っている時とはまるで別人だった。

「あなたのオリジナルの曲なんじゃないの？」

「わからないんです。どこの国の言葉なのか、誰が作った曲なのかも……」

ソラは、心の奥深くをのぞくような表情だ。どんな想いの果てに、彼女はその歌を自分のものにしたのだろう。

「どうして突然、歌をやめてしまったの？」

そう。まるで断ち切るように、彼女の歌は唐突に終わってしまった。

「やめたんじゃないんです。私も、できるんだったら最後まで歌いたいんですけど……」

彼女は、どうにもならないことを前にしたように視線を落とす。

「そこまでしか、私の記憶には刻まれていないから」

断片だけが刻まれた、歌の記憶。それはまるで、破片になって文字の欠片《かけら》だけが流れ着いた漂流物みたいだ。

「でも、どうして？」

ソラは思い直したように、ユイの顔を見つめた。今になって驚きが訪れたのか、目を見開いている。

「どうして歌が聞こえたんですか？　あんなに騒がしい場所で」

騒音にすべてがかき消され、聞こえるはずのない場所だった。それでもユイにははっきりと、その歌が聞こえたのだ。

心が、共鳴したのかもしれない。

ユイの心が、聞こえるはずのない、彼女の歌を聴いていた。

奥崎・エピソード4　ギサイル

スマホが振動して、メッセージが届いた。それを確認して、奥崎は屋上へと向かった。昇降口には、ベージュ色の作業服と帽子がいくつか掛けられている。変電施設という名目のまま特別対策班の拠点として使っているので、外部の目が届く場所では、電力会社の作業服を着る決まりになっている。

作業服を着込んで屋上の端に立ち、周囲を見渡した。対策本部は都心と郊外の狭間《はざま》に位置しており、東に高層ビル群、西に低層の新興住宅群と、まったく違う風景が広がる。七月の強い日差しの下で、思いもよらない場所の窓が、奥崎の瞳に光の棘《とげ》を向けてきた。

「……そろそろだな」

そう呟いた矢先に、チャイムの音が空に響き渡った。

「大昔の空襲警報ってやつは、もっと不穏な音だったんだろうな」

昔観た映画で聞いたそれは、人を不安にすることを目的としているようなサイレン音だった。それに比べればチャイムの音は涼やかで、いっそ耳に心地好い。もっとも、学校のチャイムとは少しだけ音階が違い、似ている分だけ違和感を生じさせるのだが。

すでに人々は退避を完了させているので、見渡す光景の中には、街路樹の風のなびき以外に、動くものはない。それはまるで、細菌兵器で人間だけが死滅してしまった街のようだ。

チャイムの音は一種警報。近接地域にミサイルが落下したはずだが、住宅街の背後の入道雲が浮かんだ空に、落下の軌跡は見当たらない。ＵＮＣのミサイルは極めて秘匿性が高く設計されているので、肉眼で確認することは難しいのだ。それもあって、国民への避難は徹底して呼びかけられる。

――国土空域に、未確認の飛翔物体が飛来――

ミシラヌからの通知に五分以上遅れて、政府からの通知がスマホに届く。

「次は、こちらの番だな」

奥崎は作業服を脱ぎ捨てて、階段を駆け下りた。

「山中《やまなか》、鈴木《すずき》、今から新しい工作業務を教えるぞ」

作戦行動から戻った新人二人を、作戦室Ｄに連れていく。

「この画面が、何を表わしているかわかるか？」

システム画面には、国土全域図が示されていた。

「何ですかこれ？　国土全域に赤と青の点が記されていますね」

「パッと見たところ、赤と青の比率は二対一って感じかな」

二人はそれぞれに、「点」の意味を分析しようとしている。

「それはこの国のミサイル落下地点を、ＵＮＣの侵略開始時からすべてのデータを蓄積して、一覧化したものだ」

「もうこんなに、国土が蹂躙《じゅうりん》されているってことですね」

「改めて見てみるとひどいもんだな」

二人はうめき声を上げるようにして、画面を凝視している。

「それじゃあ、赤と青の色分けには、何の意味があると思う？」

「ミサイルの種類による区分け、でしょうか？」

「被害状況の差かな？　死亡者が出たかどうか……とか？」

推理を働かせる二人だが、正解には決して辿《たど》り着けないだろう。

「赤い点が、実際にＵＮＣが落としたミサイル。そして青い点が、俺たち特別対策班が落としたミサイルの落下地点だ」

「特別対策班が落としたって、どういうことですか？」

二人の驚いた表情は見ものだった。

「慌てるな。これも顕戦工作の一種で、実際に俺たちがミサイルを落とすわけでも、国民に死傷者を出すわけでもない」

苦笑交じりの奥崎の言葉にも、二人は困惑した様子で顔を見合わせるばかりだ。

「いいか？　ＵＮＣからのミサイル攻撃は連日続いている。だがその攻撃地点にはどうしても、偏りが生じてしまう。そうなると、その他の地域に住む国民は、非平和状態をよそ事みたいに感じてしまうだろう？」

「……まあ、そうでしょうね」

「だから我々特別対策班が、そんな地域に擬似的なミサイル落下情報を流して、国民にあまねく平等に、戦争に対する当事者性を持ってもらう……という理屈だ」

「確かに一般人は、近くにミサイルが落ちなきゃ、戦争なんて他人事になってしまうだろうしな」

鈴木は、自分を納得させるように何度も頷きながら腕組みする。

「それじゃあ、ここからは、実際にギサイルを落とす作業をやりながら説明していこう」

「ギサイル？　ミサイルでしょう？」

「ああ、特別対策班では、疑似的ミサイルの略称で、ギサイルって呼んでるんだ。覚えておけよ」

そう言って、奥崎はギサイルシステムを起動した。

「いいか？　このシステムには、過去のミサイル情報及びギサイル情報すべてが蓄積してある。それだけじゃない。UNCの上陸侵攻地区、俺たちの顕戦工作も含めたテロ発生地点の情報はもちろん、国家帰属意識調査のシステムとも連動している。それらすべてを加味して、AIが最適なギサイル落下地点を決定するんだ」

AIが提案する次のギサイル落下地点は、国土を460に分割したうちの「PL34」地区だった。

「よし、それじゃあ、落下地点はPL34地区で確定だ」

落下後三日間は、PL34地区は、「危険防止のため」と称して周辺地域との通行制限が実施されるので、ギサイル落下想定地点が特定される恐れはない。

「もちろん、顕戦工作と同じで、ギサイルにも後処理が必要だ」

「後処理？」

「ミサイル落下後に、シールドされた特務車両がミサイルの破片や瓦礫《がれき》を運んでいるのに、出くわしたことがあるだろう？」

「細菌兵器の可能性や、核汚染物質が含まれているかもしれないってことで、幹線道路を通行止めにして通すやつですよね」

有害物質から国民を守るため、被害区域のミサイルの破片や周囲の瓦礫はすべて回収され、完全シールドされた特殊輸送車両で移送される。ただし、国土にミサイルが落下して被害が生じたことは国際的に公表できないので、特務車両はパンデミック地区の罹患《りかん》者を集団移送するという名目で動かされていた。

「特別対策班では、あの特務車両とまったく同じ車両を保有していて、ギサイル落下情報を流した後には、ＰＬ34地区に、何も乗せていない車両を運行するんだ」

「なるほど、それがギサイルを本物のミサイルと思わせる、仕上げの後処理ってことですね」

鈴木が、すべて納得できたと言うように大きく頷く。

「もっとも、これだけ考えた工作をしても、国民たちは、なんだか今日は渋滞がひどいな、なんて迷惑がるだけで、俺たちが陰でどんなに努力しようが、ありがた迷惑でしかないんだろうけどな」

義務感と、横並びを是とする国民性によって維持されている退避行動だ。その意義も必要性も、誰も深く考えようとはしない。

「でも、おかしいじゃないですか？」

山中が、何かを思いついたように顔を上げた。

「おかしいって、何がだ？」

「ミシラヌのアカウントが出している、ミサイル警報ですよ」

「ミシラヌ？　何だお前、国家機関に属しているくせに、あんな正体の知れないアカウントをフォローしているのか？」

「だって、フォローを外してもいつのまにか復活してるし、ミシラヌの情報の方が早くて正確だし……」

山中は、言い訳をするように口ごもったが、すぐに気を取り直す。

「僕たちが流している、偽のミサイル……ギサイルの落下情報まで、ミシラヌは事前に察知して、警報を出しているってことですよね？」

「いいところに気が付いたな」

　奥崎はそう言って、二人の困惑の表情を見比べた。

「実際の所、俺自身もミシラヌのアカウントはフォローしている。もっともそれは、どんな形で俺たちの情報が流出しているのかを確認するためだ」

「情報が流出って……。ミシラヌはUNCの近くにある国だから、この国の政府よりも情報を早く出せるって噂ですけど？」

「そんな一般市民と同レベルの認識でどうするんだ？　戦時体制を別の側面から監視するのも、我々の役目だぞ」

　山中は床を、鈴木は天井を見つめ、それぞれに考え込むようだ。

「……それじゃあ、ミシラヌのアカウントって、いったい誰が運営しているんですか？」

「さあ、誰だろうな？」

　奥崎が肩をすくめると、二人は戸惑った顔になる。

「俺も新人の頃は、お前たちみたいに疑問に思って、課長に詰め寄ったもんだよ」

　課長はいつものように短軀《たんく》の手足をバタバタさせながら、「放っておきなさい」と言ったきりだった。

「つまりは、高度な情報戦になっているってことなんだよ」

　国家の情報機関に、UNCの工作員が入り込んでいるのだ。もしくは、この国の国民でありながら、UNCに魂を売り渡した存在が……。そんな奴らが、テロやミサイルという現実的な侵攻と共に、情報戦も仕掛けてきて暗躍しているというわけだ。ミシラヌのアカウントのゾンビ化も、そうした工作の一環だろう。

「今の所、ミシラヌがミサイル情報を出すことによる、国民への不利益は生じていない。だが、いずれ機を見て、今とは違う形で情報を提供しだすはずだ」

「つまり、偽のミサイル情報を出して混乱させたり、政府批判をして国民をそそのかしたりしだすってことですね」

「そうだ。その時に敵を一網打尽にするって寸法だ。逆にこちらがギサイルの偽情報を出して、ミシラヌへの信頼を崩すことも簡単だ。そのあたりの手筈《てはず》は、情報統制局がしっかり考えているはずさ」

ミシラヌのアカウントは、一部の狂信的な「信者」を生み出しただけで、ＵＮＣが工作用アカウントとして想定したほどには、国民に信頼されてはいない。せいぜい、ミサイル情報を少しだけ早く知ることができる便利アイテム的な扱いだ。僥倖《ぎょうこう》ではあったが、それが国民のミサイル慣れのせいだと考えると、複雑な気分になる。

「さあ、わかったら、作業を続行するぞ」

奥崎に促され、二人は慣れない様子で、ギサイルシステムを操作しだした。

ユイ・エピソード5　ゲリラライブ

ソラは助手席で、初めて見る風景が流れてゆくのを眺めていた。一年前の最初の「遠征」の時には、非平和状態なのに長距離移動をすることにおどおどしていたソラも、少しずつ慣れてきたようだ。

「やっぱり、県境を越えたらスマホが使えなくなっちゃいますね」

居住区域や、仕事や学業での移動を許可された区域をはずれると、スマホが圏外になって機能しなくなる。

「ミサイル被害に遭った時に迅速に身元確認をするための移動制限ってことですけど、やっぱり不便ですね」

「最初は国民のことを考えてくれてるって感謝してたけど、二年も続くといい加減、面倒になっちゃうよね」

スマホは身分証であり財布であり医療証でもある。それが使えなくなることは、社会生活ができなくなることを意味していた。非平和状態での暮らしは、いわゆる戦時中の、国家から監視される窮屈なイメージとは、似ているようで少し違う。「優しい配慮」という柔らかいロープで人を縛って、それを束縛と感じさせないまま、横並び以外の行動を躊躇《ちゅうちょ》させてしまう。

「私たちはユイさんのスマホがあるから、遠征も安心ですね」

ユイは徴集業務で全国を回っているので、地域制限のかからないスマホを所持していた。

「ユイさん、これから行く街って？」

「TK地区の外れの、人口十五万人くらいの街だよ。三日前までそこで三種徴集の業務をやっていたから、仕事の合間にいろんな店の自由帳に、明日のゲリラライブのことを書き込んできたんだ」

ネットが「カホゴ」によって自由な書き込みができなくなって、人気が復活したのが、喫茶店や居酒屋に置かれた「自由帳」だ。

「何か、手掛かりがつかめるといいね」

助手席のソラは、流れゆく車窓の風景の先に自分につながる誰かの面影を探すように、目をこらしていた。

「今も、この国のどこかにいるのかな……」

ソラの「本当の母親」の話を聞いたのは、ソラの下を訪れて何度目のことだっただろうか。雑踏や騒音に紛れ、自分の声がかき消される場所でしか歌えなかった彼女が、ようやくユイの前でだけは、本来の伸びやかな声で歌を披露してくれるようになった頃だった。

公園のベンチに並んで座り、自販機で買った缶コーヒーを飲む。その缶コーヒーが、ソラの歌へのお礼だった。その日も彼女の歌声は、サビの途中で唐突に終わってしまった。それは彼女が、歌をそこまでしか教えられていないからだった。

「あの人は、私の本当の母親だったのかな？」

普通の……というより、かなり裕福な家庭に育ったソラは、両親と兄、妹と共に暮らしていたという。父親は震災復興の公共事業によって会社も、そして自分自身も肥え太った、典型的な成金だった。建物は洋風で庭は和風というちぐはぐな豪邸にはお手伝いさんもいて、ソラが向けられていたのは両親の愛情ではなく、お手伝いさんの「お世話」だった。金持ちだったから任せていたというわけではなく、母親は兄や妹には過干渉とも思える愛情を注いだ。

「私だけ、アルバムに写真が一枚もなくって……」

兄や妹の誕生日には、母親が一緒に出かけて大量のプレゼントと共に戻ってくる。ソラはお手伝いさん経由でお金を渡され、好きなものを買いなさいと伝言されるだけだった。三人兄妹の長女だったが、母は常にソラを員数外として扱った。兄や妹も、ソラをいずれいなくなる存在として接していた。幼いソラが、「家族」という存在に疑問を持ったのは、当然のことだろう。

「何か、記憶に残っているの？」

ユイの問いに、彼女は心の扉の鍵《かぎ》を開けるような表情で頷いた。

「幼い頃、知らない女性と一緒に過ごした記憶があるんです」

放置子状態だったソラが、公園で一人ぼっちで遊んでいる時を見計らったように、彼女はやってきた。優しいまなざしを向けてソラと一緒に遊び、柔らかく抱きしめてくれた。ブランコで背中を押されながら歌ってもらった、聴いたことのない響きの歌声が耳から……いや、心から離れなかった。

「その人は、途中までしか歌を教えてくれなかったの？」

「この続きは、こちらに来てから教えてあげるって」

「こちらって、どこのこと？」

ソラは、幼い頃に戻ったように心細げに首を振った。

彼女はソラの本当の母親で、事情があってソラを手放さざるを得なかったのではないか。そして、いつか時が来たらソラを迎え入れてくれるのではないか……。ソラの胸がそんな希望で膨らんだのは当然だった。途中までしか教えられなかった歌は、希望への片道切符になった。

だけど、その歌が彼女の運命を、最悪の方向に変えた。

小学二年生の頃、ソラは家で独り遊びをしていた。ソラだけは部屋を与えられず、二階の廊下がいつもの遊び場所だった。妹からの逆お下がりの人形でおままごとをしながら、何気なく、その歌を口ずさんでいた。

突然、強い衝撃を受け、気を失った。気付いたのは病院のベッドの上で、手脚の骨折と全身打撲で包帯をグルグル巻きにされた状態だった。母親が泣きながら、ソラが階段から足を踏み外したと医師に告げていた。だけどソラにはわかっていた。彼女に蹴《け》り落とされたのだと。泣き顔の母の目からは、一筋の涙も流れていなかったのだから。

身体の傷と、それよりも深く刻まれた心の傷とが、いやでもソラに理解させた。絶対に逢《あ》ってはいけない人に逢っていたことを。決して口にしてはいけない歌を口ずさんでしまったことを……。

三ヶ月後、ようやく包帯も取れて退院し、戻ったのはまったく別の街の別の家だった。今度はきちんとソラの部屋が用意されていた。だが、その扱いとは裏腹に、両親も兄も妹も、ソラをいないものとして扱った。家族の食事の場にも、お祝いや旅行の場にもソラは呼ばれることなく、学校から帰ったらすべての時間を自室で過ごし、お手伝いさんだけが事務的にソラの世話をする日々。そんなソラを支え続けたのは、決して声にすることなく、心の中で歌い続けていた「あの歌」だけだった。

ソラが中学生の頃、不況と放漫経営によって父親の事業は傾いていった。タコが自らの足を一本ずつ食べていくように事業を縮小していったが、家族は生活水準を落とすこともなく、最後にはソラを置き去りにして、夜逃げ同然で引っ越していった。

高校卒業と同時に心も身体も天涯孤独となったソラは、幼い頃を過ごした街に戻り、働きながら一人暮らしを始めたのだという。あの女性にもう一度出逢うチャンスを求めて。

久しぶりに戻った故郷の街は、区画整理によって元の家も公園も消え去っていた。整然と建ち並ぶ住宅群が思い出すら上書きしてしまった街で、「本当の母親」に結びつく唯一の手掛かりは、教えられた歌だけだった。ソラはある夜、路上に立った。あの女性の手掛かりをつかむためにソラにできることは、一つしかなかった。

平日の宵の口の家路を急ぐ人々が、疲れと安堵《あんど》とを肩に乗せて通り過ぎてゆく。ソラは大きく深呼吸をして、声を歌のしらべに乗せようとした。十年以上もの間、封印していた歌。心の中では決して忘れることなく歌い続けていた、心の鼓動と化した歌を……。

だが、できなかった。どんなに息を吸い込んでも、歌が出てこなかった。歌いたい心と、歌わせまいとする心とがせめぎ合っていた。

階段から蹴り落とされた過去は、存在を否定された「記憶の裂傷」だった。それは癒《い》えることなく、心の奥底に海溝のように横たわっていた。歌を声にすることは、癒えない傷跡に素手で触れるも同然だった。自身の根源を知りたいと思う心と、知ることを恐れる心とを対峙《たいじ》させたまま、ソラは一年間、ただ路上に立ち続けた。

歌えない自分を呪い、ソラは寄る辺なく街をさまよった。心の傷からは、見えない血が流れ続けた。流れ出した血が街のすべてを朱に染めた頃、ソラが辿り着いたのが、電車と車の音がすべてをかき消す高架下だった。そこで初めて、歌を声に乗せることができた。

ソラとユイが出逢ったのは、喧噪との孤独なセッションが半年も続いた頃だった。届かないはずの歌が届いたユイには、歌の「色」で一人でも多くの人を染め上げる権利と義務がある。そんな強引すぎる言葉で、ユイは彼女の支えになって励まし続けた。そこから、ソラとユイの二人三脚が始まった。

最初の路上ライブは、たったの五秒で終わった。たまたま足を止めた三人の聴衆の前での、ワンフレーズだけのライブ。それ以上続けられなくなり、駆け去ったソラは、逃げ込んだ路地裏で涙を流していた。それは恐怖でも羞恥《しゅうち》でも後悔でもない、希望につながる涙だった。

そこから少しずつ、歌える時間は伸びていった。

だが、ようやく人前で歌えるようになった矢先に、非平和状態が訪れた。ユイが徴集業務で街を離れている間に一人でライブに立ったソラは、自粛警察から強烈な洗礼を浴びた。石持て追われるように路上からはじき出されたソラは、再び声を失ってしまった。

そんなソラの下をユイは徴集業務の合間に定期的に訪れ、遠くにいる時にはビデオ通話で話し続けた。そうして、「一分半だけのゲリラライブ」という形で、全国を巡る旅が始まったのだ。ユイが徴集業務をずっと続けているのも、移動制限を受けることなく、全国にソラの歌を届けるためだった。

今は一人でも多くの人に、ソラの歌が広まってほしかった。失われた記憶を揺さぶるソラの歌は、ユイの過去や、ペンダントヘッドの文字の謎の解明につながっているはずだ。とはいえ、ソラの心の負担にならず、自粛警察の眼をかい潜っての活動をと考えると、無理な動きはできなかった。

「ユイさんに逢ってから、もう五年が経つんですね」

一分半だけのゲリラライブも口コミで広がって、少しずつ人気になっていた。望月さんの漂着物を紹介するサイトも、ソラの歌を流したことで、一気に人気サイトへと躍り出たのだ。

助手席で小さくハミングするソラの姿に、ユイはいたたまれなくなった。ソラを利用して、自分の望みをかなえようとしているだけなのではないか……。ユイは首を振って、ハンドルを握り直した。

三ヶ所の小都市でのゲリラライブを終えて、ユイとソラは、望月さんの住む海辺の街に到着した。台風が近づいていたので、通り過ぎるまで避難させてもらう予定だった。

「はじめまして、ソラと言います」

ぺこりと頭を下げるソラに、望月さんは柔和なまなざしを向ける。二人とも、ユイを通じてお互いのことはよく聞かされている。

「なるほど、歌声のイメージと、重なるようで重ならない。良い意味で、裏切られた気分だよ。力強さとはかなさとが調和して、独特の色で輝く織物のようだ」

望月さんは、かつての生業《なりわい》を思い出したような口調で、ソラの姿に何度も頷いている。

「ソラさんも、ユイさんに、暗いトンネルから連れ出してもらったのかな？」

「はい、無理やり、引きずり出されちゃいました！」

「ああ、ひどいなあ。その言い方」

同じ心の欠落を抱え、色を失った日々を過ごした二人は、初めて顔を合わせる親戚《しんせき》のように、すぐに打ち解けた。ソラは飾られた漂着物たちを一つずつ手に取って、挨拶《あいさつ》でもするようだ。ソラの来訪を、漂着物たちも喜んでいる。そんな気がした。

その夜は、望月さんが二人のために料理の腕を振るってくれた。

「久しぶりだね。誰かのために料理をするだなんて」

山岳地帯の香辛料をふんだんに使った、野趣あふれるジビエ料理に舌鼓を打つ。望月さんの海外の買い付け旅の思い出話を聞きながら、三人で囲む夕食の時間は、ゆっくりと過ぎていった。

だが、話題は最後にはどうしても、この非平和状態での日々の暮らしのことになってしまう。

移動中にもテロ行為らしき爆発音が遠くから聞こえてきたし、ミサイル落下による地域封鎖で迂《う》回《かい》を余儀なくされた。半ば隠遁《いんとん》生活を送っている望月さんの毎日にも、戦争は影を落としていた。

「海沿いの地域では、自治体から自主防衛活動が義務づけられてね。まあ、敵が攻めてきたら自分たちで身を守れということらしいが……。とはいえ、武器なんて料理に使う包丁しかないし、それを持ち出しては銃刀法違反だ。結局、何を使ったと思う？　竹槍《たけやり》だよ」

一世紀近く前の「あの戦争」でも、本土決戦に備えて竹槍での訓練が実施されていたそうだ。

戦争の概念も大きく変わったのに、いざとなると竹槍なんてものが持ち出されてくるのだから、人の意識というのは簡単には変わらないのかもしれない。

「平和ボケと言われたら仕方がないが、まさか自分が、竹槍とはいえ武器を持って敵に備えるなんてことをするようになるとはね」

姿の見えないミサイルに、竹槍でどう対抗しろというのだろう。

「私、一回だけ、二種徴集を受けたことがあるんです」

「二種だって？　危険な業務もあると聞いているが……。ソラさん、大丈夫だったのかい？」

ユイがやっている三種徴集業務とは違って、二種徴集には、戦闘地域での後方支援であったり、兵器工場への動員だったりと、危険なイメージがつきまとっている。

「私もどんなことをさせられるんだろうってビクビクしながら任地に赴いたんですけど……」

ソラが従事した業務は、目の前のモニターに映し出される文章を、ひたすら読み上げるというものだった。

「何かの音声ガイダンスを作るための業務だってレクチャーされたんですけど、普通そういうのって、声優さんとかナレーターがやるものじゃないんですかね？」

　今も納得がいっていない風に、ソラは首を傾げる。

「それじゃあ、ソラさんの声が、どこかで使われているということなのかい？」

　本人すら知らない場所で、ソラの声が使われていると考えたら、なんだか不思議だった。

「望月さん。これを見てもらえますか？」

　食後の珈琲《コーヒー》を飲みながら、派遣先の街で撮った、あの文字が記された落書きの写真を見せた。

　ソラも横からのぞき込む。

「これは……」

　望月さんも驚いた様子で、写真を手にしたままギャラリーに向かい、漂流物と見比べている。

「望月さん、文字の記された漂流物は、この浜にしか流れ着かないって言ってましたよね」

「ああ、その通りだよ」

「だけど、もしかするとこの文字は、この国のいろんな場所に記されていて、それを目撃している人もいるのかも……」

　そして、そんな情報を一つ一つ集めた先に、ユイの閉ざされた過去への扉を開くヒントがあるのかもしれない。そんなことを考えていると、望月さんがユイを見つめていた。出逢ってから初めてだ。その表情に意志の強い線が浮かぶのを見たのは。

「ユイさん。ソラさんのライブを、ここでやったらどうだろう」

　思ってもみない提案だった。ソラも頷いている。ユイが浜で撮影をしている間、望月さんとソラは一緒にキッチンに立っていたので、その時に話していたのだろう。

「サンルームとリビングを開け放てば、二十人は入ることができるだろう。移動制限でここまで来られない人もいるだろうから、ライブ配信も同時に行ったらどうかな？」

ユイはすぐには返事ができずにいた。台風の接近も知らずに、外では虫たちが音を重ねている。

「たくさんの人に、ギャラリーの漂着物や、ソラさんの歌のことを知ってもらおう」

「だけど、そんなことしたら……」

人々は大挙してギャラリーに押しかけ、望月さんの心静かな日々は終わりを告げるだろう。

「私も実は期待しているんだよ。この場所のことを妻が知ってくれたら、もしかしたら……とね」

心のバランスを調整するような、ためらいの交じった声だ。

突然、愛する誰かが消える。離別であれば、愛憎の果てで摩耗した心は、日々のささやかな喜びを塗り重ねて修復できるだろう。死別であれば、決して戻ることがないという現実を、年月を掛けて受け入れてゆくだろう。

だけど、理由のない「消失」は、完全に時が止まってしまう。壊れた時計の秒針が痙攣《けいれん》する止まった時の中で、望月さんの積み重ならない日々は、ただ空しく過ぎていったのだ。

「私は、妻が残した文字が記された漂着物集めに没頭することで、そこから先へ自分の心を掘り下げることを躊躇していたんだ」

望月さんの心を写し取ったように、天窓が風でカタカタと揺れている。少しずつ、風が強まってきたようだ。

「たった一度でもいい。もう一度、妻に逢いたい。妻の声を聞きたい……。そのためには、心の殻を破らなければならないんだ」

いびつな岩のようだった望月さんの心は、十年の月日で角が削られ、柔らかな丸みを帯びていた。

「ソラはいいの？　ライブ配信なんかしたら、全国にソラのことが知れ渡ってしまうんだよ」

ソラは、ためらいのない瞳をユイに向け、望月さんと頷き合った。

「君は私とソラさんに何年もの間、寄り添って、自分の内側だけに向かっていた心を、外へと向けてくれたんだ。今度は私たちが、ユイさんの失われた過去への扉を開く手伝いができれば……。そう思ってね」

「ユイさんが、私に歌声を取り戻させてくれたんです。今度は私が、ユイさんの過去を取り戻すお手伝いをしなきゃ！」

「望月さん、ソラ……」

ユイは言葉を詰まらせた。ずっと、二人の心の闇に光を灯《とも》し続けてきた。だけどそれは、自分の目的のためでもあった。

「ごめんなさい。何だか私、ずっと二人を利用し続けている気がして……」

服越しに、胸のペンダントヘッドを握りしめていた。そんなユイを、二人は優しく見守ってくれていた。

「利用してくれていいんだよ。ユイさんの頑張りが、心の内に押し込めていた私たちの願いを、外に出す勇気を与えてくれたんだ。その意味では、今まで私たちがユイさんを利用していたんだからね」

二人がユイを見つめる。ユイの下へと流れ着くことが運命づけられていた漂着物のような二人が……。

「三人で、ライブを成功させましょう！」

ユイは言った。さまざまな思いで言葉を詰まらせながら。

奥崎・エピソード5　ブランコの揺れ

地方遠征での顕戦工作が終了した。

遠征工作終了後は、移動制限がかかる前に鉄道や高速バス等に別れて帰路につくが、一人は現地に残って、「パンデミック発生」という名目で封鎖された地域の市民の様子を見守ることになっている。

遠征時にはその地方で使用できるスマホを支給されるので、居住区域外の通信制限があっても支障はない。ホテルへのチェックインも問題なく済ませることができた。

時刻は午後の二時半過ぎだ。気疲れもあってベッドに倒れ込んだが、すぐにスマホの事前設定アラームで起こされた。

「そうか。三時から調整会議だったな」

戦時下の国家を維持するために、さまざまな省庁が密接に連携しあっている。そのため二週間に一度、省庁を横断した調整会議が開催されている。奥崎は重たい身を起こしてパソコンを立ち上げ、政府専用回線で会議にリモート参加する。特別対策班は存在自体が秘匿されているため、直接の参加はできない。発言権もなく、画面も音声もオフの、完全なるオブザーバー参加だ。もっとも、会議に参加している高官たちもアバターでしか画面に姿を見せないので、どことなく現実感が乏しいのはいつものことだ。

「戦争事業の遂行は、戦闘行為を頂点としたピラミッド構造を成しています」

話しているのは、国民意識研究所の所長だった。一般市民の間では「戦争」という単語はタブーとなっているが、調整会議では、この国が戦時中であることは当然の前提である。研究所長のアバターは二次元的でのっぺりとしていて、他の上層部の精巧なアバターに交じると、いかにも異質だった。

「それは砂漠に鎮座するピラミッドのような、大地にしっかりと根を下ろしたものではありません。たとえるならば、トランプをバランス良く積み重ねて作ったピラミッドを考えた方がいいでしょう」

スクリーンに、トランプによるピラミッドが映し出される。

「末端の、小さな仕組みの一つが崩れれば、全体のバランスが崩れ、あっけなく崩壊してしまいます」

画面の中のトランプに、小石が転がってゆく。小石があたった途端、ピラミッドは音もなく瓦解していった。

「ご参加いただいている各省庁・機関の皆様の不断の努力によって、ピラミッドの下部構造は堅《けん》牢《ろう》となり、開戦から二年半が経過した今も、戦争遂行のピラミッドは崩れることなく形を維持しております。ですが……」

研究所長のアバターは、表情を変えることなく口だけが動き、不自然極まりない。

「ですが、バランスは、いつか必ず崩れるものです」

憂い顔すら見せぬ二次元の顔面が、虚無的すぎる瞳で奥崎を見つめていた。

「仕組みを崩壊させないために国民を誘導するのが、当研究所の役目となっております」

国民意識研究所とは、国民の前での表向きの名称であり、正式名称は「国民誘導研究所」だ。戦争が始まるよりもずっと前から、この戦争に向けての国民誘導を開始していたという。

画面が切り替わって、何か手元資料のようなものが映り込んだ。

「漂着物作成業務、街頭落書き書き込み業務……。なんだこれ？」

戦争対策にしては、奇妙な業務ばかりが並んでいる。

「……失礼。内部資料が映り込んでしまいました」

再び出現したアバターが素っ気なく言って、話を続ける。

「当研究所の役目は、ピラミッドの補強ではありません。たとえ崩れてしまっても、崩れていないと思わせることが、我々の使命です。国民の思い込みが、見えない補強材となって、ピラミッドを支える……。それが戦争遂行時の国民意識の理想と言えるでしょう。そのために、さまざまな意識誘導を、今も実施しております」

数秒だけ映り込んだ奇妙な業務が、国民の思い込みを高めるために必要であるとは思えなかった。だが、複雑で広範な仕組みが組み合わさって、戦争遂行というシステムを動かしているのは確かなようだ。

奥崎もまた、システムの歯車の一つに過ぎないし、それを厭《いと》う気持ちはない。だが、能動的に動き、システムをより強固にする、意思ある歯車であるという自負は持っている。

会議のリモート参加を終えたら、もう夕方だった。ホテルを出て、顕戦工作地の封鎖をさりげなく確認してから、地元の居酒屋に入ってみる。国内移動制限がかかり、未知のウイルスの蔓延《まんえん》という名目で外国人の入国も禁じられているので、客は地元民ばかりだ。ビールと数種のおつまみを頼んで、人々の会話に耳を傾ける。今日から三日間、パンデミック地区として外部と行き来できず、情報も交通も遮断され、憤りを吐き出す場のSNSはカホゴによって自由に書き込めないとなれば、人々が本音を吐き出せるのは、こうした場所だけだ。

喧噪の店内ではあるが、会話はいやでも耳に入ってきた。

「あ〜ぁ、カホゴなんて、いつまで続けるんだよ。うぜぇ〜」

「ミサイルが落ちるたびに、くっだらねぇ移動制限なんてしやがって！」

「海外旅行に行きた〜い！　もう非平和なんてうんざり」

奥崎は、唾棄《だき》したい気分で、テーブルの下で拳《こぶし》を握りしめた。

カウンターには「自由帳」が置かれていた。カホゴへの反動で、最近はアナログなノートの自由帳が復権を見せていた。ネットの不自由さを皮肉ってか、殊更に「自由」を強調したイントネーションで呼ばれるようになったシロモノだ。何の気なしにページをめくると、これまた厭戦《えんせん》と嫌戦の書き込みばかりだった。

この国が、ミサイルやテロで死者が出ている戦争状態であることが国外に知れ渡ったら、たちまち輸入は滞り、周辺大国に国土を簒奪《さんだつ》され、居酒屋で楽しむことなど夢のまた夢となるだろう。そんな国家の水際での攻防を知ることもなく、不平不満ばかりで現実と向き合おうともしない人々に、奥崎は憤りしか覚えなかった。

自由帳には、「ミシラヌ」についての書き込みもあった。

――ミシラヌに行きさえすれば、ミサイルやテロに怯えることもないんだぞ？　どうしてみんな信じないんだ？

——ミシラヌに渡るパスポートは、どうやったら手に入るの？

開戦当初、ミサイルやテロへの恐怖から広まったミシラヌ幻想だが、今ではカルト的な扱いをされており、信じていても誰も声高には話せなくなっていた。それらの書き込みには違う筆跡で、嘲笑《ちょうしょう》やさげすみの「枝コメ」がいくつも書き込まれている。

もちろん奥崎も、ミシラヌ幻想が不毛なものであることは百も承知だ。だが、厭戦や嫌戦思想を垂れ流す輩《やから》に比べたら、ミシラヌ願望の方がいくらかましだろう。「トンデモ」な主張とはいえ、戦争の恐怖ときちんと向き合っているのだから。

自由帳を閉じかけて、ふと、気になる書き込みが目に入った。

——ソラ　どこでもない国のしらべ
本日夜九時から、たったの一分三十秒
36.047840,138.110610

自由帳の口コミだけで周知される、ほんの数分だけのゲリラライブが、ちょっとした流行りになっていた。次にどこの街に現れるかわからないソラという歌い手が話題になっていることは、その書き込みに「行きます！」「ぜったい見に行く！」と、枝コメが数十件も並んでいることからもうかがえた。

最後に記された数字の羅列は、北緯と東経の位置情報だろう。九時なら、今から行けばちょうど間に合う。奥崎は数字をスマホの地図に入力して、店を出た。ほろ酔い気分で見知らぬ街を歩くと、任務中であり戦時下でもあるが、旅行でもしている気分になってくる。

「気ままな一人旅か……」

大学時代の恋人は、時折、奥崎にも告げずにふらりと旅に出ることがあった。お土産を買ってくるでもなく、観光をした様子もないあの旅は、いったい何が目的だったのだろう。

位置情報が導いたのは、この街の象徴である湖の畔《ほとり》の広場だった。かつては路上シンガーなど珍しくもなかったが、戦時下で旅行もできない夏休みだから、皆、暇を持て余しているのだろう。九時より早くも遅くもなく、人々は四方から集まってきた。それが自粛警察や不謹慎モンスターに妨害されないためのゲリラライブのマナーなのだ。まるで顕戦工作の集合のようで、奥崎は思わず苦笑した。

九時ちょうどに、若い小柄な女性が、湖を背にして立った。彼女がソラという歌い手なのだろう。表現する若者にありがちな、気弱さと承認欲求とがせめぎ合う居心地の悪さは、化粧っ気のない普段着姿からはまったく感じられない。

前置きもなく、ソラの歌は突然に始まった。どこの国の曲なのかもわからない、不思議な音階と言葉のつながりだ。小柄な姿からは想像もつかない伸びやかな歌声が、大きく緩やかな波となって奥崎の心に押し寄せた。それは、伝えたいという一途《いちず》な思いそのものだった。内なる歌の「外に出たい」という欲求に突き動かされて、ソラはその歌を調べに乗せているようだ。

湖面を風が吹き渡り、歌声が夏の夜空へと羽を得た。奥崎の、そして集まった聴衆の心を高く、遠く旅立たせる。奥崎はいつしか眼をつぶり、届かぬ先へと必死に思いの羽を伸ばしていた。厚い雲を突き抜けて、見果てぬ先の青空を目指すように……。

突然、心が羽を失い、地面に落下した衝撃で、奥崎は目を開けた。歌が唐突に終わってしまったのだ。聴衆たちは初めからわかっていたようで、突然の中断にもかかわらず、小さな拍手を残して、余韻を味わう様子もなく去って行く。ソラもまた、歌声とは打って変わったおどおどとした様子で頭を下げると、逃げるように姿を消した。自由帳の口コミだけで集まり、自粛警察が湧かないうちにあっという間に消え去る。まさにゲリラライブだ。

去って行くソラを見送っていた奥崎は、目を見張って、とっさに後を追いかけていた。ソラに寄り添い、はげますように話しかけている女性。いったいなぜ、こんな場所に？　髪型や服装が変わっても、歩き方までは変えられない。一歩ずつにしっかりと意思を介在させた、軽やかで揺るぎない歩み。

コインパーキングの前で、ソラが奥崎に気付いて振り返った。

「ユイさん……あの人」

「いいの、知り合いだから。先に車に戻ってて」

ソラは彼女を、耳覚えのない名前で呼ぶ。彼女の表情に驚きはなかった。一度もこちらに気付いたそぶりは見せなかったのに……。彼女は奥崎を目線で促し、すぐそばの公園へと導いた。公園のブランコの前で立ち止まり、背を向けたまま、何かを切り替えるように大きく首を振った。

「苦労したんだよ。ソラをああやって、人前で歌わせるまで」

彼女は振り返って微笑んだ。どこかぎこちないのは、久しぶりの再会のせいだろうか。

「アイツを売りだそうって思ってるのか？」

まるで昨日の続きのような彼女の言葉に、奥崎もまた、「久しぶり」の挨拶もなく尋ねることになった。物憂げに首を振る彼女の、昔と変わらない部分と、変わった部分とをそれぞれに受け止める。五年という月日の隔たりを、長くも短くも感じた。

「ソラが心の奥にしまっていた、人の心を揺り動かす歌の力を、開かせてやっているだけだよ」

並んでブランコに座る。子ども向けのブランコは座面も低く、再会のぎこちなさに拍車を掛けるようだ。

「ユイって呼ばれてたな？」

「三種徴集を受けて活動しているの。その間は、偽名を使うことが義務づけられているから」

「三種徴集？　なんだってそんな……」

互いに国家機関への就職を目指していた。現に彼女は上級職の試験を突破し、奥崎に気後れを感じさせていたのだ。入庁が決まってから、彼女の名前を国家機関の名簿で探したが、見当たらなかった。宗旨変えして民間企業に道を選んだのだとばかり思っていた。

三種徴集業務に就くのは、国家貢献度の低いフリーターや無職の人間に限られていた。彼女の身にいったい何が起きて、こんなドロップアウトをしているのだろう？　答える代わりに彼女はブランコを漕ぎだす。奥崎も地面から足を離し、揺れに身を任せた。

「はじめはただ、ソラの歌を一人でも多くの人に届けたいってだけだったの。だけど、非平和状態で心に隙間ができてしまった人たちにとっては、ソラの歌声は小さな拠り所になっているみたい」

それ以上の詮索《せんさく》を封じる口調だった。三年間も付き合っていた相手だ。話せない裏の理由があるだろうことはうかがい知れた。

「確かにあのソラって子の歌声には、人を惹《ひ》きつける魅力があったよ。だけど、しょせん歌はその時々の心を慰めるものでしかないよ。それはミシラヌ幻想と一緒で、ただ不毛なだけなんじゃないか？」

考え方は違えど、二人はそれぞれ「確かなもの」を社会に創り出すために、国家機関を目指していたはずだった。

「あなたは信じていないの？　ミシラヌの存在を」

二人のブランコの振り子が重なり合った。首を傾げるようにして、彼女は奥崎をのぞき込む。

恋人同士だった頃、意固地になりがちだった奥崎の心の奥に一瞬で入り込んできた表情だ。だが、それを素直に受け止めるには、今は二人の立場が違い過ぎた。

「ミシラヌなんて、弱い心が作り出した幻想にすぎないだろう？」

ミシラヌのアカウントが、国家機関に入り込んだ工作員が運営するものだろうことなど、話せるはずもなかった。

「幻想か……。形のないものは信じられない？」

「信じる信じないじゃない。形のないものに仮託した心がどれだけ集まっても、結局の所、現実を動かす力になることはできないさ」

「そうかな？　景気の変動だって、大企業の破綻《はたん》や経済政策の失敗みたいに形ある理由がある場合もあるけれど、多くは、これから景気が良くなりそうだって、人々の気分で変わってゆくものでしょう？　形のないものが、現実を大きく動かすこともあるんじゃない？」

彼女は、ひときわ大きくブランコを揺らした。

「いずれにしろ幻想だ。どれだけ追い求めても、蜃気楼《しんきろう》のように実体を持つことはできないさ」

互いのブランコは、違う重力に支配されたように、重なり合わなくなった。

「ねえ、幻肢痛って言葉、知ってる？」

「たしか、手足を失った人が、存在しないはずの手足に痛みを感じるってやつだろう？」

事故で足を失った女性のドキュメンタリーで、その言葉を聞いた覚えがあった。

「今のこの国は、戦争って言葉を口にすることもできない。攻撃されているのに敵の姿すら見えない。そんな幻みたいなことに振り回されて、心の幻肢痛に陥っている人がたくさんいると思うの。そんな状況だからこそ、心に見えない傷を抱えた人たちの痛みを、少しでも和らげてあげたいでしょう？　幻の痛みには、幻の薬ってわけ」

つい数時間前の調整会議を思い出す。国民誘導研究所が、戦争のピラミッドを支える形のない補強材とするべく、国民心理を「誘導」するのだと話していた。彼女もまた、知らず知らずのうちに国民の心を安定化させているのだと考えれば、違う形で国家の戦争遂行に寄与していると言えなくもない。

「まあ、世代を超えて歌い継がれる歌だってあるんだし、ソラの歌が広がっていけば、そんな効果もあるのかもな」

心の重なり合いとすれ違い……。懐かしさと寂しさで、二人同時に苦笑いする。久しぶりに大学時代に戻ったような会話だった。そして、混じり合わない決定的な違いが二人の関係を自然消滅させたことも、お互いが理解している。それぞれに社会に属し、夢と現実とを自分の足で踏み分けて生きてきた。その月日は、実際の歳月以上に二人の心の居場所を遠ざけたのかもしれない。

「もう行くね。また明日は、違う街でソラの歌声を待っている人がいるから」

彼女は揺れるブランコから、身軽に着地した。

「また、いつか会えるかな？」

奥崎が言うと、彼女は振り返って、謎かけでもするような微笑みを見せた。学生の頃と同じようで違う、透明な隔てのある微笑みだ。

「そうね。いつか、平和が訪れたら」

平和は訪れるものじゃない。つかみ取るものだ。そんな心の思いは口にせずに、奥崎は頷いた。

彼女の姿が消えてからも奥崎は、不自然に揺れ続けるブランコを見つめていた。

「ユイか……そういえば」

学生時代、彼女は一人旅から戻ってくると、どこかぼんやりしていることがあった。そんな時、通りすがりに聞こえて来た他人を呼ぶ声に、まるで自分が呼ばれたように振り向いた。それもたしか「ユイ」ではなかっただろうか？　彼女はもしかするとずっと以前から、その偽名を使っていたのかもしれない。

ユイ・エピソード6　ミシラヌ

「今日は何人くらい、集まってくれるかな」

ギャラリーでのライブのことは、ユイの動画サイトだけで告知していた。移動制限にかからず、不謹慎イメージを覆して参加できる人数はわずかなはずだった。

「あんまり多くても、私の方が緊張しちゃいますから、ほんの少しでいいですよぉ」

「そうそう、あんまりたくさん来られても、この家がパンクしてしまうからね」

ソラと望月さんが、気を揉《も》むユイを気遣ってくれた。家具やギャラリーの棚を端に寄せ、椅子を並べて即席のステージを作って、開場の夜を待った。

九月の満月が東の空に顔をのぞかせた時、最初のお客が控えめにチャイムを鳴らした。扉は砂を噛《か》むこともなく、音もなく開いて来訪者を受け入れた。

月が天窓のガラスに青白い光をちりばめる頃には、ギャラリーには二十人ほどの観客が集まっていた。即席のライブハウスは、暖かな空気に満たされた。

「皆さん、集まっていただき、ありがとうございます」

望月さんに促され、ユイは主催者として挨拶に立った。

「どこでもない場所から流れ着くものたちと、どこでもない場所から届く歌が、ようやく出逢える場所ができました」

ユイは観客たちを見渡した。この国自体が漂流しているような不安定な時代に翻弄された、未来の見えない表情が並んでいる。彼らもまた、流れ着く先のわからない漂流物なのだ。

「こんな時代だからこそ、ソラの歌声が、みんなに必要なんじゃないか……。そう思って、今日のライブを開催することにしました」

ソラが、ぺこりとお辞儀をして観客の前に立つ。ユイはビデオカメラと接続しておいたパソコンを操作して、ライブ配信を開始した。事前に告知していたので、すでに一千人以上の視聴者が待機している。

照明を絞ると、天窓からの淡い月の光が、ステージを優しく照らし出した。ソラが心を揺らさずに歌える空間が必要だった。この日のために望月さんが見立てた露草色の民族衣装と、ユイが結い上げた髪とが、ソラを「どこでもない場所」からの旅人に変貌《へんぼう》させていた。

望月さんが古びた弦楽器を手にして、ソラの横に座る。童謡、少し昔の流行歌、オールディーズナンバー。望月さんの演奏の導きで、ソラは歌った。弦楽器の響きとソラの歌は調和し、初めてのセッションとは思えないほどに、観客たちの心と溶け合っていった。

ひとしきり誰もが知るナンバーを歌って、座が暖まった。何かを求めるように視線を向けるソラに、ユイは強く頷いた。望月さんも弦楽器を置いて、観客の一人となる。天窓越しの月を、ソラは見上げた。その歌が本来歌われていた場所でも、月は同じ光で輝いているのだろうか。

その月明かりのように、ソラの歌声が静かに広がった。異国の歌の響きが、ギャラリーの観客たちを、ここではないどこかへと連れてゆく。立ちくらみを起こしたような不安定な浮遊感が、それぞれの心の郷愁を呼び覚ます。歌声が心に寄り添い、月明かりに導かれるように上昇してゆく。

そして訪れた、突然の断絶――。断ち切るように、ソラの歌は終わる。聴く者に人生を立ち止まらせ、それぞれの心の断絶を揺さぶる。届かなかった想い、果たせなかった約束、思いもよらぬ別離……。心の内に封じ込めた理不尽な悲しみを、ソラの歌はよみがえらせるのだ。

静寂を、小さな拍手が破る。心の涙を洗い流すように、拍手は長く、いつまでも続いた。

「これから、少しずつ、ソラの歌の輪を広げて行けたらいいなって、そう思っています」

見えない戦争が続く日々には、分厚い雲の下に押し込められたような閉塞《へいそく》感があった。ソラの歌は、束の間であっても人々の心を照らす微《かす》かな光になれるだろうか？　そしていつか、歌や文字の謎が解けて、ユイの消えてしまった過去に光をあててくれるのだろうか。

ライブ後の高揚した空気は、人を寄せ付けなかったギャラリーに温かさを運んでいた。人々はソラや望月さんとも会話を交わし、飾られた漂着物の数々を手に取っては、互いに語り合っていた。

「ライブ配信も、同接五千人だ！」

配信は終了したが、アーカイブ視聴も順調に伸びていっていた。

小さな一歩。だけどそれは、未来と希望につながる一歩だ。

◇

「何だろう、この急上昇ライブ？」

訪れた観客の一人が、自分のスマホの動画サイトからの通知を見て、驚きの声を上げた。

「同時接続百万人。今も、どんどん増えて行ってる！」

人気配信者のライブでも、同時接続の視聴者数はせいぜい五十万人ほどだ。

「このアカウント名のY0639515Sって、もしかして……」

それは、日々ミサイル情報を教えてくれている、ミシラヌのSNSアカウントと同じ名前だった。

「えっ……。こっちのライブにも、ソラさんがいる！」

ユイも慌てて自分のスマホで確認した。検索せずとも、そのライブ配信はトップに躍り出た。

そこには本当に、「ソラ」がいた。

「私、こんな動画撮ってない。でも、自分にしか見えない。ライブって、どういうこと？」

ソラ自身にも自分だとしか思えないのだ。他の人が見間違うのも無理はなかった。

「こちらは、Y0639515S。皆さんがミシラヌと呼んでいる国からのライブ放送です」

映像の中の「ソラ」が、ゆっくりと口を開き、話しだした。

「声も、私とそっくり」

かすれた声で、ソラが呟く。その声すら瓜《うり》二つで、画面の中の女性とソラ、どちらがしゃべったのかわからずに混乱してしまう。

「ミサイルの情報だけは、今まで何とか皆さんにお伝えしてきましたが、皆さんがＵＮＣと呼ぶ国からの妨害が激化し、いつまで続けられるかわからない状況です」

悲痛な表情は、この国の国民の心に寄り添おうとするようだ。

「今日は、皆さんにとても大切なお知らせがあって、こうしてライブ放送の形でお届けしています。このライブも、いつ切断されてしまうかわかりませんが……」

未来を寄せ付けない声音は、何を伝えようというのだろうか。

突然、画像が切り替わった。モノクロの映像だ。穏やかな波が打ち寄せる、浜辺の風景が浮かび上がる。波打ち際に流れ着いた漂着物が被写体のようだ。

映像が、少しずつ色を帯びてゆく。海藻に見えた漂着物は、迷彩色の服だった。そして海は蒼《あお》ではなく、朱《あか》く染まっていた。岸を埋め尽くす迷彩色の物体の「腕」の部分には、この国の国旗が縫い付けてある。

声にならない押し殺したうめき声が漏れた。

「これって、戦争で死んだ兵士の……」

ギャラリーの観客の一人が、言いかけて言葉を失った。波に揺られ、「物体」と化した死体は、膨張して浮力を得たのか、波の上でぶつかり合い、不規則に揺れ動く。生々しい戦争の現実を目の前に突きつけられ、ギャラリーは静まりかえった。

映像は、再びソラとそっくりな女性に切り替わった。

「この国の海岸には、皆さんの国から一種徴集され、ＵＮＣと戦った方々のご遺体が多数、流れ着いております」

画面の中のソラそっくりの女性が見つめるのは、二年以上も戦時下にありながら、戦争の恐怖や悲惨さと向き合っていない、この国の国民すべてだった。

「UNCは、これから皆さんの国に大攻勢をかけるつもりです」

この国の政府よりもずっと早く、正確にミサイル情報を伝えてくれていたミシラヌのアカウントだ。その言葉には、真実の重みがあった。それは死体の風景が、「対岸」の他人事《ひとごと》ではなくなることを意味していた。

「皆さんの国に残してきた、双子の妹のことが気がかりですが、今は皆さんを一人でも救うことが第一ですね」

ギャラリーに集まった人々が、一斉にソラを見つめた。

「それじゃあ、私が双子で、彼女が姉ってこと……？」

ソラは呆然として呟いた。何も確証はなかった。ソラ自身の過去を映し出す鏡はどこにもない。だが、ソラと女性は、まるで鏡に映したように瓜二つなのだ。

「私たちは、皆さんを迎える準備ができています。ミシラヌに辿り着くことができた方々を無制限に受け入れる用意をして、お待ちしています」

慈悲深い表情で、画面の中の女性は、人々を迎え入れるように両手を広げた。

「亡命者を受け入れてくれるってことか」

「だけど、場所もわからないミシラヌに、どうやって？」

観客たちは、絶望と希望の狭間でささやき交わしていた。画面を見つめるソラの表情は、こわばったままだ。

動画から女性の姿が消え、自然の風景が映し出された。灌木《かんぼく》がまばらに立ち、下草が時折風にそよぐ、どこにでもあって、どこでもない場所……。ミシラヌの風景なのだろうか？

その画面から湧き上がるように聞こえてきたのは、歌声だった。

「この歌って……」

ソラが、そしてギャラリーの人々全員が、息を呑《の》んだ。ソラが歌う「どこでもない国のしらべ」そのものだったからだ。歌声も、ソラのものとしか思えない。

「どういうことだ、これは」

望月さんの口から、うめき声が漏れる。歌声に合わせるように画面に現れては消えてゆく文字……。歌詞を示したものなのだろう。それは、漂流物に記された文字と同じだった。

「やっぱり、この文字と歌って、ミシラヌのものだったんだ」

周囲のざわめきが、耳に何重もの膜がかかったように遠くなった。

突然、歌が終わった。いや、ライブ配信が強制終了されたのだ。それはＵＮＣの妨害による、通信の切断なのだろうか。途切れたのは、ソラの歌の途切れる箇所と、まったく同じだった。

奥崎・エピソード６　揺さぶり工作

目の前を高速で通り過ぎていく建物群に目をこらす。一瞬で視界から消え去る看板の文字は読み取れない。

「長島、どこに行ったんだ……」

五日前の顕戦工作後、長島は本部に帰着しなかった。長島が所持していた通信端末のGPSを解析すると、帰路、突然に反応が消え去り、そこからの消息は不明だった。対策班が表だって行動するわけにはいかず、捜索は別部署に任せるしかなかった。

そして昨日、課長から「消息不明、継続探索終了です、ハイ」と簡潔に告げられた。長島は存在を消されたのか、それとも身柄を拘束され、機密を自白させられているのか？　UNCの工作員はすぐそばにいて、我々を嘲笑《あざわら》っている。いつでも、お前たちを攫《さら》って消すことができると。

そんな見えない闘争など露知らず、電車の乗客たちは変わらぬ日常の中にいる。——いや、変わったこともある。夏休みも終わって、車内に戻ってきた制服姿の学生たちから漏れ聞こえてくる、「ミシラヌ」や「パスポート」という単語。

「まったく、のんきなもんだな」

顕戦工作からの帰路、遠回りをしての本部復帰の途中だった。世間ではミシラヌ騒動が異様な盛り上がりを見せていた。今までミサイル情報を伝えていたミシラヌのアカウントと同じアカウント名で、動画サイトに映像が公開されたのだ。その映像では、今後のUNCの大侵攻が予言され、ミシラヌに渡航した者への、ミサイルに怯えずに済む生活が約束された。

ミシラヌを巡る世間の反応は一変した。生々しい戦死者の姿が公開されると、冷笑し見向きもしなかった国民たちが、手のひらを返したように、ミシラヌという存在を認めた。ミシラヌ幻想が爆発的に膨れ上がり、誰もがミシラヌへと渡るための「パスポート」を求めて奔走している。

ミシラヌのアカウントが、奥崎たちが流す「ギサイル」情報も網羅していたことから、それがこの国に入り込んだ工作員の手によるものであることは疑いようもなかった。だとしたら、今になって新たな動きを見せた理由は考えるまでもない。厭戦感情を増大させてUNCに有利に導こうとしているのだ。開戦当初からミシラヌ幻想による工作を開始したものの、はかばかしい効果が得られなかったことから、強攻策に出たのだろう。

特別対策班が裏方であることは充分に理解していた。だが、守るべき国民たちはあまりにも愚かで、国家の行く末など一ミリも考えていない奴らばかりだった。奥崎はほんの一瞬、能天気な国民の上に本物のミサイルを落下させたい衝動に駆られた。

線路への無断侵入があったということで、電車が緊急停止した。扉のそばに立ち、外を眺めていた奥崎の目の前では、ちょうどビルとビルの隙間から、遠くまでを見通すことができた。

「なんだ、あれって?」

垣間《かいま》見えた、奇妙な集団。普段なら一瞬で通り過ぎて気が付かなかったはずだ。他の誰かが見ても何も思わなかっただろう。だが、奥崎だけにはわかった。爆破テロの実行部隊だと。この地区で顕戦工作をしている他の部隊はいない。だとしたら……。

列車が安全確認を終えて動きだす。奥崎は焦《じ》れる気持ちを抑えて次の駅に着くのを待ち、列車から飛び降りると改札へと階段を駆け下りた。目撃地点までは三百メートルほど離れている。他のメンバーを召集することも考えたが、集合を待っていては間に合わない。単独で現場に向かった。

切らした息を静めながら、建物の陰から様子をうかがう。さすがに工作にそれほどの時間をかけるわけもない。集団は消え去り、私服姿の男一人が、さりげない風を装って最終確認をしている。複数人がいたら対応できなかったので好都合だ。

手近な石を拾い、高く放物線を描かせて、男の向こうに落とす。音に気を取られて男が振り返った瞬間、奥崎は背後から飛びかかった。不意を突かれたからか、男はあっけなく羽交い締めにされた。

「ようやく捕まえたぞ」

初めて見るUNCの工作員は、この国の人間の風貌とまったく変わらなかった。もしかすると、違和感なく紛れ込むために整形をしているのかもしれない。

「人の国に入り込んで、内側からこの国を破壊するようなまねをしやがって」

憎しみに駆られて罵《ののし》ると、男は初めて口を開いた。

「なるほど、その反応から見ると、UNCの工作部隊ではなく、善意の一般市民ってことか」

流暢《りゅうちょう》なこの国の言葉だ。取り押さえられているというのに落ち着いていて、どこか残念そうでもあった。

「敵国にいるってのに、よくもまあ、堂々としていられるものだな」

もしかしたらこいつが長島の拉致《らち》に関わっているのかもしれない。だとしたら救出の糸口もつかめるはずだ。

「まいったな。一般人にどう説明すりゃいいんだ。でもここで騒がれて、警察でも呼ばれた日にゃあ、大ごとになっちまうし……」

男はぼやくように言って周囲を確認する。次の瞬間、身体が宙を舞い、何をどうされたかわからないまま、奥崎は地面に組み伏せられていた。頭が地面にたたきつけられる前に、優しく手を添えて寸止めされる有様だ。工作班に属してはいるが、敵との近接戦闘などを想定した部署ではなかった。基本的な護身術は研修で学んだが、付け焼き刃では太刀打ちできそうもない。上着の内ポケットから通信端末が飛び出し、地面に転がった。

「お前、これって！」

絶句した男は、奥崎を羽交い締めしたまま自分の懐をさぐった。拳銃《けんじゅう》でも取り出す気かと身構えたが、出てきたのはまったく同じ、スマホに偽装された通信端末だった。

「もしかしてお前も、どこかの国家機関の人間か？」

男の拘束が少し緩んだ。

「だとしたら話は早いな。詳しくは言えないが、これは国民の非平和状態への意識を向上させるための隠れた工作なんだ」

「……つまり、顕戦工作をやっていたってことなのか？」

奥崎の言葉に、男はおや、という表情になる。

「その言葉を知ってるってことは、お前もどこかの秘密組織に属しているということか？」

「お前もって……、あんたもそうなのか？」

「ああ、俺は国土保全省の特別組織だ。お前は？」

「俺は……国家保安局の中の特別組織です」

所属は違えど、年上らしい男に、自然に敬語になっていた。拘束が解かれ、互いに向き合った。

「つまり、どちらもUNCの人間ではないってことだな」

まだ半信半疑ではあったが、相手の素性を探るために同意した。

「どこか話せる場所に移動しないか？　事情をはっきりさせたい」

少し離れた河川敷まで歩いた。そこなら四方が開け、盗み聞きなどされる心配もない。黒瀬《くろせ》と名乗る男に、奥崎も名乗り、互いに探りを入れながら話しはじめる。組織のこと、置かれている状況、顕戦工作について――。嘘を言っているにしては話が具体的すぎたし、それは奥崎の事情を聞く黒瀬も同様だろう。

「昨日の工作地点は？」

聞きたくない気持ちを押しやって、奥崎は尋ねた。ＵＮＣからの犯行声明は内務自治省に出ていたが、一般公表はされていない。ここから五百キロも離れた場所なので、彼が一般人であれば知るはずのない情報だ。

「ＴＨ地区のＳ市だ。犯行声明は内務自治省に出されたはずだ」

「工作時間は？」

「……確か、19時30分だったな」

支給された通信端末は、「デススイッチ」を押さずとも、二時間ですべての情報が消えるので、互いの記憶に頼るしかない。

「つまり、国土保全省と国家保安局に、同じ目的を持つ秘密の部署が存在するってことか」

黒瀬の呟きは、奥崎の心に浮かんだ疑念とまったく同じだった。

「そういえば一度だけ、ＵＮＣのテロと俺たちの顕戦工作の場所がかち合ったことがあります」

「それって、いつ頃のことだ？」

「確か……、六月の半ばくらいでした」

「同じ頃に、こちらの部署にも、そんなことがあったな。それ一回きりだったが」

互いの記憶を頼りに、時期を確認し合う。特別対策班のニアミスの一週間後に、黒瀬たちもニアミスを経験している。

「つまり、互いの作戦行動が重なり合わないギリギリの時間で組まれていたってことだな」

あれから、特別対策班の士気は格段に上がった。黒瀬たちの組織も同様だったようだ。

踊らされている。仕組まれたＵＮＣの影に。それを、誰が仕組んだのかもわからぬまま……。

◇

「奥崎君、いったいどうしたのでしょうかねえ、ハイ」

課長は大きな椅子に座り、大仰な身振りで腕組みして、首を振った。足が床に着いていないので、椅子がギシギシと音を立てるのはいつものことだ。

「申し訳ありません」

頭を下げるしかなかった。昨日の顕戦工作で、奥崎はミスを犯した。事前確認不足でまったく別の方向に進んでおり、工作予定時間に五分遅れて到着したのだ。統括責任者であり、数え切れないほど工作に携わってきた奥崎には、考えられない失態だった。

「何か心を平静に保てない理由でもあるのでしょうかねえ、ハイ」

殊更に丁寧な課長の言葉は、奥崎の心の奥底をのぞき込むようだった。

「……ちょっと疲れがたまっていたのかもしれません」

言えるはずもなかった。顕戦工作の意義を見出《みいだ》せなくなったなど。ＵＮＣのテロ行為だと思っていたものもまた、別の国家組織の顕戦工作だったという事実を突きつけられたのだ。だとしたら、本当のテロはどこで起こっているのだろう？　そんな疑問が心にグルグルと渦巻いて、事前調査もおざなりになっていた。

「こうしたミスが続くようなら、リーダーを他のメンバーに譲ることになってしまいますが、いかがいたしましょうかねえ、ハイ」

気遣っている風に見せて、奥崎を容赦なく見切る言葉でもあった。

「いえ、今後こんな失敗は二度と起こしません」

半ば強引に言い切って、課長室を辞した。黒瀬とは、今回の遭遇については一切を口外しないと決めていた。ここで奥崎だけが事情を詳《つまび》らかにすれば、黙っていた黒瀬の立場が危うくなる。

憤りを抱えたまま、臨時の調整会議にリモート参加する。

「UNCの侵略形態の変化が予測されるため、国民への説明用キャラクターによる新たな周知活動を展開いたします」

担当官の説明は、心を上滑りしていった。もともと「存在しない」部署で、情報収集のためだけの参加なので、こちらの映像も音声も切ってある。どんな態度で聞こうが、会議の流れには何の支障もなかった。来週から政府広報に使用されるというCGキャラクターがコミカルに動く様を虚《うつ》ろに眺めるうち、会議は進んでいった。

「続きまして、今般世間を騒がしているミシラヌという架空国家からとされる映像についてですが……。分析の結果、UNCの工作活動の一環であることが判明いたしました。映像の中で使われていた文字、および歌についての調査結果は、後日、国民に向けて発表される予定です」

頬杖をついてあらぬ方向を見ていた奥崎は、居住まいを正した。

「なお、工作映像を解析した結果、今まで不明だったUNCの位置が明らかとなりました」

淡々とした口調とは不釣り合いな衝撃の事実が告げられ、思わず立ち上がっていた。

「UNCめ、墓穴を掘ったな」

皮肉な笑みが浮かぶのを止められなかった。厭戦感情を増大させようとしたUNCの奇策が、完全に裏目に出た形なのだから。

「次なる作戦行動に関わる情報のため、詳細については戦略的秘匿事項となります」

担当官の告げる「次なる作戦行動」が、反転攻勢であることは言わずもがなだった。極秘の派兵計画が進んでいるからこそ、調整会議の場ですらＵＮＣの場所が詳らかにされないのだろう。会議の締めは局長からの訓話だった。それは今回の会議が、戦局を左右する重大なものであったことを意味していた。今まで「Unidentified（未確認）」だった敵国の場所が判明したのだから当然だろう。

「ミシラヌというユートピア願望を巡る、ＵＮＣの姑息《こそく》で卑劣で稚拙な揺さぶり工作が、明らかになりました」

局長のアバターは変わらず菩薩《ぼさつ》の微笑みを浮かべるが、調整会議では操作者が変わるからか、声がまったく違う。

「ＵＮＣの揺さぶり工作は、すなわち、この侵略が末期的状況であることを告げています」

いつもと違う少し甲高い合成音声が、奥崎のささくれ立った心に、違和感と共にまとわりつく。

「この闘いの日々が終わりを告げるまで、もう少しの辛抱です」

映像が途絶えても、奥崎は、虚ろに画面を見つめ続けていた。

「揺さぶり工作か……」

ユイ・エピソード7　幻想

ユイの運転する軽自動車を、スポーツカーがあっという間に抜き去り、すぐにその姿は見えなくなった。

「スピードが違うんだ」

ユイは自嘲《じちよう》をまじえて、そう呟《つぶや》いた。ミシラヌからの映像は、人々に強烈すぎるインパクトを与えた。浜に流れ着いた死体の映像は、今この国が戦争をしていて、いつ自分が死んでもおかしくないという現実を突きつけた。大事故や災害が起きても、犠牲者の姿はブルーシートやモザイクで徹底的に隠されてしまう。だからこそ、生々しい戦死者の映像に人々は過剰に反応したのだ。

その恐怖が、ミシラヌからの映像とユイの漂着物のサイトとを、一瞬で結びつかせた。急いでサイトを閉鎖したものの、すでに取り返しがつかないほどに情報は拡散されてしまっていた。望月さんとソラの情報は、おもちゃの鍵《かぎ》でも壊すようにあっけなく晒《さら》された。ユイの力ではどうすることもできなかった。こんな時にこそ力を発揮してほしいカホゴは、人々の暴走を制御しようともしなかったのだ。

暴走はネットの中だけにとどまらなかった。住所を特定されたギャラリーには、大挙して人が押し寄せた。望月さんが何年もかけて集めた漂流物たちは略奪するように持ち去られ、それにも飽き足らず、浜には人々が蝟集《いしゆう》して、ミシラヌの文字の記された漂流物を手にしようと躍起になっている。

パスポート……。すべてはパスポートのせいだ。

ミシラヌ信者の間では、以前から、ミシラヌに渡るには特別なパスポートが必要なのだと噂されていた。それは通常の旅券ではない。言わば「心の資格」のようなものだった。ある日突然、ミシラヌへと渡るゲートが開き、「パスポート」を持つ者だけがそれをくぐって、ミシラヌへと渡ることができる——。そんな幻想が現実のこととして、ネット内で熱心に議論されていた。

望月さんの集めた漂着物は、幻想に形を与える格好のシンボルとなった。家に戻ることもできず、望月さんは今、ビジネスホテルで寝泊まりしている。

ソラの置かれた状況は、もっと悲惨だった。

ソラはあの歌を、途中までしか知らない。「母親」に、そこまでしか教わっていないのだから。だけど人々は、それをソラの出し惜しみと捉《とら》えた。歌をすべて歌えるようになることもまた、ミシラヌへと渡るための必須《ひっす》のパスポートであると信じ、歌の全容を開示するように迫った。ソラは脅迫めいた言葉すら向けられ、追いかけ回されるようになった。身の危険を感じて、ソラは今、友人の家を渡り歩いて身を隠している。

追われているのは、望月さんとソラの二人だけではなかった。

ミシラヌのものであると知らずに、謎の文字や文化と関わり合っていた人たちが、全国に何人もいた。ある特定の単語だけ読める人や、文字が書ける人。ミシラヌの風景を描く人や、ミシラヌで暮らした記憶がある人……。彼らもまた、何らかの形でミシラヌとゆかりを持った人物だったのだろう。

社会の片隅で細々と活動を続けていた彼らは、ミシラヌからの映像によって、一躍「時の人」となった。一夜にして、国民を救う最重要人物に祭り上げられたのだ。彼らもやはり「パスポート」を求める人たちに追われ、大変な目に遭っているという。

ミシラヌの噂は、一つ一つは透明なセロファンに描かれた抽象画みたいなものだ。噂のセロファンが何枚も重ねられていった結果、何も真実がないままにできあがった蜃気楼《しんきろう》のような存在が、望月さんやソラを苦しめている。

サービスエリアで車を停めて、ユイは二人に電話をかけてみた。

「やっぱり、二人とも出ない……」

スマホの電源を切っているのだろう。二人の電話番号も、ネット上に出回ってしまっている。二人をそんな目にあわせておきながら、ユイはまた新たな徴集業務の赴任地に向かわなければならない。

ユイが探し求めていた、失われた記憶につながる文字や歌が、ミシラヌのものだった。その事実を、ユイはまだうまく受け止めきれずにいた。さまざまな思いがない交ぜとなって、服の中に隠したペンダントヘッドを、そっと握りしめる。すっかり習慣になってしまったその癖を、今は持て余していた。

サービスエリアで休憩を取る。照明を落としたお土産コーナーには、がらんとした棚ばかりが並んでいる。非平和状態なのにお土産を買う行為は不謹慎だとして、手にするだけで非難されるようになり、誰も買わなくなって閉鎖されたのだ。

テーブルに置いたスマホは、鳴りを潜めている。あの動画が公開されてから、ミシラヌからのミサイル警報は出されていない。アカウント自体が消滅してしまったのだ。それはＵＮＣの干渉によるものだと噂され、ミシラヌ願望と反比例するように、ＵＮＣへの憎悪は高まっていた。

貧寒とした休憩所で、紙コップの珈琲《コーヒー》を飲んでいると、突然スマホが鳴った。ユイだけではない。周囲の人々のスマホが一斉に。

「特別告知情報通知？」

　非平和状態が訪れて以来、ミサイル警報通知は何度となく聞いてきたが、特別告知情報通知はほんの数回だ。交通情報が表示されていた巨大ビジョンが、緊急放送に切り替わる。他の利用者たちも、何事かとビジョンの前に集まってきた。ミシラヌの動画が配信されて二週間が経っていた。それについての政府見解が聞けるのかもしれないと、皆が期待しているのがわかる。

　ミサイル情報でおなじみの官房長官の姿が浮かび上がる。相変わらずウマヅラハギにそっくりな顔で、重大情報には似つかわしくない、深海で眠っているような表情だ。

「ＵＮＣから飛来した危険憂慮物の残骸《ざんがい》が発見されたので、ここに公表する」

　危険憂慮物という名のミサイルの残骸なのだろう。ユイのような三種徴集業務従事者が発見したのかもしれない。ミシラヌ情報を期待していた人々は、興味を無くして立ち去ろうとしている。

「あの文字！」

　ユイは思わず、大きな声を出して立ち上がっていた。何事かと振り向いた人々が、画面を見て駆け戻ってくる。緑灰色のミサイルの破片に記された文字は、間違いなく、望月さんが集め続けた漂着物や、ミシラヌからの映像で目にしたものと同じ系統の文字だった。つまりは、ユイのペンダントヘッドの文字とも……。

「誰が、何のために、こんなことを？」

　向け場のない怒りが、言葉となって漏れ出た。記憶が強く揺さぶられ、しゃがみ込んで頭を抱える。挙動不審なユイの姿に、人々が奇異の目を向けてくる。周囲の視線にユイはようやく我に返った。立ち上がって大きく息を継ぎ、自分を取り戻す。

「いったいどういうこと……？」

ミシラヌとUNC。それはどちらも、この世界のどこにあるかわからない未確認で未公認の国だった。だが、かたやUNCは、攻撃を仕掛けてくる極悪非道な侵略者。一方のミシラヌは、この国に救いの手を差し伸べるユートピア。二つの国家の有り様は真逆だ。それなのにどうして、UNCのミサイルにミシラヌの文字が？

「おいおい、ひょっとしてミシラヌって……」

隣に立っていた中年男性は、最悪の想像をしたようだ。ユイは頭を振って同じ想像を追いやろうとしたが、無駄なあがきだった。

ミシラヌとUNCは同じ国？　だとしたらなぜ、片方でこの国を攻撃しながら、片方ではこの国の人たちを救おうと手を差し伸べるのだろう。まるで二重人格国家じゃないか。

「ここからは、言語学研究の第一人者、碇沢《いかりざわ》教授にご説明いただきます」

官房長官に紹介されて登場したのは、切れ長の眼が冷たい印象を与える、老いた男性研究者だった。爬虫類《はちゅうるい》を思わせる肌の質感から、それがアバターであろうことが察せられる。

「漂着した兵器破片に残された由来不明の文字については、国内各地でも多数が発見されております」

金属質な合成音声での説明と共に、映像が差し込まれる。どこにでもある繁華街の風景だ。映像がある一点にクローズアップされてゆく。雑居ビルの配電盤の蓋《ふた》だった。雑多な落書きがひしめく中に、その「文字」が記されていた。いくつもの写真がスライドしてゆく。壁や電柱、看板にと、さまざまな場所に記された、「由来不明の文字」の数々……。

「これって、私が……」

その中には、ユイが徴集業務で撮影した写真も含まれていた。そうして羅列されると、この国がいつのまにか、異国の文字に取り囲まれていたようなうそ寒さを覚えてしまう。ついさっきまで、その文字はユイの希望への架け橋だったのに……。

「解析の結果、これらはでたらめな記号配列ではなく、ある体系を持った言語の文字であることが判明いたしました」

ミサイルの破片の文字が発見される前だったら、人々はきっと、ミシラヌへの渡航のヒントだと色めき立ったはずだ。だが今となっては、何を信じていいのか誰もわからなくなっていた。誰もが、翻訳結果を固唾《かたず》を呑《の》んで見守っている。

——劣等国家の劣等国民ども——

——さっさと負けを認めろ！——

——この国を滅ぼしてやる——

スライドが切り替わるごとに表示される翻訳されたテロップ……。どれもこれも、この国への悪意と罵倒《ばとう》に満ちていた。

「なんだこれ、ひでぇな」

「騙《だま》されてたな、完全に」

見守っていたトラック運転手たちは、一様に苦い声だ。

「続いて、こちらの歌についてですが」

アバターの無感動な顔とは不釣り合いな音楽が流れ出す。それは、ミシラヌからの動画で最後に流れてきた歌であり、ソラの心の拠り所だった歌でもある。

「この歌を我が国の言葉に翻訳したものを作成したので、お聞きください」

カメラが切り替わる。金色の艶《あで》やかなドレスを身に纏《まと》った、小太りな女性がスポットライトを浴びていた。「声楽家」とテロップが出される。

背後のオーケストラが、荘厳な音楽を奏でだす。交響曲風にアレンジされた、「どこでもない国のしらべ」だった。翻訳する術《すべ》もないまま、ソラが歌い続けた歌だ。女性は、餌を前にした鯉のように口をぱっくりと広げた。流れ出す、ソプラノの澄んだ歌声……。耳をふさぎたかった。叫び声を上げて、歌をかき消したかった。

それは、落書きの文字と同じく、この国を罵倒し、馬鹿にする歌だった。まんまと騙された人々を嘲笑《あざわら》うように、歌声は朗々と響き渡る。残酷すぎる歌は散弾となって、ユイの心を粉微塵《こなみじん》に打ち砕いていった。

◇

「入店前に注文を決めておいて」

気忙《きぜわ》しそうな店員に渡されたメニューを所在なく眺めながら、ユイは人気ラーメン店の開店前の列に並んでいた。

新しい徴集業務は、人が集まっている場所に紛れ込み、市民の会話を採集するというものだった。気になる会話が聞こえてきたら、小型の集音マイクで録音するのだ。非平和状態での国民の意識変化を把握するという目的らしい。入店ギリギリまで並んで、用事ができたふりをして離脱するという行為を、いろいろな行列で繰り返していた。

「ねえ、結局ミシラヌとＵＮＣって同じ国だったの？」

目の前の、二十代と思しきカップルの会話を録音していた。

「う〜ん、同じ国ってかさぁ……」

ギャルっぽい見た目の彼女の問いに、男は不自然に伸ばしたもみあげをいじりながら、訳知り顔で答えた。

「ミシラヌってのは結局、ＵＮＣが俺らを騙すためにでっち上げた架空の国だったんだよ」

「どういうことぉ？」

彼女は理解が追いつかないというように首を振った。

「戦争ってのはさ、鉄砲やミサイルで殺し合うだけじゃないんだよ。相手の国の国民に、戦争したくないって思わせる裏工作も、戦争のうちってわけさ」

禁止ワードの「戦争」に言及するからか、男は周囲をうかがい、心持ち声を潜める風だった。

「確かに、みんながしたくないって思ったら、戦争なんて続けられないよね」

彼女もささやくような声で同調して、自分を納得させるように頷《うなず》いている。

「死ななくって済む逃げ場所があるんだったら、みんな戦争なんかしたくないってなっちゃうだろ？」

「うんうん！　トーゼン！」

「だからＵＮＣは、ミシラヌに逃げ込めば安心して暮らせるってデマを、戦……非平和状態になってからずっと流し続けてたのさ」

ユイと目が合って、男は口にしそうになった「戦争」を慌てて言い換えた。

彼らが話す間にも、列は短くなっていた。列から離れようとして思い直し、少し早めの昼食を取る。こってりラーメンを苦戦しながらも完食し、傍らの自由帳を手にした。思った通り、書き込みはＵＮＣへの憎悪一色だった。ほんの数ページ前まで、ミシラヌやパスポートへの願望で埋め尽くされているというのに。

謎の文字と歌がミシラヌのものだとわかった時には、驚きはあったが、期待も広がった。これで一気に文字と歌の謎が解けて、自らの過去が解明されるのでは……と。だけどその夢は、「ＵＮＣの策略」という発表であっけなく消え去った。自由帳には、「戦犯リスト」なる物々しい書き込みもあり、そこには望月さんやソラの名前はおろか住所までが晒されていた。ユイは怒りにまかせて鉛筆を手にして、それを塗りつぶした。

店を出ると、雨がぱらつきだしていた。家電量販店の中を抜けると駅への近道だったので、雨を避けるために店に入る。テレビ売り場の前に人だかりができていた。職業病で、群衆の中に交じって会話に耳を澄ます。だが彼らはテレビに釘付《くぎ》けで、誰も言葉を交わそうとはしない。

人々が見ていたのは、政府広報だった。

政府広報は最近になって、女の子のセンちゃんと男の子のソウ君というほのぼのとしたアニメキャラクターが登場して、面白おかしく報告する形になっていた。合わせて「戦争」を思い浮かべてしまうネーミングだけれど、二人は戦争なんて無関係って顔をしている。

「最近さぁ、パンデミックがちょっと、多すぎると思わない？」

「思う思う！」

今日のセンちゃんは鎧兜《よろいかぶと》で身を固めた武者姿で、ソウ君は犬の着ぐるみを着ている。政府広報では、テロや侵攻の被害のことは「パンデミック」としか表現されないので、見ている誰もが、心の中で「翻訳」していることだろう。

「ようやく、ウイルスの出所を突き止めたよ！」

「ええっ！　ホントにぃ？」

驚きで、ソウ君の着ぐるみの目玉が飛び出した。つまりは、今まで不明だった敵国ＵＮＣの場所が確定できたということだ。言葉にならないどよめきが広がってゆく。

「だから、悪いことするウイルスのヤツを、ちょっと懲らしめに行ってやろうと思うんだ」

「行こう行こう！　おともします。ワンワン！」

まるで桃太郎の鬼退治だ。その言葉が、ＵＮＣに対する反転攻勢を意味することは、誰もが理解できているだろう。

「特別に志願してくれた新薬被験者十万人の、ウイルスに対抗する基礎訓練が終わったよ！　これから彼らが、ウイルスとの戦いの最前線に立って、ウイルスを降参させてやるんだ」

武者姿のセンちゃんが二体に分裂し、四体、八体と、アメーバのように増殖していった。画面いっぱいに無数に増殖したセンちゃんはいつのまにか迷彩服姿になり、隊列を組んで行進しだす。家電量販店の数十台のテレビがセンちゃんの行進で埋め尽くされ、出陣式の軍隊の行進さながらだった。センちゃんの言葉を翻訳すれば、十万人の一種徴集者の戦闘訓練が終わって、いよいよＵＮＣに対して逆侵攻を開始するということだろう。

見守っていた客たちが一人、また一人と、拍手をしだした。ばらけていた拍手は次第に揃い、テレビの中の行進も相まって、まるで軍靴の響きのように聞こえた。

奥崎・エピソード7　搦め手

「今夜、会えるか？」

簡単な応答をしただけで、電話を切った。国土保全省の黒瀬とは、密《ひそ》かに連絡先を交換し合っていた。黒瀬の本部も本庁舎とは離れた郊外にあり、下水道のポンプ施設に偽装したものだという。それぞれの本部とは離れた都市で落ち合うことにした。

繁華街の店はどこも賑《にぎ》わっていた。この地区は最近、ミサイルとテロ行為によって移動制限が続いていたので、久々の解除で街は沸き返っていた。

それだけではない。政府によってＵＮＣへの反転攻勢が決定され、いよいよこの戦時下の生活も終わりを迎えるという希望が見えてきたことによる解放感もあるだろう。反転攻勢は、国民に熱狂的に支持された。反転攻勢のための一種徴集者は十万人にも及んだという。国民の間には、自分が選ばれなかったことへの安堵《あんど》と共に、侵攻の成功を願う声があふれていた。

それは、ミシラヌ幻想がＵＮＣの策略であることが判明しなければ、醸成されない空気感だった。国民の厭戦《えんせん》気分が吹き飛んだきっかけが、ミシラヌの希望が打ち砕かれたことだったのは、情報戦を仕掛けたＵＮＣ側にとっては大きな誤算だっただろう。

「ぜったい勝つぞーっ！」

酔っ払いが贔屓《ひいき》のスポーツチームでも応援するような奇声を上げ、周囲も同調して騒いでいる。たった一つの映像で騙されて、ミシラヌだパスポートだと大騒ぎしていたかと思えば、いざそれがＵＮＣの狂言だったと知ったら手のひらを返し、反転攻勢に熱狂している。ミシラヌ幻想から反転攻勢へと「音楽」が変わっただけで、踊らされている状況には何も変わりがない。

音楽……。そう考えて奥崎は、かつての恋人が肩入れしていた、ソラという歌い手を思い出した。ソラが歌っていた「どこでもない国のしらべ」は、UNCの工作活動によって生み出された歌だった。彼女は、歌の背後に潜んだ陰謀を知っていたのか。それとも、知らぬままいいように利用されていたのだろうか。

雑居ビルの地下の、チェーン店の居酒屋で落ち合った。そんな場所の方が結局のところ注目されないし、誰も二人の会話に聞き耳を立てたりもしないはずだ。

黒瀬は先に来ていて、奥崎に軽く手を上げた。

「誰にも、気付かれていないか？」

奥崎は頷いた。この会合は、絶対にどちらの部署にも知られるわけにはいかない。念のため、対策班の顕戦工作用のシステムで駅前の監視カメラの情報をチェックして、死角を選んで歩いてきた。

アルバイト店員が、乱雑にビールジョッキを置いていった。乾杯などする気になれず、それぞれジョッキを持ち上げる。

「ミサイル開けで、店も賑わってるな」

店内を見回して、黒瀬はいつも以上にビールが苦いという表情だ。

「これがギサイルだなんて知りもせずに……」

「ギサイルって、もしかして？」

「ああ。このＳＯ17地区に落ちたとされるミサイルは、俺たちが落とした『擬似的ミサイル』だ」

その略称は、顕戦工作に従事する者しか知らないはずだ。

「お前たちも、ギサイルを『落として』いたんだろ？　開戦以来、何ヶ所に落としてきた？」

「……だいたい、六百ヶ所ですね」

「やっぱりな。俺たちも同じようなもんだ」

「開戦以来の、ミサイルとギサイルを合わせた総落下数は、千八百発って所ですよね。それじゃあ、本物のUNCからのミサイルは、六百発でしかなかったのか……」

ジョッキに残ったビールを一気に呷《あお》って、黒瀬が意味ありげに奥崎を見つめた。

「ギサイルを落としていたのが、俺たちだけとは限らないぜ」

「どういうことですか？」

「俺たちはたまたま出会ったってだけだ。だが、まだ出くわしていない、他の省庁に属する秘密組織があって、そこも同じように六百発のギサイルを落としていたとしたら？」

ＵＮＣのミサイルは、ステルス処理されていて軌跡は見えないとされている。だがそれが、「見えない」のではなく「存在しない」としたら……。

「まさか、そんなわけあるはずがないでしょう？」

奥崎の反論は、黒瀬には力のないものとして聞こえたことだろう。

「お前も本当は、薄々そう思っていたんじゃないか？」

「それは……」

ＵＮＣなど存在せず、従ってテロやミサイル攻撃も受けていない。すべては、架空の国家との戦争だった——。黒瀬はそう告げていた。

「だけど、いったい誰が……何のためにそんなことを？」

それはすなわち、国家規模で国民を謀《たばか》っているということだった。

「俺たちは、自分は常に正しくって、騙されたりすることはないと思い込んでいる。だが、もしかすると逆に、ものすごく単純に騙されてしまうのかもしれないぞ」

「だけど、些細《ささい》なことだったらともかく、ここまで壮大なウソだったら、誰かが気付くものでしょう？」

黒瀬は、反転攻勢に浮かれる酔客たちを見渡して、首を振った。

「時々、看板のすごく大きな文字が誤植のまま掲げられているのを見たことがないか？　小さな住所や電話番号はきちんとチェックをするけれど、一番大きな文字は、まさかそんな部分が間違っているなんて思わないから、誰もチェックをしないもんだ」

「だからって、三年近くも続いた戦争が、実際はどことも戦っていないだなんて。そんなの、すぐには信じられませんよ」

一世紀近く前の戦争では、どんなに戦況が悪化しようが、国民は勝利を信じこまされていた。しかし当時は、戦況を知ることができるものは新聞やラジオだけだった。今はインターネットをはじめ、個人が情報を得る手段はさまざまに存在する。

「情報が溢《あふ》れている時代だからこそ逆に、我々はコントロールされやすいのかもしれないって、そう思わないか？」

突然、客たちのスマホが一斉に警報音を響かせた。ざわめきが一瞬で静まって、皆、それぞれのスマホと向き合う。

「ミサイル飛来情報です。ただちに避難してください」

最近は、ミシラヌからのミサイル通知が途絶えてしまったので、心の準備なく警報を聞くことになり、毎回びくついてしまうのが少し腹立たしかった。トイレに行った客でもいるのか、一つのスマホだけが危険を知らせ続けている。その音が店内に、虚《うつ》ろに響いた。

「避難なんかする必要もないさ」

黒瀬が投げやりに呟く。それは、すでに避難場所である地下にいるからだろうか。それとも、飛んでくるミサイルもまた「擬似的ミサイル」でしかないと思っているからだろうか。

「なあ奥崎、お前どうする？　この国は戦争なんかやっていないだなんて、他の誰かに言えるか？」

「まさか、そんなこと、言えるわけないでしょう？」

不意に、「裸の王様」の寓話《ぐうわ》を思い出した。「王様は裸だ！」と叫んだ子どものように、「戦争なんて起こっていない！」と叫んだところで、いったい誰が信じてくれるだろう。

「ああもう！　何だか自分が、狼少年にでもなった気分だよ」

黒瀬が髪をかきむしる。奥崎は、黒瀬の大根役者っぷりに、失笑を漏らすのを必死に堪《こら》えていた。もちろんそんな心の内はおくびにも出さない。「ＵＮＣの工作員」が、どんな風にこちらを懐柔し、利用しようとするのかを探るために。

踊らされ続ける国民を馬鹿にすることはできなかった。奥崎自身も黒瀬の狂言に踊らされる寸前だったのだから。局長訓話での「揺さぶり工作」という言葉がなければ、黒瀬の演技に騙されてしまっていたはずだ。

これだけ深く敵国のスパイが入り込んでいる現実に、奥崎は慄然《りつぜん》とした。だが今は、戦局が大きく動いているさなかだ。まだ、黒瀬は泳がせておくべきだろう。どんな動きをするのかじっくりと把握したところで、当局に引き渡せばいい。

ユイ・エピソード8　大パンデミック

大パンデミック、すなわち反転攻勢の十日間がやってきた。ユイは三種徴集業務で派遣された人口二十万人ほどの地方都市に滞在していた。この街での業務は、閉鎖された国家施設を警備するというものだった。といっても、私服姿でただ何となく、対象施設の周りをブラブラするだけだ。

その業務も、「外出自粛を一層強く要請する」という政府方針によって、なし崩しに休止となり、宿舎での待機を命じられた。外出自粛は表向きは、「抗ウイルス薬の効果を正確に計測するため」という名目だけれど、本当は、反転攻勢への報復としての無差別ミサイル攻撃が危惧《きぐ》されているからだろう。

「ああ、もう、あと三十分しかないじゃない。急がなきゃ！」

後ろに並んだおばさんの言葉に急《せ》かされるようにしてスーパーでの買い物を済ませ、急いで宿舎に戻る。外出も一日に三時間だけと定められ、地区ごとの許可時間のうちに買い物や用事を済ませなければならない。戒厳令なんて物々しい言葉を連想してしまうけれど、過去の「本当の」パンデミックや震災で自粛慣れした人々は、従順に従った。

敵地侵攻の情勢がどうなっているのかは、やはり気になる。だけど、戦況を巡るネットでの書き込みはカホゴによって封じられている。テレビはというと、こちらも政府方針に配慮してなのか、侵攻の話題どころか、凶悪犯罪や事件・事故の報道すら控えられているようだ。カルガモ親子の引っ越しや、都会に出現した野生猿の捕獲劇など、ほのぼのニュースばかりだった。

ただ一つだけ、マスコットキャラクターのセンちゃんとソウ君が、三時間に一度、反転攻勢について「戦況」を知らせてくれた。

「今日のウイルスとの戦いの様子をお知らせするよ」

「わぁ、楽しみぃ！」

この反転攻勢から使われだしたキャラクターなのに、ずっと前からお茶の間の人気者だというような顔をしている。

「今日は、すっごくウイルスを追い詰めることができたんだって！」

「やったぁ！」

頭のいいセンちゃんと能天気なソウ君の会話は浮世離れしていて、事態の切迫性をまったく感じさせなかった。

「ウイルスの大量潜伏地を壊滅させたし、ウイルスを広めようとする悪い奴らもたくさんつかまえたよっ！」

「グッジョブ！」

ソウ君がVサインを見せる。翻訳すれば、敵地侵攻で敵基地を壊滅させ、大量の捕虜を捕獲したということだろう。

「ウイルスの撲滅も、時間の問題だね！」

「コラコラぁ。そんなに調子に乗ってると、変異株の餌食《えじき》になっちゃうぞ！」

センちゃんがたしなめた先からソウ君は地雷を踏み抜いて、粉微塵になってしまった。ギャグマンガの一シーンのようで、あまりにお気楽だ。戦争の痛みも恐怖もまるで置き去りだった。

戦況を伝えられないのは、国際的に戦争状態にあることを公表できないからだ。だけど実際は、国民に戦争について深く説明することを避けるための言い訳なんじゃないか、と裏を勘繰りたくもなってくる。犠牲者の見えない戦争は、まるで景色を塞《ふさ》がれた高速エレベーターのようだ。上昇しているのか下降しているのかもわからず、ただ周囲の景色が激しく入れ替わっているだろうことだけが、うっすらと感じ取れる。

スマホが着信を知らせた。公衆電話からだ。微《かす》かな予感がして、スマホを手にした。

「やっぱり、望月さん！」

携帯番号が流出した望月さんがスマホを手放しているだろうことは予想できていた。

「良かった。無事なんですね？」

「反転攻勢の外出制限のおかげで、逃げ回る日々は終わりを告げたよ」

電話越しでも、望月さんが憔悴《しょうすい》していることが伝わってくる。

「ごめんなさい望月さん。私のせいで、こんなことに……」

望月さんが、心を閉ざして漂流物を集めるだけの人生だったら。ソラが雑踏にかき消される中でしか歌えないままだったら……。二人は今も、孤独ではあるが穏やかな日々を送れていたはずだ。

「ユイさんがいてくれたからこそ、妻が消えた私の人生は、彩りを取り戻すことができたんだ。こんなことになってはしまったが、ユイさんが意図して私たちを陥れたというわけではないのだから。誰のせいでもないよ」

ユイは返事をする代わりに、服の中のペンダントヘッドを強く握りしめていた。心の蓋を押し開けて語り出そうとする「自分」を、首を振って必死に押し止《とど》める。

「私だけじゃない。ソラさんだって、同じ気持ちだよ」

「望月さん、ソラとも連絡が取れているんですか？」

「ああ。ソラさんも、もうすぐ合流できるはずだ」

ただでさえ地域移動制限がかかっているのに、今は反転攻勢で三時間しか外出できない。そんな中で、いったいどうやって？

「力を貸してくれる人たちがいてね。私やソラさんのように、今回のミシラヌ騒動に巻き込まれてしまった人たちを保護してくれる組織があるんだ」

「それって……」

ユイは言葉を途切れさせた。

「どうかしたのかね？」

「いえ……。何でもありません。望月さん、くれぐれも気をつけて」

通話が切れてからも、ユイは動くこともできずに立ち尽くしていた。

——本日の新型ウイルス罹患情報（速報値）
　死者数　４６７名
　重症者数　１２３７名
　軽傷者数　１３２１名　——

通話のために音を消していたテレビでは、今までとは桁違《けた》いのパンデミック被害者数が表示されていた。反転攻勢の犠牲となった人たちだろう。

ユイもまた、戦死者とは違う形の戦争の犠牲者を生み出してしまった。ネット上には、望月さんやソラの写真が個人情報と共に出回り、それは消えないインクで書かれたようにいつまでも残り続ける。その原因を作ったのは、間違いなくユイ自身だった。

そして、ユイの希望も潰《つい》えた。結局、ユイの追い求めたペンダントヘッドの文字の出所はUNCだ。つまりユイは、敵国UNCの出自だったのだ。そんな過去は誰にも話せないし、自分のルーツが無法な侵略国家にあるだなんて、考えたくもなかった。

奥崎・エピソード8　消戦工作

反転攻勢の間、国内は静かに沸き立っていた。

戦局は、我が国の有利に運んでいるようだ。その証拠に、調整会議はもうはっきりと、「戦後処理」に向けて進んでいた。オブザーバー参加している会議では、政府広報の映像が、国民への公開に先立って披露された。

「ついに、ウイルスの撲滅に成功したよ！」
「やったね！」
「もう、どこにでも行けるし、元の生活を取り戻せるよ！」
「海外旅行に行きたいっ！」

センちゃんとソウ君の会話は、戦時中にはお気楽すぎるようにも思えたが、こうして明るい兆しが見えてくるとそれも気にならず、かえって戦争の終わりの希望につながっているようだ。

特別対策班の業務も、以前とは様変わりした。もはや顕戦工作もギサイルも必要ない。そんな裏工作をせずとも、国民は皆、熱狂的に反転攻勢を支持し、UNCに怒りを剝《む》き出しにしている。

複雑な気分だった。だが実際は、今のこの状況は、対策班の地道で目に見えない顕戦工作の成果であると胸を張りたかった。だが実際は、UNCの「ミシラヌ幻想」に関わる稚拙な工作であることが暴露されたことによる、なし崩しの成果でしかなかった。人々の意識は一気にUNC憎しへと傾き、政府への信頼度も大幅にアップした。その意味では、くだらない幻想は大いに役立ってくれた。対策班と同じ役目を、対策班以上に果たしてくれたのだ。

複雑さには、もう一つ理由があった。ミシラヌ幻想を膨らませるのに、かつての恋人が間接的に関わっていたのだ。表に出ない形で戦時下の国民の意識形成を支えていた奥崎と、本人は意図せぬままミシラヌ幻想の拡大に加担し、結果的に国民の国家帰属意識を高めることにつながった彼女――。果たしてどちらの方が、国家に貢献したのだろう。

そんなことを考えながら、奥崎は重要書類をシュレッダーにかけていた。裁断後、ただちに溶解処理されて修復不可能になる高機密文書用裁断機だ。隣では、他の部員たちが記録メディアを圧縮粉砕機にかけて粉々にしている。

特別対策班がやってきた任務すべては、戦争の終わりと共に、記録も残さず消し去る必要があった。三年間の努力が無になっていく徒労感と、それこそが自分たちの役目だったのだという充足感とがない交ぜとなる。終戦に向けての作業だが、奥崎にとっては、自分たちの戦いの証《あかし》を消す消戦工作の日々だった。

あらかた目途がついた頃、一番大きな作戦室Aに集合させられた。今までは部局員の半数は地方工作で出払っていたので、揃って課長の前に立つのは開局以来だ。課長室では大きな椅子に座って威厳を取り繕う課長も、作戦室では壇上に立っても、後方の局員には彼の姿は見えていないだろう。

「皆さんの三年近い日々の苦労をねぎらって、局長からの訓示があります。ハイ」

大型スクリーンに、局長のアバター登場時にはおなじみの自然の風景が映し出される。その風景をどこかで見た気がした。既視感の源に思い至らぬうち、アバターが画面に浮かび上がった。

慈愛に満ちた菩薩《ぼさつ》の微笑みは相変わらずだ。

「三年間、皆さん方は、戦争の最前線に立っていました」

何処とも知れない空間で、局長は奥崎たちを賞賛した。

「もちろん皆さんは、敵と武器を持って向き合う、現実的な意味での最前線にいたわけではありません。ですが、その働きがなければ、国家という巨大な船を戦争の勝利に向けて進めてゆくことはできなかったでしょう」

音声変換された穏やかな声が、特別対策班が心に秘めた自負と自尊心とを、痛いほどにくすぐった。

「戦争に勝利することは必要です。ですがそれ以上に重要なことは、国土が疲弊し、国民の意識が荒廃した形で戦争を終わらせないということです。皆さんの働きが、戦後という新たなフェーズへの移行をより速やかに、滑らかにしてくれたことでしょう」

見えない組織の見えない戦いを、局長が認めてくれている。それだけでも、この三年間が無駄ではなかったのだと心が震えてくる。

「皆さんの部署は、戦争の終わりと共に解体され、やってきた業務も消えてゆきます。ですが私の心の中からは、皆さんの姿は、決して消えることはないでしょう」

局長のアバターが、ねぎらうように両手を広げた。その瞬間、画面が乱れ、初老の男性の「実写」が映り込んだ。ねぎらいの表情など微塵も浮かべていない、冷徹で機械的なまなざし……。

奥崎は一瞬、消えてゆくのがこの部署ではなく、自分自身であるように錯覚してしまった。

断ち切るように窓を覆う暗幕が上がり、光が映像を消し去った。

◇

変電所に擬態した本部のため、屋上に出る際には電力会社の作業服を着る決まりだが、今日ぐらいは大目に見てもらおう。非公式ではあったが、今日、十月二十五日は終戦の日なのだから。

屋上から周囲を見渡した。西には郊外の新興住宅街の風景が広がる。丘陵地の起伏のままに戸建ての住宅が規則正しく並ぶさまは、まるで巨大な生物の表皮の鱗《うろこ》のようにも見えてくる。

国際的に戦時中と表明できない中で、国民の戦意を維持させつつ、戦争を勝利へと導くことは、まさに意思疎通のできない巨大生物をコントロールするようなものだった。その「制御」の一端を担えたことを、奥崎は誇らしく思った。

「未確認隣接国家、UNCか……」

奥崎はそう呟いて、遥《はる》か空の彼方《かなた》、UNCがあったと思われる方角を見据えた。

結局、潜入スパイである黒瀬とは、居酒屋での密会以降、顔を合わせることも電話で話すこともなかった。更なるアプローチがあれば、と思っていた矢先の反転攻勢、そして終戦だったからだ。黒瀬も敵地に潜入したはいいものの、大きな動きができないまま、なし崩し的に終戦を迎えてしまったのだろう。

「これだけ世界の情報が手軽に入ってくる時代に、何処にあるのかわからない国家から戦争を仕掛けられただなんて、よく考えれば荒唐無稽《こうとうむけい》な話だよな」

居酒屋で黒瀬はそう言って、同意を促すように奥崎を見つめたものだ。

だが、世の中には荒唐無稽なことはいくらでもある。春になると見えない花粉が猛威を振るい、何千億円もの経済損失が生じるなど、他国の人が聞けば噴飯ものの荒唐無稽さだろう。

経験したことのない、荒唐無稽な戦争が終わる。

見上げた空に一筋の飛行機雲が伸びていた。行方を辿《たど》る先には、都心の高層ビル群が裾野《すその》をかすませて、蜃気楼のようにそびえている。これからあの場所で、絵空事ではない現実の「戦後」を歩き始める。能動的に動く歯車の一つとして……。

戦争の終わりを告げるチャイムが、空に響き渡った。奥崎の未来を指し示すように東へと伸びた飛行機雲は、チャイムの音と共に薄れ、軌跡はすぐに消え去った。

ユイ・エピソード9　再平和

久しぶりに、あの場所に行ってみよう。

ユイは都心に向かう地下鉄に乗った。改札を出て、14番出口から外へ。かつて没落旗が翻り、若者たちが何をする気も起こさず寝そべっていた、非平和状態が訪れる前の社会の歪《ひず》みを象徴する、「合わせ鏡の広場」だ。

今はもう、没落旗族も不起族も姿を消し、公園で遊ぶことを咎《とが》め立てる自粛警察もいない。憩いの場の役目を取り戻した公園で、人々は噴水の水滴越しの光に目を細め、木陰をそぞろ歩いている。不謹慎なイメージで手入れを放棄されていた花壇も、じきに色を取り戻すだろう。

戦争はいつのまにか終わった。UNCからの降伏宣言も、国からの終結宣言もない。戦争状態を公にすることができなかった以上、「終戦」もまた宣言できないのだろう。一週間前の正午に全国で鳴らされた、どの警報にも当てはまらないチャイムが、終戦の知らせだったと噂されていた。

「再平和チュロス、いかがですか〜」

公園内に出店しているキッチンカーでは、文字をかたどったチュロスが人気だった。元号が変わった際には新元号チュロスが話題になったが、今は「再平和」一辺倒のようだ。

「再平和」という言葉は、いつのまにか人々に広まっていた。戦争ではないという建前上、「終戦」や「戦後」が使えないのは仕方がないけれど、その奇妙な呼称は、どこか居心地が悪かった。だけど、口にするたびに「異物感」のあった新元号が日常に馴染《なじ》んでいったように、再平和もまた、すぐに気にならなくなるのだろう。

再平和が訪れて、ユイも長く携わっていた三種徴集業務をお役御免となった。首都に戻ったユイは、束の間の自由を手に入れた。だけどそうなると、逆にどこへ行っていいのかわからなくなる。

それは他の人々もそうだった。もうミサイルやテロのたびに避難することもないし、移動制限も撤廃された。久しぶりに訪れた「自由」の空気に、人々は戸惑いながら少しずつ、手足を伸ばしている。それはまるで、着せられていた鎧を久しぶりに脱ぎ捨てたかのようだ。急に軽くなった足取りに戸惑って、一歩ずつ確かめながらおっかなびっくり歩いているといった風だった。

公園内の石段を上り、丘の上の神社にお参りする。お賽銭《さいせん》を入れたものの、願い事は何も思い浮かばなかった。

願い事……。かつてのユイにとっての、心から切り離せない「願い」は、失われた過去の記憶を取り戻すことだった。だが、自らの故郷であろう国は、戦争によって壊滅してしまった。どんなに願っても、今はもう、どこにも届きはしない。

「何て書いた？」

「もちろん、早く海外旅行に行けますようにって！」

カップルが、はしゃいで絵馬を奉納している。戦時中、この神社はミシラヌ信奉者たちの聖地となり、「ミシラヌに行きたい」という絵馬であふれかえっていたそうだ。それがＵＮＣの策略だと知れてから絵馬は撤去されたらしく、すっきりとした絵馬掛けは、再平和後の新生活に期待する願いばかりだ。

無差別テロやミサイル攻撃によって、日常を犠牲にしてきた。そのたびに移動や情報も制限され、束縛された窮屈な生活だった。だが、非平和状態と言われた日々で、実際に我が身に命の危険を感じたことなど一度もなかった。ユイだけではなく、ほとんどの人がそうだろう。だとしたら着せられていた鎧など、最初から必要なかったのでは……とも思えてくる。

もしかするとその鎧は、人々を守るためではなく、自由な動きを妨げるために、無理やり心に着させられたものだったのはないだろうか。今は鎧を脱ぎ捨てたのではなく、再平和という浮かれ気分が、束の間、その重みを感じさせずにいるだけなのかもしれない。

「新時代の到来だぁーっ！」

「イエーイ！」

カップルははしゃいで、羽が生えたように階段を駆け下りていった。非平和状態を挟んで、時代が「平和」から「再平和」に変わっただけで、社会状況は没落旗が翻っていた頃と何も変わっていないというのに。

スマホが、メッセージの到来を告げる。バイブレーション・モードではないのに、それは「ユイ」の心を揺らした。ピアノの旋律に似たその通知音は、「ユイ」の鍵穴を無理やりこじ開けるパスワード・メロディだった。まったく違うのに、どこか終戦を告げるチャイムにも似ている。それは「ユイ」にとっての「終わり」を宣言するものだからかもしれない。

「……戻らなくっちゃ」

自分に言い聞かせるように、そう呟いた。

境内から公園の噴水広場を見下ろすと、思いは自然に、この場所で別れた学生時代の恋人へと到る。国家機関に属する志を立てながら、彼の名前は名簿にはなかった。だとしたら……。彼に訪れたかもしれない出来事への想像を、首を振って追い払った。

戦争が避けられないものだったとしたら、未来はより良いものにならなければ、理不尽に命を奪われた者は浮かばれない。見えない死者への宛先不明の思いを抱えて、歩き続けるしかなかった。

公園を離れて街へと向かいながら、革紐《かわひも》で胸から下げていたペンダントヘッドを取り出した。

「ユイ」の過去に、たった一つだけ、光を照らすアイテム……。望月さんもソラも、そう思い込んでくれていただろう。

ペンダントヘッドを見つめる。十年前に自ら彫刻刀で文字を刻んだ、ただの木片だった。川を渡る橋の上でペンダントヘッドを握りしめて、そっと手を放した。都会の喧噪《けんそう》は水音すらも消し去り、それはあっけなく流れ去っていった。

奥崎・エピソード9　戦争の終わり

戦争が終わった。戦時体制を裏から支えていた特別対策班の役目もまた、終わりを告げた。国民向けには「再平和」と表現されているが、政治・経済の側面では「戦後」というピリオドがやってきた。一世紀近く前の戦後は、敗戦からの「復興」だった。焼け野原となった国家は、絶望のどん底から飛躍的な復興を遂げ、終戦から二十年で高度成長と呼ばれる発展を遂げたのだ。今回の戦後は、この国をどんな方向に発展させるのだろう？　どんな形であれ、奥崎には、それを見守り、誘導する義務と権利がある。

今日は対策本部からの退去の日だった。大きな荷物はすべて処分したので、小さなボストンバッグ一つだけが、奥崎の荷物だ。都心にある宿舎への転居だが、場所を伝えられていないので、何だか逃げ出すような気分だ。そう思って、奥崎は黒瀬のことを思い出した。黒瀬はこれからどうするのだろう。この国から逃げ出すのか、それとも最後まで抵抗するのか？　いずれにしても、彼の母国はもう壊滅している。敗戦国の悲哀というものを、今頃黒瀬は嚙《か》みしめているはずだ。

そんなことを考えていると、スマホが振動した。

「公衆電話から……。いったい誰だ？」

今時、公衆電話なんて街中で見かけることも少ないというのに。いぶかしく思いながら、通話ボタンを押した。

「今すぐ逃げろ！」

飛び込んできた黒瀬の声。切羽詰まった様子だ。

「どうしたんですか？　なぜ、公衆電話から？」

「いいから逃げろ。すぐにそっちにも、手が回るはずだ」

戦争はとっくの昔に終わった。だが黒瀬にはまだ、終戦のチャイムは聞こえていないのかもしれない。

「俺たちは、戦死者なんだよ」

「戦死者？　どういうことなんですか？」

「だから、この戦争で唯一の戦死者として、美談にされるために存在しているんだ」

噴き出しそうになるのを必死に堪えた。黒瀬は奥崎に「戦争は起きていない」なんて妄想を必死に吹き込もうとしていた。そんな突拍子もない設定を、信じるとでも思っていたのだろうか。

「つまり俺たちが、戦死者として今から粛清されると？」

「その通りだ、だから早く！」

「……もうやめましょうよ、黒瀬さん」

奥崎は初めて、黒瀬の前で本来の自分を出すことにした。もうそろそろ、騙されている愚昧《ぐまい》な仮面を脱ぎ捨ててもいい頃だ。

「あなたが、この国に潜入したＵＮＣの工作員であることは、わかっていましたよ」

「工作員？　おい、いったい何を言っているんだ？」

黒瀬の焦った声は、追われているからではなく、奥崎に図星を突かれたからだろう。

「そうやって、俺をおびき寄せて人質か何かにして、この国から逃れる上で有利な交渉をしようって魂胆ですか？　それとも、俺の持っている機密情報を狙っているんですか？　いずれにしろ、俺はもう、あなたの言いなりにはなりませんよ」

「奥崎、お前……」

そんな反応が返ってくるなど、思いもしなかったのだろう。愕然《がくぜん》とした表情が目に浮かぶようだ。

「まぁ……、お互い顕戦工作なんざ、国の裏の汚い部分に手を染めていたんだ。疑心暗鬼に陥るのも無理はない。むしろ、その用心深さがなけりゃ務まらないよな」

しかし、続く黒瀬の声は、奥崎の予想とは違い、変に静かだった。

「だが考えてみろよ。俺がＵＮＣの工作員だとしたら、何故お前を助けようとするんだ。黙って自分だけ逃げるのが当然じゃないか？」

「だから、それは俺を利用するために……」

「なあ奥崎、俺たちの組織はそれぞれ、同じ省庁内にすら存在を知られていないし、俺たちが消えたところで、誰も不思議にも不審にも思わない。いやむしろ、消えてしまった方が自然なんだ」

スケープゴート――。そんな単語が、不意に心に浮かんだ。

「こっちの部署には、すでに手が回った。俺だけが逃げて、ある組織の救出を待ってるところだ。ミシラヌ騒動に巻き込まれた奴らも収容されたらしいから、信頼できる組織だ」

「ある組織って……」

奥崎の反応が薄いからか、黒瀬がたたみかける。

「戦争なんか起こっちゃいない。戦死者数二万九千人って数字は上がっているが、具体的な戦死者の名前は、誰にもあげられない。みんな自分の知らない誰かが戦死したんだろうって何となく思ってる、幻想だけで成立している戦争なんだ。だがそれじゃあ、本当に戦争があったのかって、いつか国民から不信の声が上がりかねない。だから実際に、目に見える形での戦死者が必要になるんだ」

「それってつまり、俺たちが？」

「そうだよ。俺たちが、初めての『顔が見える』戦死者として、世間に公表されるってことだ」

「はいはい。もうそんな与太話はお腹いっぱいですよ」

「もう小銭がない。お前も粛清前に、早く逃げろ。組織の方には、お前のことも伝えてある。運良く逃げおおせたら、きっとお前を見つけてくれ……」

突然、電話が切れた。

「まったく、最後まで往生際が悪いもんだ」

不通音を耳にしながら、奥崎は肩をすくめた。黒瀬は自国が壊滅してもなお、奥崎を何らかの形で利用しようとしているのだろう。敗戦国の工作員の最後の悪あがきだ。

「次に接触してきた時に、黒瀬を当局に引き渡すか」

奥崎は気のない声で言って、窓の外に目をやった。黒瀬という存在はもはや、過ぎ去った過去でしかなかった。

「あれは、特務車両……。どうして今頃？」

ミサイル攻撃の瓦礫《がれき》を搬送するために使われていた完全シールド機能付きの大型搬送車両だ。なぜ今になってこんな場所に？　今日は施設からの一斉退去日ということで、全員が集まっていた。あの車両ならば、奥崎たち全員を、誰にも知られずに「移送」することができる。

警報が鳴っていた。心の中で。それは、ミサイル落下を知らせるチャイムではなかった。古い映画で聞いた、一世紀近く前の「あの戦争」の空襲警報だ。映画の中でモノクロの空に響き渡っていたその音は、奥崎の心の中で無限に広がっていった。

棚橋・エピソード1　新研究所

音……。人が日々生きていく上で発する、さまざまな音。

その音を丹念に一つ一つ拾い集めていったなら、音の線描を重ねて、その人の性格や容貌《ようぼう》、経てきた人生や人となりまでをも描き出すことができるだろうか？

靴のヒールが床を打つ硬い音を聞きながら、そんなことを考えていた。スニーカーで歩く日々にすっかり慣れた耳には、その靴音はまるで他人のもののように聞こえた。靴音を自らに馴染《なじ》ませながら、人生を切り替えてゆく。「自分」という本来の衣装を着こなすには、もうしばらく時間がかかりそうだ。

窓からの風景に、ふと足を止めた。各省庁のビルが建ち並ぶその向こうに、紅葉で色づき始めたH公園の木々が見下ろせた。

「……さん？」

その声に聞き覚えがある気がして振り返った。

「……橋さん、棚橋《たなはし》さんってば！　何回も呼んだんだよ」

呼んでいた人物は認識できる。だが、その呼ばれ方が、まだ自分とうまく結びつかない。目の焦点を合わせるように、「自分」と呼称の像を重ね合わせる必要があった。

「ああ、八坂《やさか》副主任」

研究所の統括事業部の副主任である八坂さんだった。小柄で側頭部だけに残った縮れた毛髪を耳の上に垂れ下がるようにまとめ上げた独特の髪型は、本物の耳の上に作り物の耳が垂れたようだ。アレルギー体質で常にうるんだ瞳《ひとみ》と丸く広がった鼻も相まって、どこか愛玩犬《あいがん》を思わせる。

「すみません。まだ、本名で呼ばれるのには慣れていなくって」

八坂さんは、何かを見極めるような表情で棚橋を見つめた。黒目にこめられた意思の一切を「内」ではなく「外」に向けた、この研究所に勤める研究者の標準的なまなざしでもあった。

「……考えてみれば、棚橋さんには学生時代から始まって十年もの間、別人格での人生を生きることを強いてしまったんだね」

「いえ、それは私自身が望んだことですから」

そう応《こた》えながらも、棚橋は自問してしまう。本当に「望んだ」のだろうかと。この場所では、行動や選択の自主性というものに懐疑的になってしまうのも仕方の無いことだ。人の感情は、たやすく誰かの影響下になり得る。それは自分自身もまた例外ではない。

「本来の自分をなかなか取り戻せないのは、研究所が変わったからかもしれません」

大学生の頃に初めて招待され、一研究員となってからも通っていた研究所は、郊外に建つ煉瓦《れんが》造りの施設だった。戦時中の数ヶ月に一度の中間報告も、まだ中継支部としての機能は残されていた旧研究所でヒアリングを受けていたので、新研究所に足を踏み入れるのは初めてだ。何度もＩＤをかざして警備員と不法侵入阻止ゲートと情報漏洩《ろうえい》遮断壁の扉を抜けた先にある、官庁街のビルの二十階に座を占めた今の研究所に、すぐに馴染めという方が無理だった。

「そうだ、八坂さん。碇沢教授の部屋はどちらでしょうか？」

研究所に戻ったら、真っ先に訪れたい場所だった。移転と戦後の組織変更で、同じ研究所の名が付いてはいても、今浦島のような棚橋には見当もつかなかった。

「碇沢教授の部屋は、ここにはないよ」

「ないって……、どういうことですか？」

「教授はもう、研究所との関わりを断たれたからね」

その言葉は、教授自身から身を引いたとも、研究所側から関係を断ったとも取れる。八坂さんは、「何かご不満でも？」というように首を傾げ、耳の上の「髪の毛の耳」を不規則に揺らした。

的外れな質問をしている気分になり、それ以上を聞けなくなった。

「……所長は、今どちらに？」

「戦後政策の調整会議に遠隔参加中だよ。ＯＣＲ（外部接続室）からのぞいてみるかい？」

八坂さんに連れられて、ＯＣＲなる耳慣れない場所に向かった。

「戦争事業は終了しました。戦争とは、勝利に向けて進むことを目的とするものではありません。戦争を勝利に向かわせようとする過程において生じる国民意識の変化を、事業終了後に優位にコントロールすることこそが、国家の利益を考える上での最終的な到達点であります」

メインモニターでは、アバターの所長が大仰すぎる身振り手振りで発言中だった。その姿とは裏腹に、ガラス越しの収録ブースにいる当の所長は、マイクを手に話してはいるものの、撮影機材には背を向け、まったく無関係な専門書を読みふけっている。

モーションキャプチャー用のボディースーツを身につけて、所長の「動き」を担当しているのは、情報統制局から派遣されている若手職員だろう。所長の言葉の意思を体現すべく、大仰な身振りで撮影機材の前で動く様は、前衛的なパントマイムでもしているようだ。彼は所長のアバターの、更なるアバター（分身）というわけだ。

「人が生きてきた過去を、我々は歴史という言葉で表現しますが、その実は、その時々の『現在』の選択の積み重ねであります。選択した上でのベクトルは、今も継続しているのです」

何か意味があるようで内容の無い言葉を、所長は続けていた。相変わらず身じろぎもせずにマイクを手にしたまま別の資料を読み続け、「公的な独り言」を呟《つぶや》いているようでもある。

会議が終わり、モーションキャプチャーを外した若手職員が退出してから、棚橋は収録ブースに向かった。所長は会議の終了と自分の時間の区切りは無関係というように、資料と向き合い続けている。

「所長、お疲れ様でした」

こうして対面で向き合うのは何年ぶりだろう。振り向いた所長は、表情のない顔を向けた。

「無表情」ではない。表情から類推できる心の機微が見当たらないということだ。学生の頃、初めて所長に引き合わされた時にも、所長は棚橋をそんな表情で迎えた。強く印象づけながら、その「印象」は、決して所長の個性とは結びつかない。

専門書を閉じて、所長が立ち上がった。中肉中背で、六十二歳という年齢に相応《ふさわ》しい、多少薄まって毛量の減った髪を無造作に七三分けにした姿だ。モスグリーンのスーツも、一分の隙もなく着こなすわけでもなく、かといって着古してもいない。駅で、繁華街で、夜の街で、意識することなくいくらでもすれ違い、記憶の容量を一ビットも占拠することのない、初老の男性だった。

「一般的」に落とし込むことを自らに律し続けた結果、所長は個性を削り取られた「無個性」という個性を身につけている。

「棚橋さん。お久しぶりですね」

表情がなめらかに切り替わった。所長もまた、自らの使い分ける幾多の人格のいずれかを選択して今を生きている。その人格を外した素の所長と道ですれ違っても、気付くことはできないだろう。

「あなたがたコネクターの働きによって、戦争事業のサポート・プログラムとしてのミシラヌ・プロジェクトは、円滑に終了を迎えることができました」

コネクター、つまりは接続者。確かに棚橋の役割は、研究所ではそう呼ばれていた。だが、役割に落とし込むには、あまりにも長い時間を別の人格で過ごしていた。

「これからはもう、棚橋さんですね」

心の揺らぎを見透かしたように、所長は道化のような瞳で、棚橋をのぞき込む。その道化は相手の心に入り込むと同時に、自らも道化の仮面に封じ込め、他者に心を読み取らせない。

「もう、別の人間として生きる必要はなくなったのでしょうから」

別の人間として生きること——それを十年もの間、自分に強いてきた。

誰かの人生のレールの、転轍機《てんてつ》を操作する役割を果たすためには、自分の人生をも騙《だま》す覚悟が必要だった。一種の自己催眠のように、棚橋は別の自分を作り出し、まったく違う人生を辿《たど》ってきた人間として人々に接し、自らの人生のストーリーを作り上げていった。

誘導研究所のコネクターは、人の人生を別方向へと誘導する。だが、戦争事業において誘導した人々が辿り着いた先は、棚橋が導こうとした場所からはほど遠かった。

「所長、ミシラヌ言語のことですが……」

棚橋からその言葉が出ることは、所長は予想できていたはずだ。だからこそ、所長は敢《あ》えて「円滑に終了」と言ったのだ。所長の表情が変化した。だがそれは、心の動きを読み取らせないわずかなものでしかなかった。

「所長、次の会合の予定が……」

何かを言いかけた所長に、八坂さんが口を挟んだ。

「棚橋さん、まずは報告書を提出してください。それを読んだ上で、あなたのこれから先の帰属先……新たな誘導業務について考えましょう」

所長の微笑みが向けられた。棚橋にも、そして自分自身にも向かっていない、無方向性の微笑み——。研究所は変わった。だけどそれは、場所や組織、設備の変化だけではないのかもしれない。

◇

復帰後の所属の決まっていない棚橋は、狭い会議室の一つを与えられた。しばらくはそこで、コネクターとしての戦時行動の、報告書の作成に専念することになった。コネクターとして動いた別人格での働きを、客観的に記述してゆく。「特別誘導対象者」の人生を、いかに誘導していったかを……。

誘導してきた人々は、十人を下らない。棚橋の「別の人格」を信頼し、心を許してきた人たちが向けてくれたまなざし。それを美しい思い出にすることはできない。忘れ去ることも、決してしてはいけない。人の人生の色を塗り替えた。弄《もてあそ》んだと言い換えてもいい。罪に問われることはないだけに、見えない罪は、棚橋が一人で背負って行かなければならない。研究所でコネクターとして人の運命を誘導してきた者は皆、見えない罪を背負って今の自分がある。

だが、棚橋の「誘導」は、意図せぬ形で強引に幕引きされた。

――効果測定　戦時民心誘導におけるミシラヌ言語の効果とその有用性について――

そこから先を、感情を乗せずに記述することは困難だった。その展開は、戦前に研究所が方針決定し、その決定に沿って棚橋が誘導してきた方向性とは、まったく違っていたのだから。

国家が戦争事業を遂行する上で、研究所は民心安定化のための補強プログラムとして、さまざまな国民誘導計画を提言し、実行してきた。ミシラヌ言語を中心に据えた「ミシラヌ・プロジェクト」の導入も、その一環だった。

ミシラヌ言語については、戦時だけの限定利用を想定したものではなかった。むしろ戦争事業を端緒として、極めて長期的な視点での民心安定化に寄与すべく、導入が決定されたのだ。

没落旗族・不起族に象徴される政府不信とモラトリアム指向を打ち消すための戦争事業。それによって想定される戦後の民心安定化とは、国民の心に透明な鎧《よろい》を着せるようなものだった。そんな人々の心に小さな拠《よ》り所を作ることが、ミシラヌ言語の最終目標だ。特定の国家にも、宗教や思想にも依拠していない完全に独立した言語による新たなコミュニティを創造する――。碇沢教授の理想は、ミシラヌ言語によって希望の種を作り、心に小さな幸せの花を咲かせることだった。だからこそミシラヌ言語の戦争事業への導入に教授は賛同し、自らの研究成果を研究所に託したのだ。

だが、実際に戦争事業が始まり、棚橋が誘導業務のために研究所を離れている間に、ミシラヌ言語を巡る状況は、予想外の方向に向かった。「謎の文字と言語」は、敵国ＵＮＣの策略による敵性言語とされ、それに関わりを持つ者は、「戦犯」として追い立てられてしまった。ミシラヌ言語に着せられた汚名は、今もそのままだ。今後、日の目を見ることは二度とないだろう。

政府の特別放送で、ミシラヌの文字の落書きやソラの歌が、この国への罵倒《ばとう》や嘲笑《ちょうしょう》だと説明したのは、碇沢教授自身だ。だが、映し出されたその姿はアバターでしかなかった。政府要人や組織上層部のアバター利用は暗殺や拉致《らち》を警戒してのものだ。だが碇沢教授の場合は、その時点ですでに研究所との縁が切れており、まったくの別人が教授の役を演じていたからという理由だったのだろう。

教授の行方について尋ねても、研究所の職員や研究員たちは、一様に言葉を濁してしまう。碇沢教授は今どこにいて、戦後のこの国を、そしてミシラヌ・プロジェクトの行方を、どんな思いで見つめているのだろう。

——戦時下における「ネット空間を快適に保つための環境保全五原則」の撤廃によって、国民は再び、ネット上の自由な発言空間を取り戻した。

そこまでの文章を打って、棚橋は溜《た》め息をついて手を止めた。

ミシラヌ・プロジェクトの「効果測定」をするためには、戦後の国民意識の変化について言及しなくてはならない。研究所が研究目的用に育成しているAIを起動し、リアルタイムのネット・トークのフィルタリング結果を表示させた。それを、戦前の同一条件下のフィルタリング結果と比較する。

そうして見ると、国民意識の変化はあからさまだった。SNSやニュースサイトのコメント、五分でトーク履歴が消えるビット・トークですら、国政批判の声は、格段に「薄く」なっている。戦後になって、大きな政府批判は起こっていない。「カホゴ」によって三年間、「余計な発言をしようとすると制限を受ける」と躾《しつ》けられてきたのだ。制限がなくなったからといって、心の思いに自由な羽が生えるはずがなかった。戦争中に人々が着せられた鎧は、「再平和」の高揚の陰で今も、見えない重しとなって心を押さえつけ続けている。それにより、国民の心に「無意識の呪縛」を生み出すことこそが、戦争事業の目的の一つだった。

今では、少しでも国家に反抗的な意見表明をしたら、「敵が攻めて来ても言えるのか？」「国への恩を忘れて！」と責め立てられ、謝罪に追い込まれる。侵略戦争を経験し、国家に守られていることを「感謝と負い目」として心に刷り込まれた人々の間には、自分の権利が国家に制限された形で「自由」であることを、諦《あきら》めつつ感謝するマインドが醸成されていた。そして、そんなネットコミュニティのあり方こそが、国家が望んだ国民の「従順なる健全さ」の表れだった。

フィルターを追加し、今度は戦時中と戦後それぞれの、ミシラヌに言及した発言の軌跡を、時系列で追ってゆく。

戦争開始時に一時的には盛り上がったものの、戦争の長期化と顕戦化の失敗によって、国民一般には広がることがなかったミシラヌ幻想だが、ミシラヌからの映像公開によって、画面表示には、肯定の「青」が爆発的に増加した。とはいえそれもほんの一時のことだった。ミシラヌ幻想がＵＮＣの調略だったと判明した「ミシラヌ・ショック」を契機に、肯定の「青」が否定の「赤」に激変し、その「赤」も、戦争終結と共に急激にしぼんでいった。

――かくして、戦後の世相から、ミシラヌへの言及は消え去った。それは、ミシラヌ・プロジェクトが、戦争事業において効果的に作用したことを意味している。

「思い出す」必要もなく、戦後の日常が滞りなく続いていることこそが、ミシラヌ・プロジェクトによる国民誘導が、成功裏に終了したことの証明となるだろう。

自らの心とは裏腹の文字を報告文書に綴《つづ》る。分析ＡＩになったように、そこに個人的感情は差し挟まず、冷静で無感動な視点で……。いや、ＡＩは、「冷静」や「無感動」という感情とすら無縁だろう。

ＡＩのフィルタリングを、配信者に限定して絞り込み、ミシラヌとの関連深度の高い順番でソートする。サーチに時間がかかり、画面上では砂時計が延々と砂を吐き出し続ける。

不定形であるが故に形あるもの以上に影響力を持ち、社会の方向性を定める「世論」。それを左右するのが、テレビでも新聞でもネットニュースでもなくネット配信者たちだという認識が一般化したのは、七年ほど前からだ。アイドルグループの人気が下火になると共に、プロデュースの主戦場が配信者になったのと時を同じくする。今では著名配信者を囲い込んだ配信者プロデュースグループが群雄割拠し、鎬《しのぎ》を削っている。

画面から砂時計が消えて、抽出結果が表示された。

「アテサキ・フメイ……」

ソート結果の最上位に表示された配信者の名前を、棚橋は呟いた。

戦争末期、ミシラヌ騒動による混乱期に生まれ、急激にファンダムを拡大していった配信者グループが、「宛先不明プロジェクト」だ。プロデューサーは不明。アテサキ・フメイ、浮迷《ふめい》ちゃん、ＤＵ＝Destination unknown という三人のインフルエンサーが、そのプロジェクトに所属している。

そのうち、中高年層に圧倒的な人気を誇るのが、プロジェクトの顔とも言える「アテサキ・フメイ」だ。かつて一世を風靡《ふうび》し、引退後十年間消息不明だった女優が、夫の死を契機に、地方のラジオ局で気まぐれに始めた深夜のラジオ番組という設定だ。深夜ラジオに耳を傾けた世代の心を射貫《いぬ》く配信スタイルだった。

アテサキ・フメイは、架空のリスナーからのお便りに応える形で、問わず語りに自らの架空の人生を語る。考察サイトでは、そんなアテサキ・フメイのライフ・ストーリーが、リスナーによって年表化され、まるで実在の人物の経歴のように一覧化されている。それは詳細で、後発のリスナーは、かつて本当にそんな女優が存在したと信じて疑わないほどだ。息吹すら伝わるAMラジオのような身近さを持ちながら、まったく次元の違う世界から配信されているような感覚に陥ってしまうのも、そんな世界観の構築によるものだった。

虚実の狭間《はざま》にたたずむアテサキ・フメイの人気を不動のものにしたのが、番組内の「いつか出す手紙」のコーナーだ。手紙の相手は誰とは特定されていない。だが、繰り出される言葉から、向けられた相手の輪郭が浮かび上がってくる。そして、その相手がいずれも、もうこの世界のどこにもいないことも……。彼女の人生は死者によって縁取られ、彩られていた。

出逢《であ》いよりも別れの方が身近になった世代がメイン・ターゲットだ。人々はそれを身近な誰かに置き換え、心の波が遠くに流し去った記憶を呼び戻す。人の心の悲しみに形を与え続け、アテサキ・フメイは、その存在を配信界で不動のものとした。

アテサキ・フメイは配信の中で、戦争にもミシラヌにも一度も言及したことはない。だが、研究所の特殊な思想指向判定フィルタリングによって、その名が浮かび上がってくる。アテサキ・フメイは悲しみを言葉で紡ぐことで、戦争を、そしてミシラヌを語っているのだ。

廊下から鼻歌が聞こえてくる。DU＝Destination unknown のプラットフォームに最近追加された曲、「遊覧有乱《ユラユラ》」だ。

「どうだい、調子は？」

扉から、八坂さんが顔をのぞかせた。気楽な様子で進捗《しんちょく》確認に来るのは毎日のことだった。耳の上の「髪の毛の耳」を揺らして出現する様は、愛玩犬が日課の散歩の最中にマーキングにでもやってきたようだ。

「まあ、ぼちぼちと……。今週中には仕上げるようにします」

当たり障りのない返事をする。研究所に通い出した頃には、相談できる良き先輩として接してくれた八坂さんも、今は立場が変わり、棚橋を監督する立場だ。

戦時中にソラを二種徴集して動画と音声データを蓄積し、情報統制局に「ミシラヌにいるソラの姉」のディープフェイク動画の作成を指示したのは八坂さんだ。それが「悪用」されることを知った上で公開を止めなかった以上、ミシラヌ・プロジェクトの変容を容認していたことになる。

肩書きの変化や、離れていた時間の長さ以上の遠さを感じていた。

「おや、話題の人物だね」

端末の画面をのぞき込んだ八坂さんは、存在しない眼鏡を持ち上げる動作をした。どうやら今の彼は、眼鏡をかけている人物設定を、自分に強いているらしい。

「ご存じですか？」

「もちろんだよぉ。宛先不明プロジェクトの一人だよね」

架空の尻尾《しっぽ》を振り回すように、八坂さんは腰をくねくねとさせた。とはいえ、研究所の人間が、単純に好き嫌いだけでインフルエンサーに注目するはずがない。

「正体が判明したら、研究所に招聘《しょうへい》したい逸材だよ。意識的か、はたまた無意識か、人の心をかき回して気になる存在になってしまう話術と、人心操作術。いったいどんな人物なのか。想像をたくましくしてしまうね」

興奮を示すように彼は頭を大きく振って、ニセモノの耳を揺らす。遠回しに、もう棚橋は用済みだと言われている気分になる。憤りを込めて画面を切ると、八坂さんの排泄《はいせつ》中の愛玩犬のような微妙な表情が反射して映り込んだ。八坂さんは鼻歌を歌いながら退散していく。「遊覧有乱」という曲名通り、見えない尻尾をユラユラと揺らして。

トオル・エピソード1　再平和な日々

イチョウ並木はすっかり葉を落とし、一歩ごとに落ち葉が舞い上がった。平和を取り戻した街の、平和のかけがえのなさを忘れた人々とすれ違う。忘却とは人々の汚点であり、美点でもある。何が起ころうと、日常の歯車は変わらず回り続ける。人々が平穏を求める心を潤滑油として……。だが、そんな歯車から抜け落ちた人々は、どうやって生きていけばいいのだろうか？

ニット帽とマスク、そして黒縁の眼鏡で「自分」を覆い隠してトオルは歩き続ける。目的地はこの地域のターミナル駅だ。今頃、歩きや電車、自転車で、二十人以上の同志が、同じ場所に向かっているはずだった。駅に到着し、トオルはＩＣカードで改札を抜けてホームに上った。電車の到着を待つそぶりで待機する。

騒動は、改札の外から始まった気配だった。土産物の紙袋が、置き忘れにも、故意に置かれたようにも見える意味ありげなたたずまいで、改札前の柱のそばに置かれていたはずだ。

「あれって、爆弾じゃないのか？」

通りすがりを装う同志の一人が、聞こえよがしにそう呟いただろう。その呟きは、日常をすぐさま非日常へと塗り替える。

「非平和状態」と呼ばれた戦争が終わり、人々は再び平和を空気のようにありがたみなく浪費する日々を取り戻した。だが、以前とは明らかに意識が変わった部分がある。それは、テロや爆発物には条件反射で逃避行動を取るように刷り込まれたことだ。「爆弾」の一言で、人々は蜘蛛《くも》の子を散らすように改札前から離れていっただろう。ホームに立っているトオルには、まだその騒動は伝わってこない。

「14時47分《イチヨンヨンナナ》、作戦開始だ……」

それぞれ顔も見えない場所で同時に作戦行動を開始している仲間たちと、心の時計を合わせる。

トオルは、手にしていた土産物風の紙袋を壁際に「置き忘れた」まま、電車を待つ列に並んだ。

ホームに列車が滑り込む。扉が開いた頃、階段下の改札の方から騒動の気配が立ち上ってきて、列車に乗り込もうとしていた人々が足を止めた。「爆弾」の声も聞こえてきて、それぞれが危険に向けてのアンテナを過剰なほどに伸ばしている。

――このタイミングだ！

トオルは不意に振り返って、叫んだ。

「あれも爆弾じゃないか？」

人々は、その紙袋を見るやいなや駆けだし、改札口に殺到する。その頃には、駅前広場や自由通路でも同時多発的に爆発物騒ぎが起こっているはずだ。駅も爆発物に対する乗客誘導は経験しているだろうが、それが駅のさまざまな場所で、同時多発的に生じたらどうだろうか？　乗客はもちろん駅員たちも、どこが安全なのかもわからず、大混乱に陥ってしまう。

そんな中で、トオルはターゲットの「目立たない集団」の姿を発見して、さりげなく近づいていた。

「こっちは危ないぞ！　向こうに逃げろ！」

「押すな！　誰か下敷きになってるぞ！」

トオルもまた、恐れおののいて逃げ惑う風を演じながら、わざと人々を焦らせる怒声を振りまいて、混乱に拍車をかける。四方からの群衆のランダムアタックに、ターゲットたちも集団であることを維持できなくなっていた。連携が崩れれば、彼らは無力となる。

「駅が爆発する！　線路に逃げろ！」

声の勢いに押されるように、人々は線路に我先にと下りて、蜘蛛の子を散らした。その中には、ターゲットがこの駅での捕獲を目的としていた「対象者」もいた。ターゲットが完全に対象者を見失った様子を確認して、トオルは駅のフェンスを乗り越えた。

五分ほどで騒動はおさまったが、駅は封鎖されたままだった。その騒動を隠れ蓑《みの》にして、一人の対象者を捕獲網から逃したことなど、誰も知る由もないだろう。ニット帽を深くかぶり直して、トオルは再び雑踏の中に紛れた。

◇

眼の周りを覆う、羽根飾りの付いた覆面の下で、艶然《えんぜん》とした微笑みを浮かべ、「浮迷ちゃん」

は語り続ける。

——今日はぁ　何を話そうカナ？
ンとね、それじゃァ
きのう、坂口議員の失言で話題になってた、
えすでぃーじーえす……
えっと、コレ、ゴメン
えすでぃーじーずって読むのか……
何の略かって？　もちろん知ってるヨ
スーパーディスカウントグッドショップ
とっても安くって良い店ってことだよネ！

肩を出したキャミワンピ姿は、清楚《せいそ》さとエロティックの狭間の微妙なラインをぐり抜けて、男性ファンの鼻の下を伸ばさせつつも、女性からの支持も失わない。敢えて舌足らずな口調なのは身バレを防ぐためだが、聡明《そうめい》さが表に出過ぎることでの反感を抑える意味もあるだろう。
話す内容もウィットに富んでいる。歯に衣《きぬ》着せぬ物言いは痛快ではあるが、その分、反発も招きやすい。浮迷ちゃんは真逆だ。話題に応じて、歯にさまざまな衣を着せる。どんな切り口だろうと叩《たた》かれそうな話題も、自虐と諧謔《かいぎゃく》とを交えてそつなく炎上を回避する。わかった上で敢えて的外れな主張をし、ポンコツを演じて煙《けむ》に巻き、挑発し、気付けば誰もが腑《ふ》に落ちる結論に辿り着くのだ。

話題づくりも、問題提起の仕方も計算し尽くされ、その「計算」をあざとく思わせないキャラ設定に成功している。最初は「おバカ配信」だと、子どもが夢中になるのに眉《まゆ》をひそめていた親たちも、ひそめた眉を持ち上げて、子どもたちよりはまってしまう有り様だ。ニュースサイトも、ネタ枯れの時には「浮迷ちゃんが語る〇〇〇〇」と話題にすることで、ページビューを稼いでいた。

もし彼女が、配信から「表」に出たら、人気は絶大なものになるだろう。テレビ業界も狙っているが、宛先不明プロジェクト自体が秘密のベールに包まれていて、配信者の特定には至っていない。舞踏会を思わせる仮面に、日によって変わる蛍光色のウィッグ、派手めに施された化粧も相まって、その素顔に迫ることは難しい。

背後に人の気配を感じて、トオルは配信を止め、スマホをポケットにしまった。

「さすがだね、トオル君。初参加とは思えない手際の良さだったよ」

その言葉を皮肉と捉《とら》えないほどには、気持ちの整理ができていた。

丘陵地を開発した団地の、最も高い位置にある四階建ての集合住宅。屋上からは、同じ高さと同じ色の建物が居並ぶ様が見えた。高度成長期という、一世紀近く前の戦争の後に訪れた「チート期間」に増産された遺物たち……。それはまるで、倒される時を待って並んでいるドミノの牌のようだ。

「地区リーダー、今日の『お客』は？」

「無事に収容した。今は車で保護施設に向かっている」

どんな対象者なのかは、敢えて聞かなかった。そこまで「組織」の活動に深く介入する気はない。地区リーダーと呼ばれる松田《まつだ》は、昇降口の横の錆《さび》付いたベンチに腰掛けた。カラスが威嚇するような軋《きし》んだ音がする。

「それにしても、黒瀬君は惜しいことをした」

国土保全省の秘密工作部隊に所属していた黒瀬は、「組織」の救出も一歩及ばず捕獲された。特務車両に乗せられていずこともなく移送されてしまったのだ。

「どんな処分が下されたんでしょうね……」

処分という言葉で思い浮かぶのは、鳥インフルエンザの報道だ。普段から命をいただくことに感謝して、「いただきます」と手を合わせる人々が、何千万羽ものニワトリを機械的に殺処分する報道を、季節の風物詩のように聞き流してしまう。同じ命でありながら、「それはそれ、これはこれ」と心を切り替える。その基準を決めるのは、いったい誰なのだろう。

「事故を装って消されたか、表向きは存在しないことになっている高度汚染施設での強制労働か。それとも、恩を売っておきたい新興国の内戦の現場に送り込まれたか……。可能性はいくつも考えられる」

作為によって殺されたとしても、それが見えない場所で行われれば、それは人の「消失」でしかない。

「これから、俺はどう動けばいいんでしょうか？」

この短い期間でも「組織」のさまざまな戦い方を目の当たりにした。今回のようなテロまがいの動きもあれば、国家組織の内通者とのやりとりもあった。時にはまったく反対の意図を持っているとしか思えない動きをすることもあり、最初は混乱させられたものだ。だがそれらの動きすべては、「組織」が保護する「国民未認定者」の権利獲得という目的に帰結する。

「今回の救出劇のようなゲリラ的な動きはできるが、正面切って国家と対決するには、この組織は力不足だ」

松田は、タバコの煙を溜め息と共に空に向けて吹き出した。風もないのに、煙は立ち上ったそばから消えてゆく。

「しかし、『組織』は、国が顕戦工作をやっていたと証言できる人材を獲得したんですよ。その事実を公表すると脅せば、何か交渉ができるんじゃないんですか？」

トオルがそう持ちかけても、松田は浮かない顔のままだ。

「誰がそれを信じてくれる？　顕戦工作の証拠は、すべて消し去られている。証言だけじゃ、ただの与太話にしかならないぞ」

国家省庁に複数存在した秘密工作組織は、今は国家によって、存在していた事実自体が消されてしまっていた。

「真実とは、真実であることによって重みを持つわけじゃない。昔話みたいに、王様は裸だ！と叫んでどんでん返しが起きるほど、人の心を動かすことは単純ではないんだ」

「……そんなものなんでしょうね」

海外からの批判が起きて初めて「表面化」した芸能界の醜聞を思い出すまでもない。人を大きく動かすのは「真実」ではない。人をその衝動に至らせるストーリーとお膳立《ぜんだ》てが必要なのだ。

「せめて、ネットの世論を騒がせる形ででも、動くことはできないんですか？」

今時は企業や有名人の炎上騒ぎも、ＳＮＳの口コミから始まり、それにインフルエンサーが介入して広がってゆくことがほとんどだ。

「今は三年間のカホゴによる制限が消えて、人々はようやく、ネットをのびのびと楽しめるようになったばかりだ。監督の先生がいなくなった自習時間に、真面目に自習しろと学級委員が言ったところで、誰も聞きやしないだろう？」

せっかく訪れた再平和の安寧に水を差されたくないという意識が強い限り、湖に小石を投げ込むようなもので、波紋はすぐに鎮まってしまう。堤防を決壊させるだけの動機付けが必要なのだ。

「黒瀬君とは、彼が戦争に対して疑問を持ち始めた時から接触していたんだ。その頃から、セキュリティをかい潜って情報を外に出してくれていたんだが……。それもまだ、使う機会は訪れなさそうだな」

黒瀬が「組織」に横流しできた機密資料は、わずかなものだった。顕戦工作で使用し、爆発させることなく回収した爆破装置や、工作のために使用していたSNSアカウント、全国各地の繁華街の監視カメラの死角エリアデータ。今の所、何の利用価値もなさそうだ。

「Rって女性からの返答は？」

「組織」のメンバーからは、イニシャルで呼ばれている協力者だ。

「今は、さまざまな条件の歯車が嚙み合う時に向けて、別の動きに注力しているらしい。どんな動きなのかはまだ話せないそうだ」

「それじゃあ、このまま俺は、顔も本名も隠して潜伏し続けるしかないってことですか？」

「こちらは圧倒的に弱い立場だ。中途半端な形で動き出せば、すぐに潰《つぶ》されてしまう。潰されたことすらわからないほどにね」

戦争が始まるずっと前から「組織」の運動に身を投じてきた松田の言葉は重たく、トオルにはそれすら覆せない。

「だが、いつかチャンスは訪れる」

彼はそう言って立ち上がり、古びた団地の建ち並ぶ風景を見下ろした。南方系の出自を思わせる浅黒い肌と太い眉の下の黒目がちな目。外国人の顔立ちでありながら、この国の人間としか思えない発音に、違和感を覚えるのはいつものことだった。

それぞれ別の国からの不法入国者の両親を持つ松田は、この国で生まれ育ち、言葉も文化もこの国のものしか知らない。だが、両親が亡くなって天涯孤独となった彼は、両親それぞれの故郷の国にも、この国にもルーツを持てない「空白の人」となった。「組織」には、彼のように国家に存在を否定された国民未認定者が集まっている。

「国が作り上げた統治の構造は、強固な基礎の上にあるように見える。だが、弱い部分を一つ揺るがしたら、案外あっけなく崩れるかもしれないぞ」

松田の言葉は、そそり立つ壁を前に、自らを奮い立たせるようだ。戦争という目的推進のために構築されたピラミッドは、「架空の戦争」という事実を糊塗《こと》するために補強された弱い部分があるはずだ。それを見つけ出す必要があった。

「君の動きで、私たち国民未認定者が外を出歩ける服を着られる時が、一日でも早まればいいけれどな」

「出歩ける服、とは?」

「一つの国家の中で生きていく権利なんて、一般の人間からしたら普段着みたいなものだ。破れてもいないし、汚れてもいない。身体にフィットしているのも当然で、ありがたがることもない。だが私たち国民未認定者は、国家に存在を否定された人間だ。この国での権利という服は、破られ、汚されてボロボロで、もはやどんなに繕っても、その服で表に出ることは不可能なんだ」

越えられない現実の壁と日々向き合ってきた松田の声は、「希望」を浮ついた言葉として寄せ付けない。

「失った服を取り返すことはできない。だが、それに変わる新しい服を手に入れることが、『組織』のゴールなんだよ。どんなにサイズ違いでも、柄がおかしくてもかまわない。お天道様の下で堂々と着て歩ける服だったなら……」

彼らのゴールは、この国の住人として認められ、国民としての権利を獲得することだ。そのために、自分にできることは何だろうか。

松田が姿を消してから、トオルはスマホを取り出した。「存在しない」自分名義のスマホなどあるはずもなく、それも「組織」から貸与された、他人名義のものだった。

画面には、切った瞬間の、「浮迷ちゃん」の姿が残ったままだった。匿名でしか生きられないトオルに、「浮迷ちゃん」が仮面の下の作られた笑顔を向けていた。トオルはキャミワンピからのぞく彼女の左肩の、小さなホクロを見つめ続けた。

棚橋・エピソード2　戦争の犠牲者

街を歩く。靴のヒールが響かせる硬音にも、「再平和＝戦後」という新たなフェーズにも、少しずつ慣れてきた。クリスマスカラーで彩られた繁華街に、冬の新定番曲となったＤＵ＝Destination unknown の「ノイジー・クリスマス」が、賑《にぎ》やかな音の色を添える。音楽に合わせて都会のビルの壁に靴音を反響させながら、棚橋は探してしまう。鎧を着た人の姿を。

非平和状態と呼ばれた三年間に、人々が知らずに纏《まと》わされていた、見えない鎧。それを着込んだ重苦しい足取りは、今はどこにも見当たらない。人々は、穏やかで平和な日常を取り戻したように見える。

だが、鎧を脱ぎ捨てたわけではない。三年近い日常の制限によって、人々は鎧を着て歩くことに慣らされてしまっただけだ。それどころか、着せられたはずの鎧を、まるで自ら身につけたかのように着こなしてしまっている。

街には外国人観光客の姿も復活していた。この国は、国際的には「戦争による国境封鎖」などしておらず、あくまで「未知のウイルス」を克服して国境封鎖を解除したことになっている。

等間隔の街路樹が作り出す秩序だった光と影を踏み分けるうち、会場に到着した。皇族の名が冠されていた体育館は、戦後になって「ＳＥＮＳＹＯ祈念体育館」へと名称変更された。「ウイルスとの戦いに勝利した」という意味合いだ。

会場には、千人近い参列者が集められていた。三階の観覧席から、観劇用の双眼鏡で参列者たちの様子を確認する。

「ただいまより、三種徴集者の合同表彰式を開催いたします」

司会者の言葉で、式典が始まった。

「え～、皆さんに従事していただきました……え～、三種徴集業務によりまして……え～、非平和状態における国家の安全・安心が維持され……、国土の防衛に……え～、貢献されましたことを……」

総理大臣の代理である国土保全大臣の代理である事務次官の挨拶《あいさつ》文を、事務次官補佐が代読している。

「あ……、ルミさんだ」

海岸の「危険漂着物探索業務」の際に仲良くなったルミさんも参加していた。キョロキョロしているのは、ユイの姿を探しているのだろうか。「街頭落書き撮影業務」で馴れ馴れしく話しかけてきた男の姿も見える。棚橋もまた、あの場所に並ぶべきだっただろうか。だが、徴集業務に従事していた「ユイ」はもう、どこにもいないのだ。晴れがましそうなルミさんに、棚橋は惜しみない拍手を送った。

「皆さんは、この国を襲った脅威から国民を守った英雄なのです」

「局長」と呼ばれる人物が大画面に映し出され、訓示を開始した。いったいどこの部署の局長なのかは説明もされなかったし、画面に出現した男性の映像もアバターでしかない。アバターだけで姿を見せない局長と、自らの意思で存在を変えた自分。どちらが本当に、周囲から「見えない」のだろうか。

式典は特別功労防衛者表彰に移った。通常の戦勝記念式典であれば、「殉職者表彰」と呼ばれる類《たぐ》いのものだろう。国家によって正式に報告された戦死者（パンデミック犠牲者）は、二万九千五百十六人だ。それは人数だけが公開され、具体的に「誰が」ということはわからない。人々は、「自分の周りにたまたま戦死者はいなかったけど」と疑問に思うことすらなく、形ばかり悼んで、戦後を生きている。

「戦いの前面に立ち、自らの身体を盾として犠牲となった功労者たちの、在りし日の姿をご覧ください」

司会者の言葉は、「敵地に深く侵攻し、玉砕した戦死者」と、誰もが心の中で「翻訳」しているはずだ。

映像は、空港の滑走路だろうか。隊列を組んで行進してゆく先には、輸送ヘリが今にも飛び立たんとローターを旋回させ、行進する男たちの髪を勇壮に揺らした。その姿は、戦地へと赴く兵士とも取れるし、ワクチン開発のために自らを犠牲にした医療先遣隊とも解釈できる、あいまいなものだった。

カメラの前を、行進する男たちの決意を秘めた表情が横切ってゆく。景色も人物の動きも表情も、すべてが自然だった。自然そのものだからこそ違和感を覚える不自然さだ。今時、いくらでもこんな映像は作ることができる。佐伯雄一朗、西ノ瀬常人、黒崎和磨……。特別功労防衛者たちの名前がスクロールしてゆく。

「尚人《なおと》……」

そこに、棚橋の捜す名前はなかった。

大学一年生の時に参加した、政府主催の特殊なセミナーが終わって一週間程経った頃、主催者側からの接触があった。そこから棚橋は、「コネクターとしての適性あり」と判断され、研究所に通うことになった。在学中から「誘導」の基本概念を学び、コネクターとしての活動を開始した。そうして、三つの別人格を使い分けて、国内各地での誘導業務に携わっていったのだ。戦争事業の表面化を前に誘導業務は本格化し、形式的に省庁への就職活動をしながら、コネクターとしての匿名性を手に入れていった。その過程の身辺整理では、恋人とは疎遠にならざるを得なかった。就職活動中の考え方の違いから関係が自然消滅したと、恋人は思っているだろう。

その後、風の噂で彼が国家保安局に所属したことを知ったものの、名簿には名前が存在しなかった。やがて戦争事業に突入すると、事業を円滑に遂行するための、決して表に出ることがない「特殊な部署」が国家保安局に存在するというまことしやかな噂を聞いた。

ソラのゲリラライブで訪れた地方都市で、棚橋は「ユイ」として彼と再会した。お互い、自分のやっている「本当のこと」を詳《つまび》らかにできないもどかしさを抱えた会話だった。

「特殊な部署」は、存在そのものがなかったものとされ、活動の履歴も、活動していた人々も消えてしまった。もし、学生時代に共に過ごした日々が、尚人をその選択に至らせたのであれば、彼もまた、棚橋の「誘導」の犠牲者なのかもしれない。

式典の見学を終えて、研究所に戻った。まだ復帰後の所属が決まっていないので、総務部局の隅にデスクを与えられ、統計資料の整理などの雑務を担当していた。

業務端末に届いたメッセージを確認する。各種の統計資料が更新されており、各自で分析するように、所長名で「お達し」されていた。クラウドファイルにアクセスして、各省庁や関係部局がアップロードしたデータをチェックする。

統計には、数字の「確からしさ」を背景として、目的のために意図的に作られるものもある。有利な結論に導くための統計作成など、数値によって組織の伸張を目指す立場に立たされた者は、誰もが経験しているだろう。数字が真実を語るのではなく、数字によって自らの「真実」を補強するのだ。

棚橋は、気になる統計を開いては読み取っていった。数値の「裏を読む」のではない。数値という信頼性によって構築された建築物を、構造の強さやデザイン、集客性など、多角的な視点から検証する感覚だった。

「戦時犠牲者数統計か……。戦争なんて、やってもいないのに」

戦死者数は、二万九千五百十六人。存在しない国と戦って、戦死者も負傷者も一人も生じるはずがない。それは戦争事業に携わった各部署のさまざまな判断から導き出され、「設定」された死者数だった。国民向けには、この数値は「パンデミック犠牲者数」として公表されている。

データ詳細は、守秘階層5まであった。棚橋の業務権限でアクセス可能な階層3のデータを開く。

「副主任。犠牲者数の、この【】内の数字の357＋αって、何なんでしょう？」

八坂副主任が同じ表を開いているのを確認して、画面を後ろからのぞき込んだ。

「ああ、それはおそらく実犠牲者数だよ」

「実犠牲者数って……」

「つまり、戦争美談を仕立て上げるために、実際に顔の見える犠牲者が必要だったたってことだね。それと同時に、国民に見せられない工作に従事していた末端を切り捨てたってことなんじゃないかな」

「だけどこの数字、確定数値ではないんですね？」

数値には小さく、「暫定数値」と補記してある。戦争が終わって数ヶ月が経つというのに、まだこれから犠牲者が増える可能性があるというのだろうか。

「おそらく彼らは、将来的に死亡が想定される場所に送り込まれているというだけで、現時点ではまだ死亡が確定したというわけではないだろうからね」

その「場所」についてはいくつも予想できるが、想像を心の中で具象化することは避けた。

「架空の死者」は数が確定していて、「実際の死者」の数は未確定という統計数値が、架空の戦争という事業の不条理さを象徴しているようだ。

「それに、どうやら逃亡者がいるようなんだ」

「逃亡者？」

「存在しない組織からの逃亡だよ」

棚橋は、「３５７＋α」の数字を、いつまでも見つめ続けていた。

◇

かしこまった座り方から、彼女の緊張が伝わってくる。ショートボブの髪に、細いフレームの眼鏡の小柄な女性は、少女の面影すら残していた。

「まだ大学一年生なんだね」

棚橋が同じ頃にセミナーで見出《みいだ》されたように、彼女もどこかで「誘導」の資質ありと判断され、送り込まれたのだろう。

「横田《よこた》鮎美《あゆみ》さんね。国民誘導研究所へようこそ」

八坂さんから渡されていた彼女のプロフィールには、一通り目を通していた。もっとも、棚橋が評価すべき「コネクターとしての適性」は、学歴や経歴が記述された欄の外側にしかない。

「あの、エントランスには、国民意識研究所って書いてありましたけれど？」

眼鏡の柄に少し神経質そうな様子で触れて、彼女は確認する。

「そうだね。そこから話していかないといけないね」

国民誘導研究所は、三十年以上前に発足した。表向きの名称である「国民意識研究所」は、主目的である「国民意識誘導」を秘匿したもので、それは今も変わらない。発足以来の研究所の足跡と、国民意識誘導の成果についてレクチャーすると、横田は真剣な表情で頷《うなず》いていた。

「それを踏まえて、今回の架空の戦争に、国民誘導研究所がどう関わっていったかについて、説明するね」

さりげなく言って、棚橋は横田の反応を確かめた。彼女がどこまで予備知識を持っているのかは聞かされていない。だが、あの戦争が「起こっていない」ことを察知できていないようであれば、この場に導かれてはいないはずだ。同時に、たとえ疑問に思ったとしても、それを軽々しく表情に表わさないだけの自己訓練が成されているのかをチェックする意味合いもあった。

彼女は心持ち首を傾げるようにして棚橋を見返し、感情の揺らぎを露《あら》わにするような愚は犯さなかった。

「まずは、国家政策としての架空の戦争事業が、どうして立案され、計画されるに至ったかを、私なりの解釈で解説していこうかな」

棚橋もまた、大学生の頃に初めて研究所に招かれ、これから国家の主導により「架空の戦争」という一大プロジェクトが遂行されることを伝えられた。心に生じた驚きのいびつな突起を、事業の整合性を論理立てることで覆い隠し、戦争事業の中に自らを組み込んでいったのだ。今の棚橋自身も、彼女に話すことで、自分にとって未消化のままだった戦争事業について、客観視することができるかもしれない。

「今回の戦争については、三十年以上前から、準備が進められてきたとされています」

同時期に戦対協（戦争対策協議会）によって政府に提言された報告書では、将来的な経済停滞と国際競争力の低下による、国民感情の二極化（過激化&モラトリアム化）が懸念されていた。

「その予想が、没落旗族と不起族という二派に象徴されるムーブメントとして実現した事は、横田さんも見聞きしてきているよね？」

横田が頷いた。もちろん、そうしたムーブメントは、いつの時代も政治不安や不信の結果として現れては消えてゆくものだ。だがその流れは実に六年近くも続き、拡大していったのだ。国民が、国家の幸福と個人の幸福とを、同じ未来として描き出すことができなくなったという証左であり、戦対協は、そうした未来の到来を予期していたということになる。

「そんな時代背景で、国民の不安や不信を払拭《ふっしょく》するために国家がなすべき立て直し策は、さまざまに考えられますね？」

棚橋は目線だけで、回答を横田に促した。

「まっとうなやり方であれば、地道に経済政策や諸問題への解決行動を取ることで、少しずつ国家を立て直し、国民の信頼を得てゆく、という形ですよね」

「その通りですね。だけど……」

そのためには、社会構造そのものを変えていかなければならない。社会縮小期に入り、成熟を越えて「爛熟化」した社会において、地道な立て直しは不可能だった。老人にフルマラソンの後半でスピードアップを強いるようなものだ。

「地道な正攻法が取れないとしたら、国民からの国家や政府への信頼度を増すためには、どんな方策があると思う？」

横田は、細いフレームの眼鏡の奥で、目を瞬かせた。

「信頼度を増すというのは、見かけ上の……、つまり、数値の上だけのものでも構わないということでしょうか？」

「ええ、どんな形でも」

「即効性を考えるなら、強権的な政治によって不満分子を弾圧し、国家に批判的な言動を封じ込めるというやり方ですね」

近隣の独裁国家の、支持率１００％を誇る為政者の顔を思い浮かべてしまう。

「ですけどそれは、一時的、限定的な措置としては効果的かもしれませんが、長期的には、国民の心の離反を大きくして、国家の瓦解《がかい》を早める事につながると思います」

「そうですね。だからこそこの国は複雑な……、複雑で大胆な手段を実行しました」

社会構造を変革させることなく、人々の意識を、国家に従順な「羊」と化するには、どうすればいいのか？　そこで導き出されたのが、「架空の戦争」という壮大で空虚な構想だった。

「落ち日の国」と揶揄《やゆ》され、衰退の一途を辿っていたこの国だが、それでも他国に比べれば、抜きん出て住みやすい、幸福な国だった。だが、兵役もなく、為政者を批判しても何ら罰せられない、ぬるま湯の自由と平和に浸《つ》かりきった国民は、少しばかり調子に乗っていたのかもしれない。

命の危険に晒《さら》されることも、飢餓に苦しむこともなく暮らせるこの国に生きることが、限りなく自由であり、幸福であると再認識させることが、戦争事業の「裏の目的」だった。

「与えられた幸福の枠内で満足できる、コントロールしやすい国民意識へと変化させるための戦争事業だったということですね」

推薦されてきただけに、さすがに彼女の理解は早かった。

「その結果は、戦後の国民意識調査の速報値を見れば一目瞭然《りようぜん》ね」

最新の、ビッグデータとＡＩによる意識調査では、国家満足度、日常安心度、政府信奉度のすべてにおいて、肯定的評価が八割以上という結果だった。

「戦前までのこの国の社会状況への評価がマイナス20だとしたら、戦争という非常事態によって、その評価はマイナス50まで下がったでしょうね。そして戦争が終わったら、社会状況は戦前と変わらないのだから、評価はまたマイナス20に戻るはずだけど……」

「架空の戦争とはいえ、一度命の危険と隣り合わせの日々を経験した国民は、前と同じ社会状況でも、それを限りなく幸福と感じるようになったということですね」

反抗期の子どもが、いざ一人で生きろと突き放されて初めて、親の庇護《ひご》のありがたみを感じるようなものだ。

「そうした戦争事業を、国民意識を安定化させるという側面から支え、補強していったのが、国民誘導研究所ということになります」

その補強プロジェクトの一つとして採用されたのが、ミシラヌ・プロジェクトだ。

「棚橋さんは、ミシラヌ幻想による国民誘導を担当していたそうですね？　それは、戦争事業の中でどんな位置付けで、どんな効果を期待されていたんでしょうか？」

戸惑いが、束の間、棚橋の口から言葉を奪った。それはもちろん表情には表わさない。

「一方的な侵略を跳ね返し、国土を守り切ったと信じ込ませることで、国民の国家への信奉度は自《おの》ずと高まるでしょう。ですが今回の戦争は、相手国が未確認国家という顔が見えない存在であるだけに、憎しみに形を与えることが難しく、ともすればその憎悪が国家に向かいかねないという危うさが、常に潜在していました」

横田は、何かを反芻《はんすう》する表情で頷いていた。

「そこで、UNCへの憎悪をより効果的に高めるために必要になったのが、ミシラヌというユートピア幻想の盛り上がりと、それがUNCの策略だったと判明することによる国民感情の揺さぶり――、ということです」

棚橋は、帰還後の報告書に記述した通りに、彼女に説明した。戦争開始前に想定していたミシラヌ幻想の戦争への関わり方とはかけ離れた「効果」を。

報告書の内容について、所長から評価の言葉が返ってくることはなかったが、その代わりのように与えられた任務が、この推薦者研修だった。それは、戦争事業を振り返った棚橋の「客観性」が、所長に認められたということだろう。

「確かに、戦争事業は開始から二年が経過した頃には、ミサイル慣れや厭戦《えんせん》化によって、目的達成が難しい状況に陥っていましたよね。そこに来てのミシラヌからの映像による幻想の高まりと瓦解というミシラヌ・ショックは、ミサイル１００発が身近に落下したたに等しいカタストロフィーを国民に与えました。棚橋さんが、あの誘導を陰で支えていた立役者だったんですね」

彼女は、棚橋に特別なまなざしを向ける。ミシラヌ・プロジェクトでの国民誘導が、棚橋の目指したものとはまったく違う形で進んだことなど知りもせず。

「戦争は終わりました。これから先の国民誘導は、どんな方向に向かうのでしょうか？」

「それを考えるにはまず、戦後の国民意識の変化を押さえておかないとね」

語尾を横田に向けると、彼女は考えを巡らすように、少しの間、宙を見上げた。

「国民の意識変化を戦後のネット上の言論空間に見るならば……」

横田は、それが大学での専攻範囲なのか、途端に饒舌《じょうぜつ》になった。

「カホゴ……ネット環境保全五原則の終了と共に、ネット空間は発言の自由を取り戻しました。ですが、その自由はどこかいびつです。萎縮《いしゅく》しているのに気付いていないような……。それは私自身にも言えていて、必要ないのに発言を抑えようとブレーキを踏むことがずっと増えたような。そんな気がします」

社会の変容と自らの変化とを結びつけつつ、直結させずに冷静に観察しようとする姿勢は評価できるだろう。

「そんな変化はもちろん、五大配信者グループの配信動向にも現れていると思います」

横田は、今や世論を動かすインフルエンサーの最右翼となった配信者たちの、戦後の「見えない自主規制」や、対立を嫌う「ヒーリングカルチャー化」について、彼女なりの視点で語った。

「ですが、宛先不明プロジェクトには、何か違うベクトルを感じます」

そう言って、横田は瞳を輝かせる。

「あなたも、ノーリーズンなの？」

横田は恥ずかしそうに頷いた。宛先不明プロジェクトの配信者たちに惹《ひ》かれる「理由のなさ」から、ファンダムは自分たちを「ノーリーズン」と呼ぶようになっていた。

「宛先不明プロジェクトのメンバーも、決して政治批判や社会問題に切り込んでいくわけではないんですけど、戦後のヒーリングカルチャーの盛り上がりとは一線を画する方向に、ノーリーズンたちを向かわせているように感じます。ですが、その向かう先がどこなのかがわからないところが、不安なようで、楽しみなようで。まるでミステリー列車に乗せられているような感覚なんです」

熱に浮かされたような横田の様子に、棚橋はあいまいに頷いた。

「戦争事業によって国民の従順化には成功しましたが、それは一次的な目的達成であって、その国民の意識変化を下敷きとして、新たな国家事業が遂行されるはずです。次なる事業において、どんな形で国民を誘導していくかは、これから先、この研究所に入所してくれる人材にかかっているると言えますね」

選ばれた自負で瞳を輝かせる横田の姿に、棚橋はかつての自分を重ね合わせていた。

トオル・エピソード2　隠れ棲む者

地図上では、海辺の街だった。だがその街には、海と関わる生活は感じられなかった。高校までを内陸の地方都市で過ごし、海という場所が旅行やドライブで訪れる特別な空間だったトオルにとっては、海のそばの「普通の街」という存在を心に馴染ませるのに、少し時間がかかった。風に乗って潮騒《しおさい》が間欠的に耳に届き、それだけが海のそばの街であることを思い出させる。

漁具もサーフボードも猫の姿もない住宅街の一画に、その家はあった。いや、正確に言うならば、「かつて家だったもの」の、黒焦げた残骸《ざんがい》だ。

ここはかつて、誰も読むことのできない異国の文字が刻まれた漂着物を展示するギャラリーだったという。それが今は、すべて焼け落ちていた。半ばまで焼け焦げながらも残った何本かの柱だけが、救いを求めるように天に突き立っている。ギャラリーが存在した頃に訪れた経験はないので、記憶と結びついた感傷によって心が裂かれることはなかった。それでも、トオルの胸に去来したのは、「戦争の犠牲」という言葉だ。だがそれは、敵国によるミサイル攻撃でも、無差別テロ攻撃によるものでもない。紛れもない、この国の国民の憎悪による攻撃だった。

人々は、ミシラヌからとされる緊急映像でユートピア願望を急激に膨らませ、ミシラヌの文字の書かれた漂着物を求めて、ギャラリーに殺到したという。

だが、その狂騒もわずかの間だった。政府は、ミシラヌ幻想が、この国に厭戦気分を蔓延《まんえん》させるためにＵＮＣが仕掛けた情報工作であるかのように国民に思わせた。それによってギャラリーは、希望の象徴から引きずり下ろされてしまった。

姿の見えないUNCには敵意の向けようがない。だからこそギャラリーには、虫眼鏡で光を集めるように憎悪が一点集中した。その結果が、この黒焦げの焼け跡だ。明らかに放火によるものだが、警察による捜査がされる様子もなく、焼け跡は、まるで見せしめのようにそのまま残されている。

いや、見せしめであり続けたなら、残酷ではあるが、まだ意味があっただろう。「再平和」と奇妙に定義づけされた時代が訪れると、人々はあれだけ熱狂し、その裏返しで憎悪したミシラヌのことなど、すっかり忘れ去ってしまった。この残骸は、意味を失った過去の遺物だ。

だが、忘れられていないものもある。ギャラリーの所有者であり、漂着物を収集していた望月さんの名前だけは今も、「戦犯」として人々の記憶の端に刻まれている。この場所が忘れ去られたのとは裏腹に、それは消えない火傷《やけど》のように残り続けるだろう。

忘れっぽさも執念深さも、共に人間が持つ別の側面だ。その愚かさを嗤《わら》うことも、糾弾することもできない。トオル自身も見えない戦争に踊らされていたのだから。間接的ではあれ、この焼け跡を作った人間の一人なのだ。

一通り残骸の写真を撮って、トオルは海へと向かった。砂浜ではなく、丸い石が重なった石浜だ。師走《しわす》の海風は、さまざまなものを波打ち際に堆積させていたが、あの文字の刻まれた漂着物は、どこにもなかった。打ち寄せる波と、一拍の間を置いて響く異国の打楽器のような独特の波音は、トオルを見知らぬ国に流れ着いた漂流者の気分にさせた。本名を名乗れなくなったトオルにとって、この国はまさに「異国」だった。

あの日、逃げられたのは、たまたまの幸運でしかなかった。黒瀬の電話で不穏な気配を察し、間一髪で施設を抜け出したものの、逃げる場所など思いつきもしなかった。黒瀬が特別対策班の場所を事前に伝えていなかったら、「組織」が救出に向かうこともできなかったはずだ。

追っ手が迫った直後に、「組織」のメンバーが、偽の爆発物によるテロもどき騒動を起こした。逃げ惑う人々と、警察や消防の錯綜《さくそう》した規制によって、街は大混乱に陥った。その隙に、追っ手を振り切って逃げることができたのだ。だが同時に、「ウイルス犠牲者＝戦死者」としてカウントされている奥崎尚人は、この国に存在してはいけない存在になってしまった。

行き場所のないトオルは、しばらく目をつぶって、奇妙な波音に心を漂わせていた。

◇

廃バスは、どこかもの悲しい。かつて多くの人を乗せ、目的地へと運んだ存在が行き場を失い、永遠にその地にとどまり続けるのだから。目の前の廃バスが、錆付いた姿以上に零落して見えてしまうのは、そこに住む人物が未来を失っているからなのかもしれない。

寂れた公営団地の、広場の片隅に置かれた廃バスだった。割れた窓から、何かが漏れ聴こえてくる。訥々《とつとつ》とした響きの、弦楽器の音色だ。

開け放たれた形で錆付いた後部扉から、動かぬ廃バスに乗車する。その女性は、退色して元の生地の色が判然としない椅子にもたれて、弦楽器を爪弾《つまび》いていた。古びた弦楽器が、時の止まった廃バスの空気を震わせた。女性は目をつぶり、自らの紡ぎ出す音色に合わせて口を動かしている。だが、歌が空気を震わせることはなかった。それでも、彼女が本当は誰より歌いたがっているのは、痛いほどに伝わってくる。行き場を失った心が放つ声が、口から放たれたそばから霧のように消え去っているようだ。

トオルの気配に気付いたのか、女性は爪弾く手を止めて、そっと目を開けた。

「とってもいい歌だったよ、ソラさん」

ソラは、言葉の意味を確かめるように首を傾げる。

「聞こえないのに？」

「聞こえないからこそ、歌に込められた想いはかえって強く伝わってきたよ」

歌の行方を探すように、ソラは埃《ほこり》で曇ったガラス越しの空を見上げた。

ソラの歌う「どこでもない国のしらべ」は、戦争と口にすることもできなかった日々に疲弊した人々の心に、淡い光を灯《とも》す存在だった。だが、その歌が敵国UNCによって作られた嘲笑歌だったことが暴露され、ソラは希望の象徴から一転、人々の憎悪の対象となった。逃げ隠れる日々を送っていたソラもやはり、「組織」に匿《かくま》われたのだ。

「私はもう、あの歌を声に出して歌うことはできないんだろうな」

ソラの指が弦を爪弾く。悲しい音色が一つ、ぽつりと漂って消えた。ソラにとってそれは、母親につながる唯一の手掛かりだった。複雑な家庭環境から天涯孤独の身となり、ソラは故郷の街で声に出すことなくその歌を歌っていた。そんなソラに寄り添い、歌声を取り戻させたのが、彼女の前ではユイと名乗っていた女性だ。

「ユイさんは、大丈夫なんでしょうか？」

ソラは隠れ棲む身となっても、彼女のことを心配していた。

「幸い、ユイって女性の身元は割れていないみたいだし、どこかで元気に暮らしているとは思うけど」

ゲリラライブをやっていた地方都市で、ソラはトオルに会っていたが、夜だったこともあって、同一人物だとは思っていない。

「落ち着いてから電話してみたんですけど、もう使われていませんって……。聞いていた住所も引き払っているみたいだし」

ソラにとっては、ユイもまた、騒動に巻き込まれた被害者なのだ。

バスの中には、かつて広場でのラジオ体操の際に使われていたらしい、古びたラジカセがあった。すでにカセットもCDもデッキは壊れているようだが、ラジオだけはまだ生きていた。電源を入れると、歌が流れ出す。古いことに加え、チューニング不足の雑音のせいで、どこか違う国から流れてくる音楽のようだ。

「この曲……DUのプラットフォームに最近加わった曲ですよね？」

「ああ、結局SONOTAが第二創造したんだな」

自らの作詞・作曲の歌しか唄《うた》わず、誰にも楽曲提供しないと公言していた人気の歌い手、SONOTAが、自ら望んで「第二創造」したことで話題になっていた。

DU＝Destination unknown は、宛先不明プロジェクトの中で、最も先鋭的で、クリエイター層に絶大な人気を誇る楽曲配信者だ。いわゆる「男装女子」系のハーフィ（身バレを防ぐための、AIによる実像透過50％の配信スタイル）だが、配信スタイルはDUだけの独特なものだ。

他のクリエイターたちが新曲紹介でパイロテージ（水先案内《い》）動画を出すように、DUもまた自身の新たな曲について語る。男装女子という特性を活かす様子もなく、むしろ語り口は抑制的だ。戦略としての中性性ではなく、創造世界に余分な色を与えないための発声と物腰だった。

DUのパイロテージの語りは、確かな「景色」を見せる。その景色ははじめはモノクロだ。D

Uは常に欠落と共にある。心の欠落、景色の欠落、時間の欠落……。何かが失われた不完全で色を失った世界を背景に、DUは自らの新曲を言葉によって「彩色」してゆく。幾層もの薄絹のような言葉が積み重なって、新曲の作品世界が鮮やかに浮かび上がってくる。

そんな曲は、存在しないにもかかわらず――。

DUは、作品を作らない楽曲クリエイターだ。「作品だけ」を作らないクリエイターと言った方がいいだろう。楽曲はクリエイトしないが、その楽曲が生み出される世界観すべてを創造する。

DUのパイロテージ配信が終わると、音楽クリエイター界隈《かいわい》は、互いに牽制《けんせい》し、刺激し合うような密《ひそ》やかな興奮に包まれる。やがてDUのプラットフォームに、DUが語る作品世界に沿って作られた楽曲が次々と投稿される。この行為は「第二創造」と呼ばれる。

DUは、静かな語り口でありながら、作品を解き放つ権利と義務を突きつける。言葉によって屹立《きつりつ》する鮮やかな作品世界が、音を創造する者すべての心を煽《あお》り、「この人が？」と誰もが驚くようなクリエイターが呼応する。

だが、DUは感謝の言葉一つなく、一つの作品だけを選び取る。DUはクリエイターに第二創造の権利を与えたにすぎないのだから。著名コンポーザーの凝りに凝ったアレンジの楽曲に決まることもあれば、まったく無名の冴《さ》えない中年男性のギター一本の弾き語りが選ばれることもある。有名クリエイターにとっては新たな自分を魅せるチャンスであり、無名の新人にとっては、サクセスストーリーの発端でもある。

DUのプラットフォームには、どんな音楽系の配信グループよりも多彩な楽曲が並び、ジャンルを超越した音楽空間になっている。それらの作品は、アテサキ・フメイや浮迷ちゃんの配信でも使用され、更に人気が上がる仕組みだ。

SONOTAによって第二創造された「ノー束縛ノーライフ」という人を喰《く》ったタイトルの楽曲は、タイトルとは裏腹に、逃れられない束縛を断ち切る、切迫感に満ちたものだった。SONOTA名義で披露するおおらかな歌声でも、牧歌的な作風でもない。「第二創造」とは、DUO世界観の再構築を意味すると共に、作り手そのものが新たに「創造」されるというダブルミーニングでもある。

「どこか、あの歌に似ている気がする」

ソラはラジオの歌にハミングを添えた。封じ込められた悲しみが、廃バスの哀しみと溶け合う。

「ユイさんのこと、何かわかったら真っ先に知らせるよ」

そう言って、トオルは廃バスを離れた。各地に隠れ棲む、ミシラヌに関わった人々を訪ねる旅を終えたばかりだ。表向きは彼らの様子を確かめるためだったが、実際は、ミシラヌ騒動の裏にあったものを探ることが目的だった。

「ユカ、ユミカ、そしてユイ……」

彼らがミシラヌの文字や言葉に関わってゆく過程で、その人生に寄り添った女性がいた。望月さんやソラにはユイが。そしてその他の人々には、ユカやユミカという女性が……。名前は違えど、彼らが語る女性の印象は、不思議に似通っていた。一人の女性が三つの名前と人格を使い分け、接触していたのだろう。

彼らは皆、謎の文字や言葉と関わることになって、人生がマイナス方向に激変していた。そうして落ち込んだ人生に女性が寄り添うことで、光を取り戻していったのだ。彼らは一様に、彼女がいなかったら自分の人生は色を失ったままだったと口を揃える。

団地の敷地を出て、帽子とマスク、眼鏡で「自分」を隠して歩きながら、トオルは考えざるを得なかった。学生時代の恋人の有希《ゆき》について。省庁での勤務を目指しながら、名簿に名前がなかった有希。何も告げずに理由のない旅に出ていた有希。別の名前を呼ばれて振り返った有希……。

戦時中の省庁間調整会議で、国民誘導研究所の所長が、国民を見えない形で誘導することで戦争を支える国民意識の形成を補強する、研究所の役割を説いていた。有希の役割は、まさにそれに該当する。

だとすると、戦争が始まるずっと前から、ミシラヌに関するプロジェクトは始まっていたのだろう。実際、ミシラヌに人生を左右された人々の話を聞いてみると、有希以外にも、重なり合って関わった人物が、複数見えてくる。

ミシラヌを利用した国民意識誘導の最後の仕上げを、有希が担っていた。彼らの心の希望や願いを、都合良く利用していたのだ。

◇

三角形の海を、望月さんは眺めていた。

港湾都市の海沿いの雑居ビルの、六階の一室だった。どこにでもありそうな中小企業っぽい看板が掲げられてはいるが、「組織」の偽装事務所の一つだ。湾岸の荷役のトラックが行き交う一画で、はめ殺しの窓は、外の風景を一昔前の映画の一シーンのように錆付かせた。倉庫とラブホテルに挟まれていびつな三角形に切り取られた海が、冬風にさざ波を立てている。

「望月さん。行って来ましたよ」

撮影した写真を取り込んだデバイスを、望月さんに渡した。

「全部燃えてしまったのか……」

望月さんは、心の一部がこそげ取られていくような表情で、写真を一枚ずつ確認していった。すべてを見終えると、望月さんはしばらく押し黙って椅子に座り込んでいた。隣の部屋から、海外からの「受け入れ」を調整している地区リーダー松田の、外国語でのやりとりが漏れ聞こえてくる。

「あのギャラリーは、思い出が詰まった場所であると共に、私の妻への執着そのものだったからね」

顔を上げた望月さんは、不思議に何かスッキリとした様子だった。

「ギャラリーと漂着物が存在する限り、私は本来の自分の人生を取り戻すことはできなかったんだ」

起こってしまったことを追認する強がりでも、心の崩壊を抑えるための詭弁《きべん》でもないように見えた。

「あの浜やギャラリーを離れて、私は改めて自分の、妻への接し方を思い返してみたんだよ」

大陸の山岳地帯で出逢った天涯孤独な身の上の奥さんとは、静かで穏やかな日々を送っていたと、「組織」に保護された当時の望月さんは話していた。

「さまざまな執着から離れて、この十年の日々を振り返ったんだ。そうしたら、見えてきたものがあってね」

「見えてきたもの？」

「妻と共に過ごした人生を、私がいかに美しい布でまとっていたのか……、とね」

織物の輸入販売業を営んでいたという望月さんは、かつてはブランドの服で身を固めていたというが、隠れ棲む今は、量販店で購入した目立たない服装だ。

「本当は、商売の浮き沈みで、夫婦生活は常にギスギスしていて、妻に暴力を振るったのも一度や二度ではなかったというのにね」

人は誰も、過去の醜い言動や愚かな行動の記憶を上書きしがちだ。裏切りはやむを得ない選択として正当化され、嘘もまた、優しさや弱さの発露として美化されてしまう。

「ユイさんと知り合ったことで、固くいびつだった私の心は、あの石浜の石のように丸く削られていった。それは心の安定にとっては良かったのかもしれないが、過去を受け止めるということからは遠ざかってしまっていたようだね」

望月さんが海辺の街に住むようになって偶然出逢った、旅行中の女性。それがユイだった。彼女は、かたくなだった望月さんの下に足繁く通っては、穏やかな日々を取り戻させた。水が低きに流れるがごとく、望月さんの心は、過去の自分の汚点を消し去り、奥さんとの思い出を鮮やかに塗り替えていったのだ。

トオルは、はめ殺しの窓に鋭角に切り取られた海を見つめた。埃の向こうの海は、実際の位置以上に遠い場所に思えた。

海外とのやりとりを終えた松田が、珈琲《コーヒー》を淹《い》れたカップを手にしてやってきた。

「それにしても、三年近くも続いた戦争が、実際には戦っていない、架空の戦争だったとはね」

渡されたカップを抱え込むようにして、望月さんはしみじみと呟いた。「組織」に収容され、その仕事を手伝う中で、望月さんは非平和状態という言葉で覆い隠されていた戦争の真実に触れることになったのだ。

「国家が国民の信頼を失い、民心を把握できない末期的な状態に陥った際に、戦争という手段に手を染める例は過去、いくらでもある」

「国民の不満を、政府から他国へと逸《そ》らすためですよね」

望月さんが、窓の外を向いたままトオルの言葉に頷いた。

「だがそれは従来、対外的な侵略によって国家への帰属意識を高めるという形だった」

国威発揚の常套《じょうとう》手段が戦争だった時代があった。一世紀近く前の「あの戦争」でも、この国は優等国家として周囲の国々を併合して巨大化することを求めた。

「今回の戦争は、まったく逆の状況を作ったということですね」

「そうだね。侵略する側ではなく、侵略される側になってね」

いったいどこの誰が考えたのだろう。侵略することではなく、侵略されることによって、国民の国家への信頼度を上げるなど。

「だがもちろん、どこかの国に、この国を侵略してくださいと頼むわけにはいかない」

ただでさえこの国は、周辺国家と領土問題で争っている状態だ。そんな相談を持ちかければ、渡りに船と、この国は本当に他国に侵略され、属国化されてしまうだろう。

「だから、架空の国家に侵略されているという状況を作り上げたってわけですね」

「その効果は、作戦従事していたトオル君……いや、奥崎尚人が一番実感しているんじゃないかな？」

二人のやりとりを聞いていた松田が口を挟んだ。「再平和」と呼ばれる戦後の政治運営は、極めて順調に進んでいるように見える。不穏分子が掲げる没落旗が翻り、すべてを諦めた不起族が希望も未来も見失って寝そべり続けていた「戦前」の風潮は、復活する兆しすら見えない。

この国の政府は、架空の戦争によって「静かなる国威発揚」と民心安定化を成功させ、敷き終えたレールの上で、戦後の社会を滑らかに運行していこうとしている。そこからはみ出した少数の人間を、「見えない」ことにして……。

「こんなものが手に入ったよ」

松田が手にした紙には、人の名前らしきものが並んでいた。

「先日公開された、特別功労防衛者357人の名簿だよ」

「特別防衛功労者？」

「表向きは、反転攻勢で特に勇敢に戦って犠牲となった戦死者たちとされているが……。要は、でっちあげられた三万人近い公称戦死者ではなく、架空の戦争という事業で実際に命を落とした犠牲者だ」

つまりは、工作組織に属していて、秘密裏に「処分」された者たちだ。奥崎のいた特別対策班も、黒瀬の組織も、工作員は百二十人ほどだった。だとしたら、同規模の工作組織がもう一つ存在したということだろう。

「知らない名前ばかりですね」

名簿には、特別対策班の仲間の名前も、黒瀬の名前も見当たらない。そして、奥崎自身の名も。

「当然だろう。特定の個人と結びついてしまえば、裏工作をしていた組織の存在が明るみに出る恐れがあるからな。適当に作られた名前だよ」

さまざまなものを包み隠すべく用意された、その「数」以外は何の意味も持たない名簿だった。

「そうだ、トオル君。君の依頼、ダメ元でRに持ちかけていたが、ついさっき返事があったよ」

松田の差し出したメモに記された文字——。その先に、国家の敷いたレールから外れたトオルの未来が指し示してあるのだろうか。

棚橋・エピソード3　旧研究所

煉瓦造りの建物は、壁の半ばまでが蔦《つた》に侵食され、この場所の現在が未来を向いておらず、過去だけに依拠していることを、その姿によって示していた。

旧研究所は旧軍の施設を転用したもので、「研究所」という言葉から誰もが思い描くだろう、近寄りがたい禁忌と、それとは裏腹の少し牧歌的なイメージとをない交ぜにした建物だった。高層ビルの一画に座を占める新研究所には馴染めずにいた棚橋にとっては、ようやく居場所に戻った気分だった。

とはいえ、研究所での日々は、思い出として記憶の片隅から取り出すほど、懐かしさに彩られたものではなかった。自分自身の人生観、他者に向ける眼、人との関わり方を、根本から変えていく必要性があったのだ。身につけてきた血肉を削られ、未知なる栄養素を与えられるような日々だった。自分が粘土細工になって、勝手に心の筋肉を増強されているかのように、心の筋肉痛に苛《さいな》まれる毎日……。

つらいこともあった。もうやめたいと何度思っただろう。だが、心の揺らぎを見透かしたように、所長は棚橋の育成に直接的にも間接的にも関わってきた。それは励ましの形を借りた侮蔑《ぶべつ》であり、叱咤《しった》の衣を着た助言であり、賞賛の顔をした呪縛《じゅばく》だった。「誘導」の技術を身につけていった過程とは、棚橋自身がその適性を持つ存在へと「誘導」されていった過程でもある。いつしか棚橋の心は、他人の人生を誘導することの重さを受け止められるだけの防御壁を備えるに至った。

それに、「架空の戦争」という国家事業の一端に携わることになった棚橋が、個人の些細《ささい》な感情の揺らぎで業務を投げ出すことなど、できるはずもなかった。そんな複雑な感情を積み上げていった結果、愛憎半ばする場所となった煉瓦の建物も、年度末までに取り壊される事が決定しているので、今日で見納めだった。

研究所が都心の官庁街に移転してからも、この建物は倉庫や補助施設として利用されていたが、今は数人の職員が残って、細々と残務整理をしているだけだ。国家優先回線につながる端末が一台だけ残された事務所で手続きを済ませる。慣れ親しんだ場所だったはずが、什器《じゅうき》などもほとんどなくなり、表示も取り外された館内は、かつての姿を知っているだけに、記憶を失った友人の姿を見るように、棚橋の心を不安定にさせた。

「たしか、ここだった……」

目当ての部屋の扉を開けてみる。部屋を間違ったかと思った。かつては、部屋の天井までの高さの本棚には専門書が並び、中央のテーブルにはさまざまな言語の文字サンプルが陳列されていた。そして奥の机には、知の好奇心をくすぐる柔和な微笑みで迎えてくれた碇沢教授が……。

教授は、「ミシラヌ・ショック」と呼ばれる映像に登場した爬虫類《はちゆうるい》のような冷たい印象のアバターとは正反対の、柔らかな物腰の老紳士だった。ミシラヌの言葉が創り出す未来の姿について、この場所で何時間も語り合った思い出がよみがえる。

「人が集まれば、対立は起きる。それは避けようのない現実だよ」

言語という、人の世の分断の象徴ともいえる存在の研究に生涯を捧《ささ》げてきたからこそ、教授はミシラヌ言語による平和を希求し続けたのだ。

「一人一人の背負った歴史・思想・宗教に裏打ちされた差異は埋められないし、埋めようとすることが、更なる対立を煽る結果にしかつながらないだろうことは、歴史が証明している。だがそこに、誰もがゼロから学ぶ言葉があり、その言葉によって成立するコミュニティがあったなら……。少なくともそこでは、誰もが同じ視線の高さで語り合い、同じ歩幅で未来に向けて進めるのではないかな」

研究者の抱きがちな夢想であることはわかっていた。そして、その夢想の行き着く先は、はるか未来であることも。

「だからこそ棚橋さんに、私の夢想と現実との架け橋になってもらいたいのですよ」

教授のまなざしに込められた願いを、棚橋はそのままに受け止めた。ミシラヌ言語を無垢《むく》なる存在のまま未来へとつなげるためであれば、棚橋は、コネクターという「汚れ役」も厭《いと》わなかった。研究所の中でここだけが、素のままの自分でいられる、暖かな場所だったから……。

溜め息をついて、思い出と結びつかない空虚な空間を見渡した。「廃棄」と記された段ボール箱が五つ、壁際に並んでいた。中途半端に開いた箱の中をのぞいてみる。

「これって……」

棚橋は中の品々を一つずつ取り出し、手に取って眺めた。木製のミニカー、楽器と思われる木製品の一部分、卒塔婆《そとうば》を思わせる木片……。役に立たないものばかりだ。異国の文字が記されているというただ一つだけの共通項を持つ「ガラクタ」たち。ミシラヌの文字の記された漂着物だった。

役目を失ったそれらは、ただのガラクタに戻ってしまった。だが、ガラクタに特定の意味を持たせる世界に、棚橋はずっと身を置いてきたのだ。

「コラコラ、それは一級機密資料よ」

背後に立った女性にたしなめられた。その声の主がイタズラっぽい表情を浮かべていることは、顔を見なくてもわかる。

「礼子《れいこ》さん。久しぶりです！」

自分と結びつくものが消えてしまった場所で、新研究所とは違う意味で疎外感を覚えていた棚橋にとっては、救いの声だった。

「私がコネクターとして動いていたのも戦争が始まる直前までだし、今の研究所にはすっかり足が遠のいちゃったしね。私にとっての研究所は、今もこの場所だけ……。棚橋も、最後のお別れに来たんでしょ？」

礼子さんはすでに研究所を離れているので、長い誘導業務を終えて復帰してからも、会う機会がなかったのだ。

「まあ、第一線を退いた建物だから、私も中に入れたんだけどさ……。ところでそれって、業者に風化作業を委託していた漂着物だよね。こんなに大量に余ってるの？」

「結局、ミシラヌ・プロジェクトはなし崩しに終了してしまいましたから……。戦争終了後も継続して漂着させる予定だった分が、業者から返却されてきたんでしょうね」

漂着物と便宜上呼んではいるが、それらはまだ「漂着」はしていない。専門の業者に発注して、長い間海を漂っていた風にエイジングされたものばかりだ。あの石浜に流れ着くように、定期的に船を仕立てて、沖から放流していた。それによって名実共に「漂着物」となるわけだが、実際に漂流するのはほんの数時間でしかない。

「本当だったら今も、ミシラヌ言語によるプロジェクトは続いていた。むしろ、戦争が終わってからが、ミシラヌ言語の本当の出番だったのに……」

碇沢教授の研究者としてのささやかな欲求と、研究所の目指す未来とが結びついたものが、この漂着物の文字だった。

「なるほど、つまり棚橋には、今の自分がそのガラクタたちみたいな役立たずに思えてるってことね」

礼子さんは、醒《さ》めた口調で棚橋の心を簡潔に要約した。役目を果たすべく用意されながら、志なかばで置き去りにされたガラクタたちは、まさに棚橋の今の姿だった。

「覚えてる？　教授が研究所の古い図面を発見した時のこと」

棚橋の感傷を、彼女は懐かしい思い出で塗り替えようとする。

「抜け穴探索ですよね、もちろん」

旧軍の施設を流用した建物だけに、毒物に汚染されているとして封鎖された空間もあった。教授の見つけてきた古い図面には、まさにその封鎖区域から地下に通路が記されていたのだ。好奇心旺盛《おうせい》だった教授は、二人を連れて探検と意気込んだが、すぐに塞《ふさ》がれた瓦礫《がれき》に行く手を遮られてしまった。

「あの頃は、ミシラヌ言語にこんな結末が訪れるだなんて、思いもしなかったけど……」

礼子さんが空虚な部屋を見渡して呟いた。ミシラヌ言語が導き、導かれゆくはずだった未来――。その未来は訪れることなく、気付けばミシラヌ言語は、過去としか結びつかないものになっていた。

「棚橋、今日は休日でしょ？　夜は、思い出の場所に行かない？」

わだかまりを吹っ切るように、礼子さんがそう言った。

礼子さんと向かったのは、旧研究所の近くの、個人経営のレストランだった。碇沢教授が好んで通っていた店だ。

礼子さんは大学の先輩でもあった。もっとも、棚橋が入学したのは礼子さんが卒業した十五年以上も後なので、直接大学で面識があったわけではなかった。碇沢教授は、研究所の顧問研究員であると同時に、二人の出身大学にも籍を置いていた。教授が二人の能力と適性を見極め、研究所への出入りを斡旋《あっせん》したのだ。大学一年生の頃に政府主催のセミナーに参加したのも、教授の薦めがあったからだ。

◇

予約していた個室に案内された。メニューを眺めて注文を吟味しながらも、二人はそこにいない教授とテーブルを囲む気分だった。蝶《ちょう》ネクタイ姿で慇懃《いんぎん》に微笑むボーイに注文して、改めて思い出を語り合う。

「そうか、望月さんが、最後にはそんな風に……」

ギャラリーでのライブを提案してくれた望月さんの話をすると、礼子さんは感慨深そうに腕組みをした。

「まあ、私が最後に望月さんに接触したのは、もう八年も前のことだからね」

礼子さんはかつて、望月さんの商売の上客であり、良き相談相手でもあった。奥さんが失踪《しっそう》し、自暴自棄になっていた望月さんに浜の噂を伝えたのも、ギャラリーの建物を斡旋したのも礼子さんだ。

ユカやユミカ、そしてユイとして関わった特別誘導対象者たちの多くは、礼子さんから「誘導」を受け継いでいた。礼子さんが彼らの人生のレールのポイントを切り替え、それぞれの過去の認識を少しずつ変容させていった。そうして、少しずれた人生のレールにつなぐ形で、棚橋が新たなレールを敷いたのだ。

「慎ましやかな人生の果てに、奥さんの理由なき失踪で悲嘆に暮れる初老の男性」が、ユイが接していた望月さんだった。だが、礼子さんが接する以前の望月さんは、成功者であることをひけらかしては周囲の反感を買い、奥さんは度重なる暴力の末に、愛想を尽かして出て行ったに過ぎない。それを礼子さんが、美しく切ない思い出にすげ替えた。ユイの前任の礼子さん、更に先代のコネクターと三人が関わることで、望月さんの過去は、ミシラヌの文字と結びつく形に誘導されていったのだ。

「ソラは、どこかで元気に暮らしているのかしらね」

礼子さんは、ポタージュスープから立ち上る湯気の先に、「娘」の姿を思い描くようだった。

「ソラは大人になってもちゃんと、私が教えた歌を覚えてくれていたんだね……」

彼女はコネクターとして、ソラにとっての見果てぬ「本当の母親」の役割を演じた。ソラに伝えた歌は、教授と礼子さんが作ったものだった。

ソラは、ソラの父親が愛人との間に作った子どもだった。二十歳も年が離れていた外国籍の愛人はソラを置いて姿を消し、父親は妻に言い含めて育てさせていた。そんな生い立ちのソラが、継母《ままはは》に愛されるはずもなかった。それを都合良く誘導し、礼子さんは「本当の母親」という幻想をソラに抱かせた。心に強い思慕を植え付け、「ミシラヌの歌」を覚え込ませたのだ。

「こんな風な人生を送っているとさ……」

礼子さんは、店の名物の大ぶりな海老《えび》フライを切り分ける手を止めて、少し行儀悪くテーブルに両肘《りょうひじ》をついて溜め息を漏らした。

「今の自分も、誰かに誘導された偽りの記憶によって過去を都合よく塗り替えてしまってるんじゃないかって思えてくるよね」

それは、ある意味真実だった。人生とは自ら選んだ選択肢の先に構築されるものだが、その選択には、必ず周囲の誰かが影響を与えている。棚橋たちが行ってきた意識誘導とは、対人関係の影響力と人の記憶のあいまいさを意図的にコントロールしたものに他ならない。

「だけど、ミシラヌ言語による誘導も、人の世にささやかな幸福を植え付けるためであって、誘導した人々を不幸にするつもりなんてなかったのに……」

研究所を離れている礼子さんにだからこそ話せる、心の奥に封じ込めていた言葉だった。彼女の同情のまなざしは、棚橋を通り過ぎ、背後に掲げられた絵画に向かっていた。

「まあ、教授の理想とはまったく違う形での結末なんだからね」

礼子さんは、居心地悪そうに肩をすくめる。

ミシラヌ言語を用いたプロジェクトは、研究所の中では傍流の、碇沢教授の単独研究であり、大きな予算もつかず、細々と効果検証がされていた。だが、国民誘導が「架空の戦争」と結びつけられた結果、ミシラヌ・プロジェクトは、民心安定化の補助プロジェクトとして、一躍メインストリームへと駆け上がったのだ。

国家にも宗教にも思想にも左右されないまったく別の言語を持つことによって、混迷する社会に幸福の小さな核を作り出す——。戦争事業への加担は、ミシラヌ言語にとってはじめの一歩に過ぎなかった。棚橋もまた、そんな使命感を携えて、学生の頃から十年近くも、特別誘導対象者にコネクターとして接触を続けてきたのだ。

もちろん、「架空の戦争」という壮大で実験的なプロジェクトが、当初の想定通りに進まない可能性があることは理解していた。戦争事業という巨大な「幹」の伸びる方向次第では、その枝葉に過ぎないミシラヌ・プロジェクトや、誘導された人々が日陰となってしまうことも……。だが、まさか「伐採」されてしまうとは、思ってもいなかった。

「棚橋が誘導業務で研究所を離れている間に、教授の所内での立場は微妙なものになっていてね」

礼子さんは、客観的な立場でミシラヌ言語の辿った道を振り返る。

「教授も、当初の思惑とはまったく違う方向性になって憤りを深めていたし、所長との確執もあったから……。最後には、追われるようにして研究所を離れられたの」

「やっぱり、そうだったんですね」

「旧研究所がなくなれば、教授の研究所との関わりも、すべて消えてしまう。もちろん、教授がミシラヌ言語を創り出したこともね」

二人はしばらく黙って食事を続けた。積み重ねた思い出を語り合うほど、それが無に帰した現実が突きつけられるのだから。控えめに室内に流れていた音楽が切り替わった。たどたどしくも聞こえるピアノのメロディが、一音ごとに柔らかな棘《とげ》となって心の痛みを刺激する。人気の絶頂期に脳梗塞《のうこうそく》で倒れ、表舞台から姿を消していたテクノ・ポップ界の始祖、T／Ｎａｇｉが、わずかに動く右手でＤＵの「第二創造」に参加した曲、「Ｓａ・乱れ」だった。

「あなたには、伝えておくべきなのかしらね」

ピアノの棘に打たれた礼子さんの声は、迷いを含んでいた。

「実は、教授が体調を崩されて入院しているのよね」

「碇沢教授が？」

「戦争事業が始まって一年ほど経って、病が発覚して……。研究所は渡りに船と、教授に勇退を勧告したのよ」

教授が現場に残り続けたなら、あんな結末は承諾しなかったに違いない。逆に言えば、教授が離脱したことでプロジェクトの位置付けが変わってしまったのだろう。

「病院を教えてください」

礼子さんは、心の内を測るように、棚橋を見つめた。

「場所は教えてあげられる。でもあなたは、逢いに行かない方がいいと思う」

「どうしてですか？」

「研究所を裏切るか、教授の志を裏切るか……。逢えばきっと、あなたはその選択をすることになる。そうでしょう？」

礼子さんには見えているのだろう。棚橋が辿る未来が。その上で、誘導業務で培ったキャリアを無駄にするなと忠告している。

「……礼子さんは、新しい仕事はどうですか？」

礼子さんは、研究所から政府の情報統制局に出向していたが、戦争が始まった頃に職を辞し、インフルエンサーを管理・育成する民間企業にスーパーバイザーとして迎えられていた。

「皮肉な話だけど、誘導の能力を存分に発揮しているわ」

礼子さんは肩をすくめた。礼子さんが人気者に押し上げたインフルエンサーは数多い。

「だけど、今一番うちに欲しいのは、宛先不明プロジェクトのメンバーね」

「やっぱり、その名前ですか」

インフルエンサーをプロデュースする立場であれば、独立不羈《ふき》で立つ謎のインフルエンサー集団に食指を動かさないはずはなかった。

しばらく礼子さんと、アテサキ・フメイや浮迷ちゃんの魅力について深掘りした会話を続ける。ライト・ユーザーとディープ・ユーザーが混在する中での話題展開術、炎上予測テーマでの切り口の選択、トレンドを敢えて無視した動画構成による潜在視聴者の掘り当て——。研究所を離れたとはいえ、礼子さんもかつてはコネクターだったため、ネット空間での人心把握術が話の中心だった。

「コネクションも後ろ盾もスポンサーも案件もなし。炎上やお騒がせ発言でのインプレッション稼ぎはするそぶりも見せないのに、それでいて、これだけの支持を集められる……」

ワインのグラスを揺らしながら、礼子さんは饒舌だ。

「孤高って言い方をすることは容易《たやす》いけど、宛先不明プロジェクトは孤高じゃない。すぐそばにいるけど、幻みたいに手が届かない……、そんな存在だね」

彼女たちが「作られた人格」であることは、皆、承知の上だ。それでも、ウェルメイドな空間で心を遊ばせることを、誰もが望み、許容する。壮大で精緻《せいち》な大人のママゴトの世界だった。

「相変わらず、正体不明なんですか？」

礼子さんは、グラスに残ったワインを透かすようにして、棚橋を見つめた。

「誰だか見当も付かない。プロデューサーにコンタクトを取りたいんだけど、手掛かりがつかめなくって」

「研究所の上層部も、取り込みたいって考えているようですけど」

二人ともわかっている。そんな風に簡単になびくような存在ではないからこそ、魅力を放ち続けているのだと。

「プロジェクトの目的が見えないんだよね」

「目的？」

「例えば金儲《かねもう》けをしたい。人気者になりたい。将来の目標に向けてのステップアップの場にしたい……。普通だったらどんな人も、これだけさまざまな発言をしていたら、言葉の端に、目指す場所での本人の望む姿の輪郭が見えてくるものなのに」

同意を確かめるように、礼子さんが見つめる。それを見極めるのが、礼子さんや棚橋のような、コネクターの役目だった。

「だけど、アテサキ・フメイや浮迷ちゃんの発言は、本当に裏が見えない。これだけ集まった支持を、何にも結びつけようとしない。フォロワーが積み上がっていけばいくほど、どんな人物なのかわからなくなる。本当に、宛先のわからない手紙みたい」

両手を広げる礼子さんは、いつかそのメッセージが、明確な宛先のある手紙となって届く時を夢想するようだった。

会計を終えて、駅に向かって歩く。みぞれ交じりの冬の雨が、心までを凍り付かせようとするように、傘に硬い音を響かせた。

「教授のミシラヌ言語についての研究成果は、すべて消されてしまった……。だけど教授自身は、どこかに研究成果を残しているのかもしれないね」

ミシラヌ言語がどんな未来を辿るにしても、それを教授が「創った」という事実だけは、公表することができない。どこかに残されているとしたら、それは、「我が子」の行く末を見守ることができなかった教授の遺言のようなものだった。

「未来が閉ざされたミシラヌ言語。そしてミシラヌ言語によって人生を踏みにじられた人たち――。その二つが結びついたなら、どんな化学変化が起きるのかしらね」

店の中とは打って変わった口調で、礼子さんは「夢想」を口にする。夢想を夢想で終わらせない確かな言葉で。

「戦争事業によって牙《きば》を抜かれた国民は、国家への怒りや反抗心で蜂起《ほうき》することはできない。だけど、まったく別の形で、その心を動かすことができたなら……」

去り際に礼子さんは、何気ない仕草で、棚橋にメモ書きを手渡した。

トオル・エピソード3　遺言

海を見渡せる丘の上に、トオルの目指す建物はあった。

空の蒼《あお》にも海の碧《あお》にも染まることを拒むような、白亜の建物だ。すべての穢《けが》れから孤高であろうとするその姿は、病に一方的過ぎる侵略戦争を仕掛けられた者にとって、救いとなるのだろうか。

中央病棟に隣接して、終末期患者が入院するホスピスが併設されていた。警備員に見せつけるように念入りに手を消毒し、センサーで体温チェックをして、トオルは受付に向かった。

「面会のご予約はされていますか？」

「予約はしていないけど、この手紙を見てもらえば、会っていただけると思います」

封筒を手渡すと、看護師は何かをいぶかしむようにトオルの顔を見つめて、それでも確認のために病室へと向かった。館内には、オルゴールの音色が流れ続けている。耳慣れた曲をオルゴール用にアレンジしたようだが、どれだけメロディを辿っても原曲を思い出せずにいるうちに、看護師が戻ってきた。

「確認が取れました。病室へどうぞ」

ベッドも載せられる巨大なエレベーターは、手持ち無沙汰《ぶさた》な風にトオルただ一人を乗せ、三階で降ろした。穏やかなオルゴール音は変わらず、廊下は壁紙も床材も柔らかなトーンで統一されていた。空調管理された空間は、一月の寒さを寄せ付けない。すべての穏やかさが、入院患者の死への恐怖を和らげるという目的のもとに造形された空間で、古風な壁時計が振り子を揺らす。時の流れだけはどんな場所でも等しく平等であることを残酷に示すように。

ノックをすると、スライドドアがゆっくりと開いた。特別室らしく、リゾートホテルを思わせるゆとりを持った空間だが、医療用のベッドや据え置かれた医療機器が、リゾート気分を遠ざける。

枕元に置かれたデバイスから、女性の声が届く。

——遠く離れたあなたへ……
突然、思い出したの
あなたのことを
きっかけは、何でもないこと

飛行機雲が風にたなびいて
消えてゆく瞬間を見てしまったの
あの飛行機雲の向かう先に
あなたがいるんじゃないか
そんなはずないのにね
あなたは、飛行機よりもずっと高く
遠い場所にいるものね

その声は、まるで雨だれのように、不規則に心に波紋を落とす。記憶の底に封じ込められていた、自分自身すら忘れ去った追憶のページを開いて読まれるような、乾いた切なさが、声の形で心を揺らす。

「アテサキ・フメイの、いつか出す手紙ですね？」

電動ベッドをリクライニングさせて上半身を起こした老人は、トオルを一瞥《いちべつ》した。

「自分にあてられた手紙のような気がしてね」

トオルを誰かと詮索する様子もなく、老人はアテサキ・フメイの声に聞き入っている。

「不思議だね、彼女は。不特定多数に向けられた言葉のはずが、声の質感と、感情の巧みな込め方で、一対一のパーソナルな空間を作り上げてしまう。聴く者の心のつかみ方が絶妙だ」

好き嫌いを超えて分析してしまうのは、研究者としての人生を歩んできたさだめだろうか。デバイスを置いた老人は、初めてトオルに顔を向けた。

「碇沢教授ですね」

ミシラヌ・ショックと呼ばれる映像で、碇沢教授という人物は目にしたことがある。だが、そこでの教授はアバター姿だったので、目の前の老人とは似ても似つかない。

老人は、事情を知らぬトオルですら尋ねる必要もないほどに、自己を律する権利を病魔に譲り渡そうとしている。そのせめぎ合いを瞳にだけは寄せ付けずに、トオルを見つめた。

「どうして君が、この手紙を？」

望月さんから託された、奥さんが書き残したとされる手紙だった。

「私は、この文字によって人生が変わってしまった人々と共に行動している者です」

老人の沈黙は、どこか遠い場所に心を置き去りにしたかのようだ。

「この手紙、なんて書いてあるんですか？」

謎の文字の落書きはすべて、この国を罵倒し嘲笑する言葉だと、政府は発表していた。そこから、ミシラヌに関わった者への迫害が始まったのだ。

痩《や》せ細った手で手紙を広げ、教授は文字に目を落とした。そこにしっかりと意味を認めたまなざしで。しわがれた声ではあるが、よどみなく手紙の文字を読みだす。

「あなたがこの手紙を見つけてくれる時を望むような、望まないような……。今も心は揺らいでいます。あなたを悲しませる選択をしてしまったことを」

読まれたのは、夫への限りない感謝の気持ちと、突然姿を消してしまったことへの、心からの謝罪の言葉だった。

読み終えた教授は手紙を畳んで、天井へと視線を向けた。

「もちろん、この手紙は本人が書いたものではないし、書き残した相手……特別誘導対象十二号が文字を読み解くことを想定したものでもない。だから、でたらめに文字を配列しても何の問題もなかった。だが、私はその手紙を書くのに、心血を注いだよ。たとえ読み取れずとも、希望を与えるものにしたかったからね」

「しかし、この持ち主は今、戦犯の汚名を着せられ、隠れ棲む生活を余儀なくされています」

老人は天井を見つめ続ける。見つめる先には、黒い小さな染みがあった。それは、この病室を「終《つい》」の場所にしてきた患者たちの、かなわぬ願いや悔いが具象化したものであるかのようだ。

「今の私が何を言っても、言い訳にしかならないのだろうね」

深い溜め息は、彼が重ねてきた人生の隙間風を思わせる。

「国家的な事業を車にたとえるならば、適切な事業計画が設計図であり、リーダーシップを持った政治執行部がエンジン、そして国民の合意によって提供される労働力や社会負担がガソリンだ」

皺《しわ》の奥の瞳は、彼の人生が輝くべき場所を失って長い時が過ぎたことを告げるようだ。

「だが、国家事業の進む先は、平坦《へいたん》で切り開かれた道ばかりではない。前へと進める上では、さまざまな形で、その前進を助ける存在が必要だ。エンジンの回転を良くする潤滑油や添加剤、ぬかるみにはまった時に足場となる木材だって必要だろう。それぞれが与えられた役目を果たすことで、車をより速く、快適に前に進めることができる」

「それでは、ミシラヌの言葉は、戦争事業という車を進める上で、どんな役割を果たす予定だったのですか?」

現実には、国民に敵国を憎ませるという形で、戦争遂行の大きな推進力となったことは確かだ。

「……そうだね。深夜の長距離ドライブ中の、ラジオ放送のようなものだよ。車を前進させるために必ずしも必要なものではない。だが、孤独な運転中の心の慰めにはなるだろう」

「実際にミシラヌの言葉が戦争で果たした役割とは、ずいぶんと乖離《かいり》しているように思えますが？」

彼は皺の奥に落ちくぼんだ眼を更に細めた。行き着くことのなかった未来の姿を見定めるように。

「戦争の始まりと時を同じくして、私は病に侵され、プロジェクトの最前線から離れざるを得なくなった。それと同時に、ミシラヌ言語の辿る道は、予定されていたルートから大きく離れていってしまった。いや……」

彼は失敗を振り返るように首を振った。

「思えば、最初から私には、本来とは違うルート図が渡されていたのだろうね。戦争事業の推進力としてのミシラヌ言語さえ提供されれば、もう私はお払い箱ということだったようだ」

研究者にありがちな没社会性で、組織での関係性の構築や根回しがおろそかになっていたのだろう。

「そんな台詞《せりふ》は、君には責任逃れとしか聞こえないだろうね」

老人は見えない汚れを拭《ぬぐ》おうとするかのように、手のひらをこすり合わせる。聞こえる音は、肌から生じたものというには、あまりにも乾いていた。

「一つの言語をゼロから作る。それは研究と言うより、もはや創造だね。しかもその言語は、どの言語体系にも当てはまらない、独自で固有のものだ。それはまさに、一つの世界を創造するに等しい」

教授の広げた腕は、溶けて細くなった砂糖細工を思わせ、脆《もろ》く今にも崩れ落ちそうだった。

「頭の中だけにあった世界を、表に出す機会を与えられたんだ。私が一も二もなく飛びついて、研究所に取り込まれてしまったのも、無理からぬことだと思わないかね」

「その世界は、戦争の終わりと共に、あっけなく消えてしまいましたね？」

「その通りだよ。戦争事業をきっかけにミシラヌ言語の世界を実在化させ、戦争終了後もその世界を持続し、発展させるつもりが……。単なる歯車として使い捨てにされてしまったんだ」

トオル自身も、自分を「能動的な歯車」だと自負していたが、実際はミシラヌの言葉と同じ使い捨ての存在だった。

「本来であれば、特別誘導対象者――、ミシラヌ言語普及のために選ばれた人々は、ミシラヌ言語の普及と共に、人生に光を取り戻す仕組みができていたのだが」

「教授の言われようは、思惑通りに進んでいたなら、不幸な人間など作り出さなかったかのようですが」

トオルは思わず、教授の回想に口を挟んだ。

「いずれにしろ、ミシラヌ言語に振り回される不幸な人を作り出したことは、紛れもない事実でしょう？」

望月さんもソラも、ミシラヌなどとは何の関わりもない人生を送っていたはずだった。本来の人生がどんなに暗いものだったとしても、偽りで上書きされた人生を歩まされることを「幸せ」と他人が言うのは傲慢《ごうまん》だろう。

「誰もが人を利用し、利用されるものだろう？　殊更に一つの側面だけに光をあてることに意味があるとは思えんね」

自らも利用される立場に陥った老人は、うそぶくように言って、同じく利用されたトオルに嘲笑にも見える微笑みを向けた。

「……そんな言い方をしてしまうのは、死にゆく運命にある者の傲慢さ故かな？」

トオルに向けた嘲笑をそのまま自分に向け直し、唇を歪《ゆが》ませる。

「もしも……、もしもミシラヌの言葉が、また違うルートを進んだなら？」

「ミシラヌ言語の辿った道は、行き止まりにぶつかってしまった。もう、どこへも進めないんだ」

自らの生の行方と重ねるように、教授は希望とは縁遠い場所で呟いた。

「確かに、教授の考えていた道筋では行き止まりかもしれません。ですが、違うルートを辿ってでも、未来に同じ景色が見えればいいのでは？」

「君が、ミシラヌ言語を、未来の景色が見える場所まで運んでくれるというのかね？」

「私もミシラヌ言語と同じく、使い捨てにされた歯車ですが、少なくとも、錆付いたエンジンを再び動かすことはできます」

「ガソリンを注いで、再び動きだせるかどうかは、国民が再び車に乗り込んでくれるかどうか……、というわけか」

そこに自分がいない未来を、教授の瞳は見据えていた。

「ミシラヌ言語に関する私の研究成果はすべて、クラウドの保管庫に入れてある。研究所は、すべて消し去ったと思い込んでいるだろうがね」

「クラウドデータの暗証番号は？」

「ミシラヌからとされる情報発信のアカウントの名と同じだよ」

かつてそのアカウントが、ミシラヌ言語の息の根を止めた。同じアカウント名によって、ミシラヌ言語が仮死状態から息を吹き返すということだった。

「ミシラヌ言語は、私たちが受け継ぎます。どんな形になるかは、まだわかりませんが」

教授は、手にしていた手紙を丁寧に折り畳み、トオルに返した。何か別のものを託された気がした。

「墓場まで持って行くつもりだったよ。もう、私の研究成果はすべて消されてしまった。私の頭の中が消えれば、それで終わりになるはずだったんだ」

視線が交錯した。別々の思いと共に。

「戦争は終わりました。終わらせることのできない、国家の事業としても、国民の意識の中でも……。ですが、終わらせても らえない人や、終わらせるわけにはいかない人もいます。ミシラヌの言葉によって、国民の中に ほんの少しの間だけ、戦争をよみがえらせることができるかもしれません」

トオルがどんな使い方をするのかには、教授はさして興味が無いようだった。

「君がそのデータを使う頃には、私はもうこの世にはいないだろうね。そんな形で未来を託すの も、また一興だろう」

碇沢教授は、微笑みにも見える形で、頬の皺をわずかに動かした。

「あの、そろそろよろしいですか？」

看護師が面会の終了を告げに来た。

老人は枕元に置いたデバイスを操作した。アテサキ・フメイのボイス・コーリングが再び流れ出す。


――もう逢えないあなたへ……


教授は、窓の外の海を見つめ、自分の世界に入ることでトオルを遠ざけた。

アテサキ・フメイが夫を亡くし、配信を始めたのは、戦争の終結間際のことだ。彼の命もまた、戦争によって奪われたのだと噂されていた。

トオルはそっと黙礼して、病室を後にした。

棚橋・エピソード4　ミシラヌ・プロジェクトの真実

自分の靴のヒールが廊下に響かせる硬い音。それを違和感なく自分のものだと受け止めるようになったのは、いつからだろう。慣れた分だけ、何かから遠ざかってしまっているような気分にもなる。

「失礼します」

所長室には、所長の他に、各部の統括責任者の三人が揃っていた。研究所の最高顧問のメンバーだ。所長は所長席の重厚な椅子に座り、他の三人は部屋の中にバラバラに置かれた簡易椅子に座っている。

「戦後、長く去就が決まらなかったあなたですが、これから、新たな誘導業務に就いてもらうことになりました」

所長が、部下を良く掌握する上司としての表情を浮かべて、棚橋に伝えた。所長の机には、見たこともないゲームの盤面が広げられ、いくつかの駒が並んでいた。

「戦後という表現は、時代の区切りとしては一般的なものであり、同時に特殊でもあります。次の戦争が起こらぬ限り、百年後だろうと千年後であろうと、戦後という呼称を継続することができるのですからね」

「つまりは、戦後という区切りの有効性が色濃く残る間に、次なる時代の流れを受け止め、新たに国民を誘導してゆく道筋を作ることが、当研究所としては重要になってくるのですよ」

「それこそが、研究所がこれからこの国の行方を左右する形で国政運営に寄与するための布石となってゆくのです」

「もちろん、誘導の先に国民の幸福を描き出す理想だけは忘れるわけにはいきませんがね」

所長に続けて三人の重鎮たちが、リレーするように言葉をつなぐ。棚橋の反応など慮外にあるように。

「それでは、これから棚橋さんが従事する誘導の方向性について話しましょう」

言葉は棚橋に対するものだったが、所長の視線は盤面の一つの駒に向けられていた。

「五年後に、我が国は架空の国家への侵略事業の開始を予定しています。それはまた、その先に予定されている実際の侵略戦争に向けての布石となっています」

「当研究所では、今回も、国民意識形成の補強プロジェクトとしての誘導プロジェクトを提言し、採択されることを見込んでいます」

「ついては、ミシラヌ・プロジェクトにおいて期待値を上回る業務実績を挙げられた棚橋さんには、事業選択に先駆けて、新たな誘導業務へと専従していただこうと考えております」

誘導事業の具体性はまだ見えてこない。だが、国民の心が「侵略戦争の是非を問う」方向に向かわぬようコントロールする役目であろうことは予想がついた。

「それはつまり、国民をより好戦的にするための誘導ということでしょうか？」

所長は動きを見せず、他の三人が、不揃いに首を振った。それぞれが、違う形で棚橋の言葉を受け止めたというように。

「国民を好戦的にすることと、戦争をする国家を許容する国民性を醸成することは、似て非なる誘導技術が必要となってまいります」

「好戦性とはそれすなわち、国家への従順性とは相容《あいい》れぬものでもあります。つまりは、従来にも増した恣《し》意的誘導性が求められることとなりますな」

「同時に、効率化も必要です。その意味では、広範囲に影響を与え、かつ容易に信奉者の方向性をコントロールし得るネット空間のアイコン的人材を誘導することが重要となってまいります」

研究所の意に添った発言をするインフルエンサーを育て上げ、国民の好戦性の方向をコントロールするということだった。インフルエンサーを介した、国民を侵略戦争へと向けるための「誘導」だ。

「新たな誘導業務に入るのは構いません。ですが……」

しばらく考えて、棚橋は口を開いた。

「また、ミシラヌ・プロジェクトに関する誘導のように、方針が事業途中で変更されて、特別誘導対象者の運命が大きく変わるということはあり得るのでしょうか？」

統括責任者は、三人三様の表情で棚橋を見つめた。一人は眉《まゆ》をひそめ、一人はイタズラをした孫に向けるような微笑みを浮かべ、一人は不可解なことを聞いたように首を傾げる。

「少し誤解があるようですが……」

自らの発した言葉が煙となって漂うものであるように、所長は斜め上に目を遣った。

「ミシラヌ・プロジェクトにおけるミシラヌ言語の取り扱い方針は、戦争が始まる前から、何ら変わってはおりませんよ」

「えっ、ですが……」

棚橋は、思わず言いよどんでしまった。

「ミシラヌ言語は戦争終了後も長く残る、国民の平和への想いと寄り添う存在になるという想定のもとで、戦争事業に組み込まれていたはずですが」

知らぬ間に、語気が強まっていた。方針変換による「切り捨て」であれば、たとえ訪れる結果が同じであっても、まだ許容できる。だがそれが最初から予定されていたものであれば、教授に対する裏切りであり、棚橋にとっては騙《だま》しうちだった。

所長は再び、ゲームの盤面に視線を落とした。気付けば盤面の駒の並びは、この部屋の中の人の配置と同じだった。所長は、棚橋に該当する駒の前に、自分の駒を進めた。

「そう信じていたからこそ、あなたは特別誘導対象者たちに、長期間コネクターとして親身になって接することができたのではないですか？」

言葉に詰まってしまう。不幸に陥れることがわかっている相手に、未来のない誘導など、できるはずがなかった。

「それでは、最初から私に偽りの業務目標を与えて、特別誘導対象者を不幸へと導くための誘導をさせていたということですね？」

局長は盤面の他の統括責任者たちの駒を、棚橋の駒に向けた。

「あなたが特別誘導対象者たちを誘導していたように、私たち上級誘導者もまた、コネクターを誘導しています」

「コネクターが最善の形で誘導ができるように誘導するのが、我々の役目なのです」

「その結果として、棚橋さんが期待値を上回る誘導実績を挙げたことは、紛れもない事実となります」

所長と統括責任者たち、四人の駒が盤面の棚橋を包囲した。

「棚橋さんもいずれ現場を離れ、コネクターを育成する上級誘導者という立場に立つことになります。あなたが特別誘導対象者たちに真実を伝えなかったように、私たちが事実を告げなかったのは、それが長期的視点で、棚橋さんの成長につながると判断してのことです」

棚橋の心の中のせめぎ合いを吟味する表情で、所長は盤面の棚橋の駒に触れ、人差し指で駒を揺らした。

「研究所を離れた徳田《とくだ》君と傷をなめ合うような会話で憂さ晴らしをする時間があれば、次の時代を見据えて、心を新たにするべきでしょう」

さりげなく、所長は棚橋に告げた。さりげなさによって、棚橋に気付きを与えようとするように。

「……まさか、レストランの会話を盗聴していたんですか？」

所長が首を振る。それは否定ではなく、人聞きが悪いと言いたげなニュアンスだった。

「研究所によって管理された空間に、あなた方が行動予測ＡＩの想定通りにやってきたというだけです」

旧研究所に赴き、礼子さんと旧交を温め合うことは、八坂さんには告げていた。旧研究所で落ち合った礼子さんと棚橋が教授ゆかりの場所に向かうことは、予想済みだったということだろう。八坂さんも上級誘導者の一人だ。旧研究所が閉鎖されるという世間話も、レストランへと棚橋を誘導するための布石だったに違いない。

あの場では、心の内を包み隠さず、礼子さんに話していた。その会話を盗聴し、棚橋の心の揺らぎすべてを掌《たなごころ》にした上で、所長は今日の呼び出しに及んだのだろう。

「もっとも、レストランでの会話が、研究所によるインフルエンサーの誘導的育成という示唆を与えてくれました。その意味では、感謝しておりますよ。お二人に」

所長の駒が、棚橋の駒を弾《はじ》き飛ばした。盤面から押し出され、机からも落ちた駒が、棚橋の足元に転がってくる。

「拾ってもらえますか？」

所長に促され、駒を拾った。所長は何かを促すように棚橋を見つめる。盤面のどこにも、自分の駒の置き場所は見つけられなかった。

◇

ワンピース、上着、ストッキングに靴、手袋……。黒一色であることに意義を見出《みいだ》された服を身につけることで、喪に服するという行為に、身も心も包まれてゆく。碇沢教授の訃報《ふほう》は、研究所の所内報としてではなく、礼子さんからの個人メッセージで知ることになった。

結局、生前の教授に会うことはできなかった。

研究所は戦後になって、「特定言語による誘導研究」という過去の実績を事業一覧から消してしまった。葬儀の案内も研究所には届いていたはずだが、それが所内で情報共有されることはなかった。研究所としての碇沢教授との関わりは、すべて抹消されてしまっていた。

葬儀には、教授が属していた大学の関係者や教え子らしき人々も参列していた。だが、誘導業務に就くために「自分」を消し、匿名性を得ていた棚橋にとっては、赤の他人ばかりだった。研究所の所員でも、大学時代の教え子でもなく、ただ「ゆかりのあった者」として棚橋は葬儀に参列していた。

「碇沢教授は、言語学の権威として、国内学会でさまざまな功績を残され……」

この葬儀で初めて教授の人生に触れただろう葬儀場の司会者が、抑揚を抑えることで故人を讃《たた》えるという培った技術で、教授の「業績」を並べ立ててゆく。研究所に所属していたことも、ミシラヌ言語を創り上げたことも、そこからは抜き去られていた。

教授の遺影は穏やかな微笑みを浮かべ、心の中でどんなに問いかけても、何も答えてくれない。僧侶《そうりよ》による読経は、棚橋には意味のある言葉としては聞き取れなかった。瞑目《めいもく》する人々にとってそれは、ミシラヌの文字を読み上げているのと同じで、意味の無いものなのかもしれない。

厳かに、かつ事務的に式は進み、棚橋の焼香の順番が訪れた。遺族に黙礼をして、棺の前に立つ。棺の窓からのぞく教授は、消された業績の無念を伝える術《すべ》もなく、静かに眠り続けている。あと数時間で、教授の肉体はこの世界から消えてしまう。もちろん、遺族や関わった人々の記憶の中にはしばらくは残り続けるが、やがては失われる。それが人の死というものだ。

葬送歌は、碇沢教授が生前にリクエストしたという「旗を揺らす風」だった。孤高の声の持ち主、未空葵《みそらあおい》が「第二創造」したその曲は、DUのプラットフォームに並ぶ中で最もシンプルで、そして最も力強く人の心を揺り動かす鎮魂歌だ。

未空葵の歌声だけで表現されるその曲は、小さな叙事詩だった。かつて掲げられ、風にはためくことなく消えていった旗を憂い、失われない「心の旗」をはためかせよと訴えかける。

失われないもの……、それは思いを受け継ぐ意思だ。

火葬場へと向かう黒塗りのワゴン車は、長いホーンの音を響かせ、ゆっくりと走り去っていった。棚橋は鈍色《にび》の冬空を見上げた。未空葵の歌声は風となり、鳴り止んでもなお、棚橋の心の内に渦巻き続けていた。

トオル・エピソード4　反転

家とは、もの言わぬ木材や金属の集合体だ。感情を持つわけでも表情があるわけでもない。それでも、家の雰囲気が住む者によって変わることは、誰もが知っている。

目の前の廃バスは行先を失い、タイヤもパンクして雑草に埋もれ、以前に訪れた時と変わりない姿だった。それでも今、その姿は未来に向けての静かな躍動を感じさせた。

歌声が、ひび割れた窓の隙間から漏れ聞こえてくる。トオルは立ち止まって眼をつぶり、歌声に身を委《ゆだ》ねた。

碇沢教授から託されたミシラヌ言語の解読書を手にして、ソラが真っ先にやったのが、「母親」から伝えられた歌の翻訳だった。

歌詞は、つながりを歌うものだった。大地のつながり、時間のつながり、そして人と人のつながり――。たとえ離ればなれになったとしても、つながりの輪が広がっていくことで、いつか必ず再び出逢うことができる……。限りない希望を謳《うた》い上げる歌だった。

込められた意味を知ることで、ソラは歌声を取り戻した。

歌声は、伸びやかに空へと舞い上がるようだ。それはかつて湖畔のゲリラライブで聞いた時に感じたような切迫した願いを突きつけるものではなかった。自らの羽ばたきでどこまでも高みへとつながってゆく力強さを秘めていた。

「トオルさん、来ていたんですね」

窓越しに手を振るトオルに、ソラが歌を止めて微笑んだ。

「ずいぶんと、声の調子が変わったね」

「やっぱり、歌詞に込められた想いがわかると、心の持ちようも違いますから」

心の弾みを声にもにじませて、ソラは言った。バスの座席には、紙に出力されたミシラヌ言語の手引き書が開かれたままだ。鉛筆や蛍光ペンで線が引かれ、読み込んでいることがわかる。

「ミシラヌを、自分の国にすることができそうかい？」

トオルの敢《あ》えての問いに、ソラは頷く。それは、ミシラヌのすべての真実を受け止める決意を秘めた頷きだった。

ソラにもわかっている。ミシラヌなんて国は存在しないし、ミシラヌ言語もまた、碇沢教授の頭の中だけで作られた「閉じた」言語であることを……。

「私の本当の母親は、ミシラヌの人間じゃなくって、父親の愛人か何かだったに過ぎないんでしょうね。それでも……」

ひび割れた窓に映る歪《ゆが》んだ外の風景に、ソラは目をこらす。見える真実など、一枚のガラスが挟まればいくらでも歪んでしまう。

「それでも？」

人は皆、絶望の中にも小さな希望を見出し、先に進もうとする。絶望と希望とをつなぐ心の指切りが、「それでも」だ。

「碇沢教授って人が、私たち特別に選ばれた人々の過去を操ったことは、今も許す気にはなれない……。それでも、この歌の歌詞には、その人のミシラヌの言葉への想いや決意が込められていて、ニセモノじゃなかった」

歌詞には、ソラの母を演じた女性の想いも込められているのかもしれない。

「ミシラヌの言葉が、人々の心の小さな幸せや平和を守るために作り出されたんだとしたら、このまま消えて行くのはもったいないって……。そう思ったんです」

教授からミシラヌ言語のデータを引き継いでからの、ソラの言語習得への努力はすさまじかった。今ではソラは、この国の言葉と遜色《そんしょく》のないほどに、ミシラヌの言葉を使いこなせるようになっていた。

「(私はずっと、途切れた歌の続きを求めてきました)」

流暢《りゅうちょう》なミシラヌの言葉で、ソラは言った。歌の続きとは、ソラの希望と願いが花咲く場所だった。だが、その願いの種が芽吹くことは、ついになかった。

「(だけど、ミシラヌの言葉を覚えるうちに、歌の続きは、自分で作ってもいいいんじゃないかって思えるようになったんです)」

芽吹かなかった大地に、ソラは新たな種を植えようとしている。過去とつながらない未来でも、そこに希望が生まれるのであれば、それを新たな歴史として刻めばいいだろう。

「(私が、ミシラヌって国の未来を作る……。それでいいんですね)」

「(私は・思う・君には・ある・その権利が)」

トオルもまた、まだ覚えたてのミシラヌの言葉で応《こた》えた。

ミシラヌの歌に恋い焦がれ、そして裏切られた人生を生きたソラが、消されたミシラヌの歴史を復活させる……。ミシラヌの「見知らぬ明日」に向けて、ソラは再び歌い始めた。「どこでもない場所」を心の故郷にして。

◇

「この風景なら、背景にぴったりだな」

丘の中腹の、まばらに木が生え、灌木《かんぼく》が茂る風景を、地区リーダーの松田は満足そうに見渡した。この場所を「どこでもない場所」にするため、位置を特定できるものは絶対に映り込んではならない。

「半径一キロは、『組織』のメンバーで封鎖している。邪魔が入る恐れはない」

この国の中でやっていることが露見するわけにはいかない極秘行動だった。

「いよいよ動き出すんだな」

松田の声が上ずって聞こえるのは、緊張か、気負いのためか。ソラや望月さんのような、ミシラヌに翻弄《ほんろう》された人々。「組織」が守っている、この国に根を下ろせない国民未認定者。そしてトオルたち、この戦争で存在を抹消されるはずだった者……。すべての希望がつながる場所を作り出せるだろうか？

「ピラミッドを崩す時が来ましたね」

トオルもまた、心の奮い立ちを隠すことができなかった。

「動き出したら、後はもう、こちらでは制御できない。こんな言い方をしてはいけないが、どれだけ勝手に、国民が騙されてくれるかにかかっている」

トオルは思い出していた、ユートピア願望が絶望へと変わった時の、「憎悪」の伝播《でんぱ》力を。今度はこちらが憎悪と同じ、いや、それ以上の伝播力を秘めた感情を揺さぶるのだ。

「十分間は、強制切断されることはないそうだ」

情報提供をしてくれる、Rと名乗る謎の女性。国家の情報機関にある程度のコネクションを持った人物だという彼女の言葉を信じるしかなかった。

撮影地では、ソラが準備を進めていた。望月さんに選んでもらった民族衣装風の貫頭衣をまとって、まばらな灌木を背にしてたたずんでいる。

「ソラさん、準備は万全かい？」

台本を片手に台詞《せりふ》をおさらいしていた彼女は、トオルの問いを自分の中の「誰か」に問いかける表情だった。

「自分ではない自分を演じる……。自分で自分に催眠術をかけてる気分ですけど、私が演じる私って、いったい誰なんだろう」

自分自身には説明の必要もないのに、他人に証明することは難しいのが、「自分」という存在だ。かつて国家は、「ミシラヌに住むソラの姉」というディープフェイク映像を作り、国民を欺いた。今度はトオルが国家の謀《たばか》りを利用して、別の形で欺こうとしている。一瞬心に浮かんだためらいを、松田が投げた包帯の束が、都合良く消してくれた。

「さて、俺も準備しなくちゃな」

国家によって存在を消された奥崎尚人という「自分」を覆い隠すべく、トオルは顔に包帯を巻いていった。

棚橋・エピソード5　ミシラヌからの動画

「それでは、返事を聞かせていただきましょうか」

所長室で、棚橋は所長と向き合っていた。新たな誘導業務に就くことへの、正式な返事をしていなかったのだ。

「もちろんそれは、棚橋さんが過去へのわだかまりを消し去り、真にコネクターとしての役割を担うことができるという自覚を携えていただくことが前提条件となって来ますが」

所長の机には、新しいボードゲームが置かれていた。相変わらずルールのわからない盤面に、見知らぬ異国の文字が記された駒。

「私は……」

「所長、大変です！」

口を開きかけたところに、八坂副主任が駆け込んできた。

「ミシラヌの！　ミシラヌからの動画が！」

死人が生き返ったとでも言うように、八坂さんの声は裏返っていた。

「八坂副主任、私の部屋まで来て、キャンキャンと仔犬《こいぬ》のように騒がないでもらえますか？」

所長は、自らのコントロールする人格のいずれかに切り替え、素っ気なくあしらった。

「これが騒がずにおられましょうか！」

そう言って八坂さんは、スクリーンに映像を映し出した。出現した人物の姿に、さすがの所長も言葉を失った。

「ソラ……」

確かにソラだった。だが、ユイとして逢っていた頃の服装ではない。どこか民族衣装風の、白を基調とした貫頭衣。「UNCの揺さぶり工作」とされる映像の中で、ソラの「双子の姉」が着ていたものに寄せているのは明白だった。

「今になって、どうしてミシラヌからの動画が……」

八坂さんは、情報統制局と連携してソラを利用した映像を手がけた張本人だけに、動揺も人一倍のようだ。

「こちらは、皆さんがミシラヌと呼んでいた国からの放送です」

ソラの声は、訴えかけるというより、告げるべきことを告げるように淡々としていた。

「もちろん皆さんは、ミシラヌなんて国は、UNCが厭戦《えんせん》工作で作り上げたもので、存在しないと思っている……。いえ、思い込まされていることでしょう」

画面越しのソラは、傷の痛みを堪えるような表情だった。

「ですが、ミシラヌは確かに存在します。UNCと呼ばれる国が消滅しても、こうして私が映像を届けられるということが、ミシラヌが存在する何よりの証拠ではないでしょうか」

どことも知れない自然の風景の中で、ソラは……いや、ソラの演じる「双子の姉」は語る。その背景もまた、かつてのミシラヌの映像のものと似通っている。

「双子の姉という設定で作った映像を、逆手に取られたってことか」

八坂さんが歯噛《はが》みをして激しく首を振り、第二の耳をパタパタと揺らした。

「どこかの反政府組織の工作映像でしょうか？　今になってこんな動画を流したところで、もはやミシラヌによって国民の心を大きく動かすことなどできはしないでしょうに」

所長は、ミシラヌの動画を逆利用されたことよりも、その工作の稚拙さを不満がるようだった。

「戦争当時のUNCからの妨害と、国土の荒廃により、今までネットが遮断されていましたが、ようやく復旧して、こうして別のチャンネルからですが、放送を再開することができました」

ライブ放送の同時接続は三百万人に達し、その後も刻一刻と伸びていた。

「今日の放送は、ミシラヌの現状と、今もこのミシラヌに置き去りにされている、皆さんの国の負傷兵についてお知らせするためのものです」

「負傷兵って……どういうことだ？」

八坂さんが声を苛立《いらだ》たせる。存在しない国との架空の戦争で、負傷兵など生じるはずもない。

カメラが横に移動し、車椅子に乗った一人の人物が映し出された。男性のようだが、年齢も背格好も何もわからない。顔には痛々しい包帯がグルグルと巻かれ、見えるのは右目と口元だけだった。

「私は、UNCへの大規模侵攻に派遣された第一種徴集者の生き残り、黒崎和磨《くろさきかずま》です。負傷して戦線を離脱し、さまよっている所を、ミシラヌの人々によって救助されました」

包帯で顔を巻かれていて話しづらいのか、男はくぐもった声だ。その名前は、式典での「特別功労防衛者表彰」で見た覚えがあった。

「皆さん。ミシラヌという国家は存在します」

押し殺してはいるが、力強い声で、男は断言した。

「私たち負傷兵は、こうしてミシラヌの人々に助けられました。ですが今は、このミシラヌが存亡の危機に立っています」

この国によるUNCへの反転攻勢の攻撃の余波で、ミシラヌにもまた、壊滅的な被害が生じたということらしい。

「ミシラヌの人々も、私たち負傷兵も、皆さんの国から見離され、全滅の時を待つしかない状況です」

包帯の隙間から漏れ出てくる抑揚を抑えた声が、残酷過ぎる現実を伝える。

「皆さん、政府に訴えてください。置き去りにされている私たち負傷兵を収容するように。そして、戦争の日々を陰で支えてくれたミシラヌの人々を、難民として受け入れるように」

「ソラの姉」は、男の背後に立ち、労《いたわ》るように肩に手を置いた。

「戦争は終わり、皆さんは戦後の新しい一歩を踏み出していることでしょう……。ですが、私たちにとっての戦争は、まだ終わっていないのです」

責める口調ではない。だが、戦後の再平和の安寧に浸《つ》かりきっていた人々にとっては、胸をえぐる警句だった。深い悲しみに染まったソラの瞳《ひとみ》が、戦争を過ぎ去った過去にしてしまった人々の心を射貫《いぬ》く。

ソラは傍らの切り株に腰掛け、古びた弦楽器を手にした。望月さんから譲り受けたのだろう。弦楽器を爪弾《つまび》いて歌い始める。どこでもない国のしらべ……。ミシラヌの言葉で紡がれた歌が、画面を越えて観る者の心に届けられた。

かつてのソラの歌は、内から生じる衝動を歌の形で放つような切迫感があり、切なさに満ちていた。だが今は、しっかりとしたソラ自身の意思の力が、歌声の伸びやかさを支えていた。歌はクライマックスへと向かう。そこで途切れてしまうはずの歌。だが、ソラは微笑みを浮かべ、声にいっそう力を込めた。

歌は、途切れることなく続いた。ソラが望んでやまなかった、歌の続きだ。それはソラなりの、自分自身の道を切り開く決意表明であるように思えた。

拍手もなく、「どこでもない国」からの歌が終わった。歌と共に浮かび上がった心が、ふわりと着地するようだった。包帯姿の負傷兵と頷き合い、ソラは再び弦楽器を爪弾いた。今度はソラと負傷兵が、声を合わせて歌いだす。

同じ歌の繰り返しではなかった。その歌は、この国の言葉によって紡ぎ出された。しかも、政府が「翻訳」して発表した、この国をさげすむ嘲笑《ちょうしょう》歌ではない。どんなに離れていてもつながる人と人の想いを、切々と歌い上げるものだった。碇沢教授に師事した棚橋にはわかった。教授がその歌詞に込めた思いをそのままに表現したものであることが。

二人の歌は、重たい風となって心に吹き付けた。その風は聴く者の覚悟を高く、遠くへ飛ばそうとするようだ。

歌の終わりと共に、映像は途切れた。

「同時接続五百万人だって……?」

八坂さんの声は、青ざめた表情をそのままに写し取った、かすれたものだった。

「面白い状況になりましたね」

所長はボードゲームの盤面に向けて言うと、駒のすべてをぶちまけ、不規則に積み上げた。

◇

ミシラヌからの映像を受けて、所長は緊急会議に招集され、出かけていった。研究所内は、どこか浮ついた空気だった。研究所が主体となって進め、終戦と共に終了したはずのミシラヌ・プロジェクト。それが、まるでゾンビのようによみがえったのだから。だが、どこかまだ抑制気味なのは、それが全体共有されないまま進められていた、新たな誘導工作である可能性を捨てきれないからだろう。

棚橋は自席に戻り、ネット世論の盛り上がりをチェックしていた。ライブ映像のアーカイブは、更新するごとに視聴回数が数十万単位で増えて行っている。

だが、見ているうちに突然、画像が途絶えた。再度クリックすると「この映像はご覧になれません」と表示され、動画サイト自体を立ち上げ直すと、アカウントそのものが消えてしまっていた。情報統制局の国家的配慮によって、動画の削除が行われたようだ。

だが、時すでに遅く、動画は有志の手によって次々と転載されていた。都合の悪い動画が「消せば増える」というのは、動画サイト黎明《れいめい》期から続くいたちごっこだ。

ネット世論は「負傷兵とミシラヌを救え！」という論調であふれかえり、非平和状態下でのカホゴによってすっかり廃れてしまった無記名投稿サイトも勢いを取り戻し、スレッドが乱立している。

八坂さんは関係部署と連絡を取り合っては、耳の上の「第二の耳」を振り回して慌てていた。早口の甲高い声でのやりとりは、愛玩犬が威嚇して吠《ほ》えているようにも聞こえる。

「ミシラヌ幻想がこんな形で悪用されるとは、思ってもみなかったよ」

八坂さんは席に座ってもいられないようで、室内をグルグルと歩き回っている。

「動画を作ったのがどんな組織なのかはわからないけど、彼らはミシラヌという国が、ＵＮＣではなくこの国が創り出した架空の国家であることは承知の上みたいだね。それを暴いて政府批判をする動画だったら、こんな盛り上がり方はしなかったはずだよ」

国家の作った幻想をブースターとして使う巧妙さで、「ミシラヌを救え！」の声を、国民全体に拡散しようとしているのだ。

「それにしても、ソラはわかるとして、あの包帯の男は、いったい誰なんだろう」

八坂さんは、憤りのぶつけどころを見つけられずにいるようだ。

「情報統制局の動画の削除、遅すぎませんか？」

棚橋は問うた。本来ならば動画配信企業側のチェックで強制切断されるか、情報統制局による強制介入で即時に配信遮断されるべき動画だった。

「どうやら、国家機関の作戦動画だって誤通知が届いていたらしいんだ。その確認作業に手間取っていたせいで、ライブ終了まで動画は強制中断されず、アーカイブもしばらく残ってしまったようだよ」

複数の省庁の合議で進む事業の意思決定の複雑さを逆手に取ったやり口だった。

「それからは、消しては増えるのいたちごっこってわけですね」

情報統制局から動画配信各社に、転載動画の削除依頼がされているはずだが、禁止ワードや忌避推奨画像が含まれている動画でもないため、即時削除はできない状態のようだ。

「省庁間会議では今頃、責任の押し付け合いが続いてるだろうね」

「もしかして、戦時中のカホゴが復活するなんてことは？」

今の世論の盛り上がりは、戦争効果をすべて否定するものであり、食い止めるには、ネット環境保全五原則を復活させるしかなかった。

「会議でも、それが議論されているだろうね」

カホゴは戦時中の時限的な施策であり、「遵守を強く推奨する」お願いという形で出されたからこそ、法律よりも強く、ネット各社や国民を縛るものとして機能した。

「政府としては、今すぐにでもカホゴを復活させて、国民の動揺を抑え込みたい所だろうけれど」

「カホゴの復活で、騒ぎが収束すると思いますか？」

そう言って、棚橋はさりげなく、腕時計の時間を確かめた。

「収束するよ。収束させなきゃ、研究所の未来はないんだからね。所長が戻ってきたら早速……」

八坂さんの言葉は、アラートブザーによって封じられた。ネット言論空間を常時モニタリングしているAIが、国民意識に大きな変化が起きた際に鳴らす警鐘だ。

管理部局の情報分析官たちが、確認作業に入る。

「国家信奉度が大幅に下がるイベントが発生中です」

「ど、ど、どういうことだい？」

「インフルエンサーの発言が、大きな影響を与えているようです」

「インフルエンサーだって？　いったい、どこのどいつが？」

「アテサキ・フメイ、浮迷ちゃん、ＤＵ……、宛先不明プロジェクトのメンバーが相次いで、ミシラヌを救えと発言しだしました！」

確認画面では、覆面姿の浮迷ちゃんが、いつもの軽い様子ではなく、きちんとしたスーツ姿で、「ミシラヌを救わなきゃ」と皆に訴えていた。アテサキ・フメイは「いつか出す手紙」のコーナーで、「海の向こうの、忘れられたあなたへ」と題して、コール・メッセージを送信している。

ＤＵのプラットフォームは、「どこでもない国のしらべ」を大胆にアレンジした第二創造曲を流し続けていた。

そして三人の配信に共通しているのは、背景に同じ旗が翻っていることだった。

——私、今日、街でこんなのを見つけたんダ！

　探せば、全国にあるらしいヨ！


浮迷ちゃんのライブ配信に差し込まれた画像は、繁華街の落書きだった。そこに写るのはまさに、ミシラヌの文字。ミシラヌ・ショックを経て、街角に記されたミシラヌの文字は、すべて消されてしまったはずなのに……。

それは、新たに記された文字だった。横には、文字を訳したのだろう、「ミシラヌを救え！」のスローガン。

「この動きは、もう、誰にも止められないみたいですね」

棚橋は窓際に立った。官庁街のビルの狭間《はざま》の、H公園を見下ろす。かつて国民の国家への無言の抵抗の象徴だったその場所に、少しずつ人々が集まりはじめていた。

「あれは！」

八坂さんが窓に顔を押しつけるようにして、目を凝らした。人々は手に手に、旗を掲げていた。

トオル・エピソード5　崩壊旗

人は、簡単に踊らされる。それをトオルはあの戦争で思い知った。トオル自身が、そうと思わぬまま踊らされていたのだから。

だが今、トオルは人々を「踊らせる」立場にいた。

神社の境内から、覆面姿でH公園を見下ろす。かつては没落旗族と不起族とが蝟集《いしゅう》する「合わせ鏡の広場」と呼ばれ、国家を否定する両極端なムーブメントの象徴となった公園だ。非平和状態が終わって、束の間、本来の姿を取り戻していたH公園は、今また人々が集まり、不穏な状況になっている。

「これだけの人が、ミシラヌのために集まるんだな」

ソラによる「ミシラヌ」からの映像は、人々の間に爆発的に広がっていった。つい数日前まで、戦争など忘れ去って「再平和」を謳歌《おうか》していた人々が、手のひらを返したように、「ミシラヌを救え」「負傷兵を置き去りにするな」と訴えだしたのだ。

だがそれだけでは、訴える声はネットの中だけにとどまり、人々が外に出て直接行動に踏み切る気運は醸成されなかっただろう。

「さすがに、宛先不明プロジェクトの影響力は大きいな」

「この日のために……、この日に影響力を最大限に発揮するためだけに、用意されていたプロジェクトだからね」

背後に立った覆面姿の女性は、自らの引き起こした騒動の大きさをものともしない、落ち着いた声音だ。

彼女が「R」。「組織」への協力者であり、宛先不明プロジェクトの、決して表に出てこないプロデューサーでもある。

このH公園は、官庁街が近いこともあって、政府へ「ミシラヌ救済」を訴えようとする者たちが、大挙して押し寄せていた。そして全国各地に、その余波は広がっている。集まった人々は、「浮迷ちゃん」に影響されたのと、身バレを防ぐ意味もあって、思い思いの覆面姿だ。Rやトオルのつけた覆面も、目立つことはなかった。

「旗印《はたじるし》とは言うが、やはり旗があると、言葉にせずとも目的意識と連帯感は高まる。面白くなってきたな」

松田自身もお手製の旗を掲げて、群衆を見下ろす。彼らが掲げる旗。かつてのそれは、「落ち日の国」の没落国家を象徴する、日の丸が落下してひび割れた姿の「没落旗」だった。だが今の旗はさらに進化し、落下した日の丸が真っ二つに割れて崩壊してしまっている。

「『崩壊旗』のデザインは、望月さんが？」

Rがトオルに尋ねてくる。初対面の相手だったが、その口ぶりから、望月さんとは旧知であることが窺える。

「ええ、さすがに長く織物を扱っていた人だけに、絶妙のデザインを考えてくれましたよ」

「崩壊旗」は今、全国の公園に翻っている。各地の「組織」のメンバーが、全国の繁華街に「ミシラヌを救え！」のメッセージを、この国の言葉とミシラヌの言葉を併記して「落書き」し、そこにQRコードのシールを貼っていた。QRコードを読み取ると、「崩壊旗」のデザインが姿を現わす仕掛けだ。

「浮迷ちゃんやアテサキ・フメイが動画内で紹介してくれたから、あっという間に全国に旗のデザインが浸透しましたね」

「黒瀬君が遺《のこ》したデータも、ようやく役立ったよ」

黒瀬が「組織」に横流しした機密情報の中には、全国の繁華街の監視カメラの死角のデータも含まれていた。顕戦工作の際には必要不可欠だった情報だ。その流用で、「組織」のメンバーは、露見することなく「崩壊旗」のQRコードを全国にばらまくことに成功した。その成果が、全国の公園に「崩壊旗」が翻る様だった。

「今回の崩壊旗騒動が広まったことのキーワードは、正義感。そして後ろめたさね」

URは冷静に、騒動の本質を分析してみせる。起こってもいない架空の戦争によって、国民はUNCとミシラヌへの憎悪を扇動された。だが今は、起こってもいない戦争の、「とばっちりの被害にあったミシラヌ」と「置き去りにされ、忘れ去られた戦争負傷者」への強い思いによって扇動されている。

マナーやルールを破った動画が炎上するのは、観る者それぞれが心に持つ正義感を刺激するからだ。国家のために尽くした兵士をないがしろにし、そんな兵士を助けてくれた国を犯罪国家呼ばわりして見なかったことにしている――。正義感に訴えるにはもってこいの題材だった。

それは同時に、戦争に何も貢献しなかった国民の後ろめたさを巧妙に刺激した。三万人近い戦死者が公表されたものの、身近に犠牲者がいないことから、後ろめたさは表に出ることなく潜在化していた。そんな時に、目に見える戦争の被害者が出現したのだ。「ミシラヌの難民を受け入れろ！」「負傷兵を助けろ！」と声を上げることで、後ろめたさはお手軽に解消される。

「そして、正義感と後ろめたさを更に刺激するために、三つの意味を込めた崩壊旗ってわけですね」

崩壊旗は日の丸が割れたデザインで、ミシラヌや負傷兵を見捨てるならばこの国はもはや国家として崩壊しているという、国民の怒りの象徴だ。

だが、割れた日の丸の中に入り込もうとするように、いびつなタマゴ状の形態の「何か」が置かれている。それはミシラヌの国土の形だとされ、ミシラヌの国名がミシラヌの文字で白抜きで記されていた。つまり、「割れた日の丸」は、ミシラヌを迎え入れるために懐を開いているとも取れる。旗は「崩壊旗」であると同時に、ミシラヌを懐に抱きかかえる「抱懐旗《ほうかいき》」でもあった。ミシラヌを助けるために国家が動くことを願う心の象徴なのだ。

人々は旗を手に、続々と集まっていた。口ずさむのは、未空葵の歌う「旗を揺らす風」だ。DUのパイロテージから生まれ、人々の心に内なる風を生み出したその曲は今、鎮魂歌から鼓舞歌へと変貌《へんぼう》し、崩壊旗をはためかせている。

「戦時中だったら、こんな騒動はカホゴによって封じられていた。いいえ、そもそも騒動に発展させることすらできなかったはずね」

「カホゴは、戦時中だけの特別な措置でしたからね」

国家に従順な国民意識の形成を目的とした戦争事業だった。その効果は充分に発揮され、UNCの侵略から国民を守り切った国家は、国民から絶大なる信頼を獲得して、戦後統治を行っていた。カホゴが撤廃されても問題ないほどに。

だが、今回の騒動は、その戦争の後処理での国家の不手際だ。今はまだ、人々を駆り立てているのは正義感と後ろめたさだが、このまま国がミシラヌに手を差し伸べる気配を見せなければ、人々は政府批判の心を取り戻してしまうだろう。

「それで、カホゴは復活しそうなのか？」

松田は、振り返ることもなくRに尋ねた。

「明日、早朝に閣議決定されて、おそらく明日の午後二時から復活することになるでしょうね」

カホゴは法律ではなく、ネット各社への「要請」の形で実施されていた。だからこそ、非常時での復活は容易なはずだ。

「ミシラヌ関連の配慮勾配《こうばい》は？」

さまざまな社会状況に応じて、「ネット環境保全」の対象ワードは変わってくる。

「レベル5。つまり、ミシラヌの文字が入っているだけで、問答無用で保護状態となって、トークをドロップできなくなってしまう」

「まったく、過保護で過干渉な親だな」

そう言って、トオルは肩をすくめた。

「あんまり過保護すぎると、いつか子どもがかんしゃくを起こして、反抗期に突入するっていうのにね」

Rの言う通り、今回の崩壊旗騒動は、まさに国民の「爆発」を誘発するための、はじめの一歩なのだ。

「架空の戦争っていう絵空事の、小さな綻《ほころ》び——。それを、どこまで広げることができるだろうね」

Rの言葉に、トオルはトランプのピラミッドを思い浮かべた。末端の一部が倒れれば、それはあっけなく瓦解《がかい》してしまう。虚構の戦争事業を支えていたのは、強固な支配・統治体制ではなく、見えないものを見えると信じ込ませた、単なる幻想だった。

「それじゃあ、俺は穴掘りに戻ります」

「タイムリミットまでに、辿り着けそう？　トオル君……いえ、今は黒崎和磨君かな？」

Ｒは手を伸ばしてトオルの頭の埃《ほこり》を払い、親しげな笑みを向けてくる。

「何とかなりそうです。後は、外と内のタイミングですね」

国家にとって使い捨ての歯車だった自分が、今はまったく別の歯車となって、噛み合わさる時を待っている。今度こそは、自分の意思でまわる能動的な歯車となれることを信じて。

「外のことは任せておいてくれ」

松田は初めて、その声に希望をにじませた。

「黒瀬君の最後の置き土産を使う時だ」

黒瀬は戦争半ばで「架空の戦争」の欺瞞《ぎまん》に気付き、情報や事物を「組織」に横流ししていた。トオル自身も、黒瀬の置き土産の一つだった。特別功労防衛者の名前から、自分と黒瀬を合わせたような「黒崎」の名を選んだのも、黒瀬に助けられた自分に相応しく思えたからだ。

「宛先不明プロジェクトの、今後の動きは？」

振り返って、覆面姿のＲと向き合う。

「プロジェクトは、カホゴ発動の直前に最後のメッセージを送信したら、すべての活動を停止するわ」

「あれだけのフォロワーがいながら？」

ほんの半年ほどで、「ノーリーズン」と呼ばれるファンダムを爆発的に増やした宛先不明プロジェクト。目指す先が見えないまま、影響力を膨らませ続けたプロジェクトの「目的」が、人々の心にミシラヌを復活させることだったなど、誰も看破できなかっただろう。

「あなたが気にしてるのは、プロジェクトじゃなくって、本人のことね？」

覆面ごしの瞳《ひとみ》が、トオルの心の奥を見つめるようだ。

「彼女も今、違う場所で戦っているの。宛先不明プロジェクトにも、目の前の崩壊旗騒動にも、彼女自身は微塵《みじん》も関わっていないという形を作るためにね」

それぞれの「戦い」の歯車が嚙み合う時まで、あと少しだ。

「どうしてあなたは、国家に抗《あらが》って、組織に協力を？」

Rが微笑みかける。トオルにでも、黒崎和磨にでもなく、そのフィルターの向こうの奥崎を見透かすように。

「私の中の戦争が終わっていないから。あなたもそうでしょう？」

Rも自分も、そして「彼女」も、納得できる「終戦」のピリオドを作るために、それぞれの戦い方をしているのだ。

「どう？　トンネルは、抜けられそう？」

Rはなぜか、先ほどと同じ問いを繰り返した。

「どうでしょう？　何しろ、百年近く前のものですからね」

終わったはずの戦争を亡霊のようによみがえらせるのが、一世紀近く前の「あの戦争」の遺物なのは、何か暗示的な気もする。

「あなたの心のトンネルのことを聞いたのよ、奥崎君」

告げてもいない本名で呼んで、Rは覆面の集団の中に紛れていった。松田とトオルもまた、それぞれ別の方向へと歩きだした。別方向だが、心の向かう場所は一つだった。それは、崩壊旗に三つ目の意味を持たせることができる未来だ。

棚橋・エピソード6　カホゴの復活

国民は、扇動されやすい。

そんな国民を利用して、国家は戦争事業を推進し、棚橋は誘導業務を続けてきたのだ。今、国民は思いもよらぬ扇動による推進力を得て、国家の思惑を外れて進み続けている。それはまるで、水に浮かぶ巨大な船だ。突然ストップさせることも、進む方向を変えることも難しい。

ソラの動画公開から二昼夜が過ぎていたが、宛先不明プロジェクトに触発されたインフルエンサーたちの賛同表明が相次いだことと、崩壊旗の導入によって、騒動は収まる気配を見せず、むしろ拡大の一途を辿っている。

「まもなく、ネット環境保全五原則によって、国民のネット環境が安定化されます。そうなれば、まずは一段落ということですね」

朝からの調整会議を終えて戻ってきた所長は、棚橋の隣に立って、H公園を見下ろしていた。

民意の巨大な船には今、SNSから次々に「燃料」が送り込まれている。だが、目的地が示されず、カホゴによって追加の燃料も切れてしまえば、公園の人口密度はすぐに薄まる。人々の熱意の密度は、それ以上に薄まってしまうだろう。

「しかし、碇沢教授のミシラヌ言語の研究データが、いったいどうやって流出したのか……。疑問ではありますが」

所長の独り言は、ガラスに反射して棚橋に向けられていた。

「今回の騒動の首謀者と碇沢教授に、何か裏でのつながりがあったということでしょうか？」

棚橋もまた、ガラスの反射越しに所長に問いを向けた。

「わかりませんね。教授が亡くなられた今となっては」

ガラス越しではない所長の視線が、棚橋の横顔に照準を合わせる。

「それに続いて、宛先不明プロジェクトのミシラヌ支持表明と、崩壊旗騒動……。まるで計画された一連の流れのようですね」

所長の視線が強まるのを、頬に感じていた。碇沢教授の行きつけだったレストランで、棚橋は礼子さんと、盗聴されていることを前提に敢えて会話を続けていた。あれを聞いた所長が、棚橋に疑惑の矛先を向けることはなかった。そう、今の今までは。

「何はともあれ、あと二時間。ネット環境保全五原則の再発動によって、民意は沈静化します。ご神体のいない祭りは終わりです」

所長が断言する。自らのその言葉によって、騒動を見えない蓋《ふた》で封じるかのように。

「……それとも、まだ、何かが起きるのですかな？」

独り言とも、棚橋に尋ねたとも、どちらとも取れる口調だった。

「どうです、棚橋さん。もしこの騒動が、誰かが裏で糸を引いた一連のものであるとしたら、次にどんな一手を放ってきますかな？」

今度ははっきりと棚橋に問いかける。見えないボードゲームの、駒の動きを尋ねるようでもあった。

「そうですねぇ。無差別テロでも起こして、人々を恐慌に陥れる……。なんてのはどうでしょうか？」

所長は、棚橋の答えに呆《あき》れたように首を振って、所長室へと戻っていった。

◇

「国土保全省より一斉通知。国内各地で、爆発疑義物による地域封鎖が起きています」

情報分析官の一人が端末から顔を上げて、八坂副主任に報告する。時刻は午後一時。カホゴの再発動まであと一時間だった。

「最近、各地で頻発している、お土産テロもどきだろう？」

八坂さんは、分析官に顔を向けもしない。駅や繁華街にわざと土産物の入った紙袋を置き忘れて「爆発物だ！」と叫び、周囲を混乱に陥れる「テロもどき行為」だ。愉快犯と見られていたが、法規外存在の捕縛を阻止するための組織的行動であるとも言われていた。騒ぎになった以上、管理者は一帯を封鎖して治安維持に努めなければならない。とはいえ、単なる「置き忘れ」を罰することもできないという、愉快犯で片付けるには対応する側の消耗が大きい、厄介な「イタズラ」だった。

続報が入ったのは、それから二十分後だった。

「数ヶ所だけは実際の爆発物が使用されたようで、そのうち一ヶ所の危険想定区域に旧研究所が含まれています。官憲により施設保守要員もすべて退去させられました」

八坂さんはようやく顔を上げ、「第二の髪」を持ち上げて本来の耳を両手で触りながら、うるんだ眼をせわしなく瞬かせた。

「まあ、問題ないだろう。来月には取り壊される建物だし、あちらには機密関連の資料は何も残されていないからね」

八坂さんの中では、旧研究所はすでに「過去」というカテゴリーにしか属していない。

「念のため、施設への侵入がないよう、周辺警備を強化しておきますかね」

八坂さんの気のない声に、分析官は同じだけの醒《さ》めた表情で頷く。棚橋は腕時計を確認し、誰にも聞こえないように呟《つぶや》いた。

「辿り着けた？　尚人……」

やがて時刻は午後二時。カホゴが再発動された。研究所内はまだ、どこか騒然としていたが、それは「祭りのあと」の高揚感の残滓《ざんし》のようでもあった。事務員たちはそれぞれの仕事に戻り、局長も局長室にこもったきりだ。

「八坂副主任。休眠ＩＤが可動しているようですが」

情報分析官が、抑揚のない声で報告する。

「休眠ＩＤは戦争終了と共に凍結されていたはずだよね？」

八坂さんは迷惑そうな声で応じた。この騒動で、ただでさえルーティン業務が滞っているのだ。

「それが……。休眠中の六千五百二十九件のＩＤからのトークが、一斉にドロップされました」

ようやく顔を上げた八坂さんに指示され、分析官は情報統制局に確認を取っている。

「休眠ＩＤって何ですか？」

「ああ、そうか。棚橋さんは本部を離れていたから、関わっていなかったんだね。戦争事業遂行中に国民世論を動かすために使っていた、ＡＩ管理のＳＮＳアカウントだよ」

「それも国民誘導の一つだったんですね」

「まあ、主幹は情報統制局で、研究所はあくまで発言内容について助言や提言をする立場だったけれどね。戦争についてはカホゴによって一切の発言が封じられていたから、国民にほどよい恐怖と緊張感を持続させるために、敢えて戦争のことを発言させていたんだよ」

「それじゃあ、終戦と共に役目を終えていたわけですね。今になってその休眠IDが、何を主張しているんですか？」

「さあ。だけど、カホゴの発動で国民が動揺しないように、情報統制局が判断したのかも……」

ためしに一つの「トーク」を開いた八坂さんが、顔色を変えた。

——この国は戦争に負けたんだ
今の政府上層部は、UNCによって操作されている傀儡《かいらい》政権だ
そうじゃなきゃ、ミシラヌの情報を隠蔽《いんぺい》したり、負傷兵を置き去りになんてするわけないだろう？
だからこそ、「カホゴ」を復活させて、UNCに都合の悪い情報をシャットアウトしているんだ
このままだと、この国は全部、UNCに乗っ取られてしまう
みんな、仕事なんかしてる場合じゃないぞ
今すぐ外に出て、外国大使館に訴えろ
そして、旅行中の外国人に声をかけるんだ
この国がUNCによって操られているって

外国人のスマホのＳＮＳは、カホゴの管理外にある
彼らにこの事実を伝えて、助けを求めるんだ
この国を牛耳るＵＮＣを一掃しないと、俺たちに未来はないぞ

トークにはいくつかのパターンがあったが、どれも、この国がＵＮＣによって操られているという主張だった。

休眠ＩＤは戦時中、ＡＩがさも一般人のように、日常トークをドロップしていた。中には数万人のトーク共有者がいるアカウントもあった。そんな眠っていた数千ものＩＤが、一斉に、カホゴ下ではできないはずのミシラヌの話題をドロップしたのだ。

「情報統制局の操作ではないと、連絡がありました」

分析官が、八坂さんに報告する。

「だとしたら、いったいどこが。まさか、国家優先回線の情報防壁を破って外部から？」

八坂さんがそう言った矢先、所長室の扉が荒々しく開けられた。

「長官から、お叱りを受けましたよ」

所長の声は、珍しく感情をストレートに表現していた。

「しかし、休眠ＩＤの管理は、情報統制局でしょう？　ウチはトーク分布や内容について助言していただけで……」

所長の一瞥《いちべつ》は、八坂さんに言葉を続けさせないだけの怒気をはらんでいた。

「問題は出所です」

「……出所、とは？」

「送信されたのは、旧研究所の端末からです」

「あっ！　あのテロもどき騒動の！　しかし、施設から保守要員が退避させられていたとはいえ、人の出入りは完全に封じていたはずですが？」

「旧研究所が旧軍施設だった頃に作られた、秘匿された抜け穴を使って何者かが侵入したようです。施設警備の眼と国家優先回線の情報防壁の両方を、外からではなく内側から突破されたのです」

「それでは、全国で同時多発したテロもどき行為は、旧研究所がターゲットであることをつかませないためのカモフラージュだったということですね。ですが、施設内の監視カメラは稼働していたのでは？」

棚橋は尋ねた。わかっていることを敢えて尋ねている気配など、おくびにも出さず。

「解体予定の施設だったため、一週間前に監視カメラも稼働を停止していました……。まさに間《かん》隙《げき》を突かれた格好ですね」

腕を組む所長の代わりに、八坂さんが「お手上げ」している。

所長が、拳《こぶし》を机に叩《たた》きつけた。八坂さんがお手上げのまま飛び上がり、事務員たちは動きを凍り付かせた。

「棚橋さん、所長室に来ていただけますか？」

言葉からだけ怒気を抜き去る技術を披露した所長の後を追う。靴のヒールの硬い音を、これ見よがしに響かせて。その靴が、所長室の絨毯《じゅうたん》の上で異物を踏んだ。異国の文字の記されたゲームの駒が、所長の怒りの矛先となったのか、床に散らばっていた。

「まるで、碇沢教授の亡霊が導いたような騒動の行方ですね」

この新研究所には存在しない教授の残影を求めるように室内を見渡し、所長は視線を棚橋に定める。

「棚橋さん。今まであなたを、過去の感傷に押し流されているだけの無能な存在と捉《とら》えていましたが」

「その通りです。私はミシラヌ・プロジェクトにいつまでも拘泥し、先へと進むことのできない、二流……いえ、三流のコネクターです」

棚橋は所長に微笑みかけた。一切の感情を抜き去った、無方向性の笑顔だ。所長の感情を漂白した微笑みと、今は対等にぶつけ合うことができる。

「なるほど、棚橋さんは大きく成長していたようです。それを誰にも悟らせることなく、劣った自分を演じ続けてきたというわけですか。いや、自分自身をそう誘導していたということですね」

所長は、自分を納得させるように何度も頷いた。普段なら決して表に出さない動揺を、完全には抑え込めずにいる。棚橋は屈《かが》んで、靴の下のゲームの駒を手にした。靴跡がついたままのそれを、ゲームの盤面に置く。逆立ちをする姿で。

「これからの、あなたのコネクターとしての仕事ぶりが楽しみになってきました」

棚橋ではなく、逆立ちする駒に向けて、所長は言った。

「ご期待に添えるよう、邁進《まいしん》する所存です」

うわべだけの言葉を応酬させる。棚橋にとって、この研究所での「これから」などありはしないことは、お互いにわかっている。

「それでは、コネクターとして、国民意識把握のための現地調査に行って参ります」

恭しい仕草で、棚橋は所長に一礼した。顔を上げた棚橋に所長は背を向け、表情を見せようとはしなかった。

トオル・エピソード6　魚群

トオルは再び、Ｈ公園を見下ろす神社に、地区リーダーの松田と共に立っていた。「お土産テロ」と「秘密通路開通&休眠ＩＤ工作」の二つの作戦をそれぞれに成功させて。

「壮観だな」

松田の言葉通り、「カホゴ」発動前に倍する人数が、Ｈ公園には詰めかけていた。制服姿の学生もいれば、スーツを着た社会人もいる。学業も仕事もそれどころではない、国家存亡の危機なのだから。

「こうなると、カホゴは完全に逆の効果を発揮していますね」

民心安定化、という名目で国はカホゴを復活させた。だが、その国家をＵＮＣが牛耳っているという疑惑が生じれば、カホゴが保護しようとしているのは国民の心ではなく「傀儡政権の嘘」であるという主張は、数式として成立する。

普段であれば陰謀論めいた言説は、過剰に迎合する者と、揶揄《やゆ》や非難する者、否定する者によって攪拌《かくはん》され、その過程でファクトチェックが行われ、意図せぬ自浄作用が起きて鎮まってゆくものだ。

だが今はカホゴによって、休眠IDの主張を「陰謀論」と否定することは誰にもできない状態だ。「傀儡政権」という噂は、煮込むことで毒が消える野菜のようなものだ。それが、永遠に煮込まれることのない鍋《なべ》の中に入れられ、人々に供されている。「毒」がまわった人々の狂騒が、目の前に出現していた。

「そして、宛先不明プロジェクトがダメ押しをしてくれた」

宛先不明プロジェクトのメンバーが、カホゴ発動の直前に「旗を！」とメッセージを残して、活動の終了を宣言した。あたかも、国家の圧力で活動終了に追い込まれたように思わせて。何事かと「ノーリーズン」たちが浮き足だった所でのカホゴの発動で、誰も情報交換ができなくなったのだ。

口コミという言葉は、いつしかネット上のSNSの書き込みのことを指すようになっていた。だが今、ネットという手段を奪われた人々は、口コミの原点に戻って、外に出て意思を確かめ合っていた。それぞれに、手製の崩壊旗を掲げて……。口コミから広がって銀行の取り付け騒ぎが起きた大昔の騒動が、ネットが封じられた今、「国が乗っ取られる！」という荒唐無稽《こうとうむけい》な噂によって再現されている。

「ここからは、もう誰も制御できない。どれだけ混乱が持続し、拡大再生産されていくかにかかっている」

それによって、「組織」と政府の非公式協議のテーブルに載る材料も違ってくるのだ。すでに「組織」のメンバーは覆面をつけて群衆の中に入り込んでいる。一般人を装って狼狽《ろうばい》し、不安を煽《あお》り、扇動するために。そのあたりの手際は、今までの「お土産テロ」で、メンバー各自が技を磨いている。

「それじゃあ、成功を祈る」

「せいぜい、引っかき回してやりましょう」

松田と拳を合わせてフィストバンプし、それぞれに群衆の中に踏み込んだ。周囲は覆面姿で旗を持つ人々ばかりで、素顔をさらせないトオルにとっては好都合だった。

「ここで踏ん張らないと、この国はUNCに乗っ取られたままだ。仕事なんかしてる場合じゃないぞ！」

同じく決起した連帯感を利用して、誰彼構わず声をかけて緊迫感を維持し、恐怖を煽り続ける。今、動かなければ、この国は終わりだと信じ込ませるために。

「外国に訴えるのが、一番効果があるはずだ。この先の大使館街に向かうぞ！」

トオルの言葉に乗せられ、人々は旗を高く掲げて行進しだす。「旗を揺らす風」をそれぞれに口ずさみながら。宛先不明プロジェクトのノーリーズンたちは、今明確な「宛先」を持たされ、自らを届けるべく歩きだした。

歩き続ける群衆の中に、トオルは一人の女性の後ろ姿を見つけた。きっちりとしたパンツスーツ姿で、すぐそこの官庁街から抜け出してきたようだった。覆面をつけていても、その歩みだけは昔と変わらない。

「無事にトンネルを抜けられそうだね、尚人」

振り向いた彼女……有希が覆面越しに微笑んだ。

「有希の誘導も、ようやく実を結ぶ時が来たな」

戦争末期、研究所によるミシラヌ言語の「切り捨て」が発覚した。有希はすぐさま行動を開始し、Rと共に秘密裏に、宛先不明プロジェクトを発足させたという。

戦争が終わって、有希は研究所に復帰した。そこで国家機密情報に触れて、トオルが「処分」を逃れて生き残っている可能性を知り、Rを通じてコンタクトを取ってきた。二人の再会は、出逢った時と同じH公園だった。かつて理想を語り合った場所で、二人は現実と向き合い、共に動くことを誓った。

有希にとっては、単なる復讐《ふくしゅう》ではなかった。ミシラヌ言語の未来を閉ざすために動かされていた彼女は、今度こそミシラヌ言語が活《い》かされる場所を作るための「誘導」をすることを望んでいた。そこで複数のネット上の「人格」を見事に演じきり、人々を魅了し続けた。理由なき信奉者「ノーリーズン」たちに、「ミシラヌを救う」という理由を持たせるために。

尚人もまた、隠れ棲む日々から抜け出すには動かざるを得なかった。だが、それだけではない。特別対策班での顕戦工作の日々で、尚人は自分を、「能動的な歯車」だと自負していた。だが実際は、架空の戦争という事実を知らされず、捨て駒として処分される「使い捨ての歯車」でしかなかったのだ。今度こそ自分の意思で動きたかったし、動くことで、他の工作員が処分された事実を明るみに出したかった。

二人は言わば、幻想によって作られたピラミッドの脆弱《ぜいじゃく》さを国民に気付かせないための、見えない補強材だった。だからこそ、幻想の土台を崩すための転がる石になる覚悟を決めた。Rと有希の研究所との戦い、ミシラヌに人生を覆された者の希望、そして「組織」の求めるもの——。それらすべての思いの歯車が噛み合って、この崩壊旗騒動が生まれたのだ。

「さあ、行こう。有希」

かつて彼女がそうしたように、今度は尚人から、手を差し伸べた。

旗を手にした人々が、公園から首相官邸へ、国議審議場へ、そして各国の大使館へと向かってゆく。隊列を組むわけでもなく、それでいて、まるで見えない統率者がいるかのように秩序だった動きで。海の中の小魚の群れを思わせて、「全体の意思」を個々の意思として進み続ける。「旗を揺らす風」の歌声が重なり合い、人々を後押しする追い風となった。

崩壊旗が翻るさまは、まるで白波立つ海原のようだった。何度も訪れた災害で海外諸国に見せつけた、この国の国民の「秩序」が今、幻想が支えたピラミッドを崩すべく突き進んでいる。一つの意思の下に動き、動かされる魚群となって。

エピローグ　1　逆さまの旗

カラフルに塗られた廃タイヤの車止めや、卒業制作のなれの果てらしき朽ちたトーテムポール、外された時計の跡……。見知らぬ誰かの郷愁をなぞるようにして、有希は校舎へと向かった。廃校になった小学校を再利用した宿泊研修施設だった。

窓を開け放った一室から、廃校前の明るさがよみがえったように、子どもたちの賑《にぎ》わいの声が漏れ聞こえてきた。廊下の窓の隙間から、教室の様子をそっとのぞいてみる。

子どもたちの声が重なり、繰り返された。呪文《じゅもん》のようでもあったが、きちんと意味を成した並びでの発声であることは感じ取れた。

「碇沢教授、聞こえていますか……」

思わず声を漏らしていた。もうここにはいない人に向けて。

「ミシラヌの言葉は、どこの言葉にも似ていないの。だから逆に言えば、誰もがゼロから学んでいくってことになるから、みんな同じスタート地点から始められるんだよ」

ソラが教壇に立っていた。研修に訪れた子どもたちに、ミシラヌの言葉を教えているのだ。黒板に貼られた模造紙には、ミシラヌ言語の五十音にあたる表が掲げられていた。ソラは文字を一つずつ声に発し、生徒たちがそれを真似る。ミシラヌ言語は、教授が一から創り上げただけに、その習得法も綿密に構築されていた。ソラはすっかり、ミシラヌ言語を自分のものにしてしまったようだ。

国家や宗教の色がついていない「無垢《むく》なる言語」によって、新たな世界を広げ、平和につなげるという教授の理想。それにどれだけ近づけるかはわからない。だけど少なくとも、汚名を着せられたまま消えて行く運命からは救い出せたのかもしれない。

「ソラ先生、ミシラヌって国のことを教えてください」

一人の子どもが手を挙げて、ソラに質問した。ソラはすぐには答えず、窓の外に目をやった。

「ミシラヌはね、この国みたいに便利で進んだ国じゃあないんだよ。電気も水道もきちんと整備されてなくって、コンビニもゲームセンターもないよ。みんなからしたら、つまらない国かもね」

ソラは微笑みを浮かべて、子どもたちを見渡した。

「でもね、その代わりにミシラヌには、この国ではなくなりかけている、小さな幸せがたくさんあったの。家に鍵《かぎ》を掛ける必要もなくて、お金がなくっても近所で助け合って暮らして行ける、童話の中みたいな生活だね」

ソラの遠い瞳《ひとみ》は、彼女自身も訪れた事のない「存在しない故郷」の風景を思い描いているのだろうか。

「行ってみたいなぁ……」

男の子が言うと、ソラは悲しそうに首を振った。

「もう、私の故郷の国はなくなっちゃったんだ。だから、この国に助けてもらったんだよ」

心の傷を封じ込めるように、ソラは胸にそっと手を置いた。

「でも、先生の心の中には、変わらずに残り続けているよ」

彼女は、存在しない国の言葉だけではなく、その歴史と想いをも引き継いでゆく決心をしたのだろう。

「それじゃあ、最後に歌を歌おうか」

名誉を取り戻したミシラヌの歌には、「見知らぬ国から」と名前がつけられ、渡来人ソラの持ち歌として人気を得ていた。不思議なことに、戦争中にソラがこの国の人間として歌っていたという過去は誰も掘り起こすこともなく。ソラは、ミシラヌからやってきた「渡来人」という特別な扱いで受け入れられている。

崩壊旗騒動を経て、人々はまた都合のいいストーリーの中に収まって安閑としている。細かな他人のマナー違反はあら探しをして過去を暴き立てるのに、美談のストーリーは疑うこともなく、与えられたものをそのままに受け取る。

歌に送り出されるように校舎を離れた。かつて校庭だった場所は、駆け回る児童の姿も絶え、草の海原と化していた。その海の向こうに、小さな家がある。かつては宿直室として使われていただろう小さな宿舎だった。玄関には、一つの旗が掲げられていた。

「あれからもう、二ヶ月が経ったんだな……」

草の海原を踏み分けながら、有希は崩壊旗騒動を振り返った。

混乱は、崩壊旗を手にした群衆は、もはや誰の制御も利かず、国議審議場や中枢府を取り囲んだ。その崩壊旗は、カホゴ復活から実に三日間に及んだ。仕事も学業も放棄して、人々は崩壊旗を振りかざし、路上から動こうとしなかった。自分の国がいつのまにか他国の「傀儡《かいらい》国家」になっていたのだ。会社も学校も行っている場合ではない非常事態だ。インフラも流通も止まり、日常は完全に麻痺《まひ》した。

人々は休眠ＩＤの言葉に従って、各国大使館を取り囲んだ。外国人観光客を見つけては、この国がＵＮＣに乗っ取られているとまくし立て、本国の政府に真実を伝えて欲しいと訴えたのだ。

もちろん他国首脳部も、この国の三年近い国境封鎖が、未知のウイルスが理由ではないことは百も承知だろう。だが、国家が公的に認めていない限り、他国が「内政」に口を挟むことはない。

しかし、貿易や外交、国際金融に携わる者までが職務を放棄し、この国が傀儡国家になったと訴えだすのだ。他国のことだと頰被《ほおかぶ》りしてばかりもいられない。この騒動が単なる内政不満ではなく、別の「理由」があることを他国でも報じざるを得なくなってくる。

国際問題化だけは避けたい政府は、ＵＮＣに政府中枢が乗っ取られてなどいないことを証明するために、カホゴを解除するしかなかった。それと同時に、「組織」と非公式協議を行い、「負傷兵の帰国事業を最優先で実施し、ミシラヌからの戦災難民を受け入れる」という「設定」を承諾した。

カホゴの解除を待ち構えたように、宛先不明プロジェクトのトップページだけがよみがえり、一枚の静止画を掲げた。それは、青空に崩壊旗が翻る画像だった。だが、その旗は１８０度回転した状態で掲げられていた。

――崩壊旗は、ミシラヌを守って空に羽ばたく飛翔旗に生まれ変わりました
宛先不明プロジェクトのメンバーは、あなたの隣の「誰か」に戻り、この国とミシラヌの未来を見守っていきます

崩壊旗の「壊れた日の丸」がひっくり返って、空に向けて飛ぶ羽へと生まれ変わった。それはミシラヌを引き連れて高く飛ぶ「飛翔旗」だ。人々は、崩壊旗を飛翔旗に掲げ直して、それぞれ

の家へ、そして日常へと帰っていったのだ。

飛翔旗を見上げて、有希は古びた扉を開けた。校庭の砂をはらんで、扉は軋《きし》んだ音を立てた。それは有希に、今はもう存在しない場所を思い出させる。

「ユイさん。久しぶりだね」

あの頃と同じ声で迎えられた。同じであることに、懐かしさではなく罪悪感を覚えることが、心をゆっくりと締め付ける。

「私は、本当はユイではなく……」

「私にとっては、ユイさんのままだよ」

言葉を封じるのではなく、穏やかに包み込み、望月さんは首を振った。パンツスーツ姿の有希を、彼は物珍しそうに眺めていた。

「お元気でしたか？」

ユイとして望月さんの前に立ち、向き合う。軽々しい言葉で謝罪を口にすることはできない。どんな言い訳も無用だろう。ただ、思いすべてを受け止めるべく、有希は望月さんを見つめた。

一瞬、望月さんの表情を、激情の波が襲った。有希は眼をそらさなかった。自分の過去から目を背けないために。

「ちょうど良かった。手伝ってもらえるかい？」

「は……はい」

ソラの授業で使うための、ミシラヌ言語の「五十音表」や、ミシラヌの童謡の楽譜が、大きな模造紙にマジックで描かれている。ソラの授業の学習教材は、望月さんがここで作っていたのだろう。壁には作り付けの収納棚があり、その整理を有希は手伝った。

「私はもう、いなくなるからね。ソラさんにもわかるように整理しておこうと思ってね」

「いなくなるって？」

「この国を離れることにしたんだよ。もともと、私は海外での生活も長かったし、そのほうがのびのびと暮らすこともできるだろうしね」

望月さんの「戦犯」の汚名は、ミシラヌからの「難民」をこの国が正式に認めたことで霧消した。それはミシラヌの存在が認められたということでもあったからだ。だが、手のひら返しをしたように馴《な》れ馴《な》れしく接してくる人々に嫌気が差したのかもしれない。

そんな人の心変わりや変わり身の早さを、有希が非難することはできなかった。心の行方のてどなさを利用して、有希は人を誘導し続けてきたのだから。

「それに、古い仕事仲間から、妻らしき人を見かけたという情報が入ったんだ」

その情報源を辿《たど》っていけば礼子さんに、そして有希に辿り着く。奥さんが二度とこの国に足を踏み入れないことが、望月さんを誘導する上での条件だった。当然、奥さんの居場所は、研究所として把握している。

「そうですか。奥さんに逢《あ》えると……」

「いいですね」と続けようとして、言葉を押し止《とど》める。調べれば教えられる立場にいながら、敢《あ》えて伝えてこなかった有希が言っていいセリフではなかった。

「逢えたにしても、きっと彼女は、私を受け入れてはくれないだろうがね」

有希がユイとして誘導し続けていた、奥さんとの美しい思い出だけに彩られた過去とはもう、望月さんは決別している。

「それでも、そこから始めないといけないんだよ。私はね」

望月さんの人生のけじめ。それは、自分自身の過去、そして奥さんと暮らした日々と、きちんと向き合うことだった。その言葉は鏡のように、有希にも同じけじめを迫っていた。けじめなど、つくはずもなかった。けじめがつくと思う方が不遜《ふそん》だった。

「お互い、遠回りをしたようだね」

「遠回り……？」

「ミシラヌと関わった日々は、確かに遠回りだった。だが、その日々がなければ、私は妻と真摯《しんし》に向き合う気持ちにはなれなかっただろう。遠回りだが、必要なことだったんだよ。私にとってはね」

望月さんを騙《だま》し続けたユイの「誘導」が、彼の人生を新たな場所へと導くことができたのであれば、それはわずかな救いだった。

「私はまだ、遠回りの途中かもしれません」

人の人生のレールをすげ替え、違う場所へと導き続けてきた。ふと振り返ると、自分の生きてきたレールは寸断され、「人生」と呼ぶべきものは何も残ってはいなかった。

「遠回りすることでしか、見えない景色もあるのではないかな？」

ミシラヌによって遠回りをさせられた望月さんだからこその言葉だった。

「私は、どこから始めるべきなんだろう」

寸断されたレールをかき集めて、道なき場所に自分の進むべき道を作って歩くことだ。有希はパンツスーツの足元の、ヒールのあるパンプスを見下ろした。

エピローグ　2　見えない傷

街には、旗が翻っていた。

かつての崩壊旗を180度ひっくり返した飛翔旗は、希望に向けて羽ばたいてゆく明るい旗であるように見えるが、いつか国家を見離してどこかへ飛び去ることを示唆する、掲げた者の意思表示でもあった。

崩壊旗騒動を経て、「組織」の上層部は、政府と非公式に接触し、騒動終結の落としどころを作ったようだ。それについては完全に蚊帳《かや》の外で、すべきことは何もなかった。

「すっかり傷は癒《い》えたみたいだな、黒崎和磨」

背後から呼ばれて、思わず立ち止まった。

「やめてくださいよ、松田さん。いや、今は嶋田《しまだ》さん……でしたっけ？」

南方系の顔立ちには、どちらの名前も似つかわしくなかった。

地区リーダーの松田をはじめ、国民未認定者たちは、一度「ミシラヌ名」になり、それから「戦災消滅国（ミシラヌ）難民」としてこの国に受け入れられ、まったく別の名前になった。「組織」側は、ミシラヌ名をミドルネームとして残すべく交渉していたが、それについては国側は頑《かたく》なだった。「ミシラヌ難民」という痕跡《こんせき》――つまりは、今回の騒動を機に統一受け入れされた国民未認定者だったという痕跡は、戸籍にも役所の資料にも、何も残らない形となった。

「嶋田幸太《こうた》だよ、トオル君。いや、今は元の奥崎尚人に戻ったんだったな」

「戻ったわけではないですよ。新たに、奥崎尚人になったんです」

単純に、「戻った」と言えない事実が、尚人の見える世界に、鮮やかさを取り戻させなかった。黒崎和磨をはじめとした残留負傷兵は、「帰国」してすぐに、マスコミの寵児《ちょうじ》となるはずだった。取材攻勢に合い、講演依頼に執筆依頼と、さまざまな媒体が接触してくるのは、火を見るよりも明らかだった。

だが、それに先手を打つように、負傷兵たちは戦争によって強度のＰＴＳＤを発症しているという政府声明が出された。それは「帰国負傷兵」という存在を目立たせたくない国家の思惑に沿ったものだったのだろうが、人々は見事にストーリーに乗ってくれた。黒崎和磨はアンタッチャブルな存在となり、少しでも詮索《せんさく》しようとしたメディアや個人は、ことごとく炎上し、断罪された。

黒崎和磨のままでは生活が困難であることから、改名が許可された。許可されたというよりも、「諸般の事情に鑑《かんが》み、改名によっての生活安定化を強く勧めるものである」という要請によって、改名させられたのだ。黒崎の提出した改名案はあっけなく許可された。奥崎尚人……。元の名前だった。

戦時中の秘密工作に従事する奥崎直人から、逃亡者のトオル、戦争負傷者の黒崎和磨を経て、巡り巡って「奥崎尚人」に戻った尚人。黒崎和磨としては包帯を巻いた姿でしか登場していないので、本名を取り戻してしまえばもう、完全なる別人として過ごせるようになった。名誉の帰還を果たした黒崎和磨は、今もこの国のどこかでひっそりと暮らしていることになっている。「奥崎尚人」と改名した尚人とは無関係に……。

「組織」の国民未認定者たちは、ミシラヌからの難民という形で、この国で地に足をつけて暮らして行けるようになりつつある。奥崎がすべきことは、何もなかった。

「……それで、戦死者の調査の続報は？」

再び歩きだしながら、尚人は松田改め嶋田に尋ねた。返ってきたのは、肩をすくめる大げさなジェスチャーだ。

「まったくわからない」

「進展がないってことですか？」

「いや、まったくわからないということがわかったってことさ」

嶋田はすくめた肩を、溜《た》め息と共に落として見せる。

「国家保安局、国土保全省、内務自治省がそれぞれ管轄していた、顕戦工作を担当する三つの秘密組織に属していたと思われるメンバーは、君以外の３５７名はすべて、死亡扱いになっている」

「戦死ではなく？」

「この国では、年間百五十万人以上の人が亡くなっている。病気で死んだ者もいれば、自殺や事故、殺人で亡くなった者もいる。そんなさまざまな死亡理由の中に、埋もれてしまったんだ」

特別対策班のメンバーや、偶然知り合った黒瀬の顔が浮かぶ。一人一人に訪れた「死」は重い。だが、百五十万人の死者の中に紛れれば、３５７人は、些細《ささい》な「数字」でしかなくなる。

「工作活動を行っていた者を処分するという決定は、戦争事業開始前からなされていたはずだ。それは、どこの部署が決定したというよりも、事業の流れの中で、いつのまにか決まっていたって側面が強いだろうな。その決定に従って、各部署の戦争終結時の役割分担が決まり、それぞれの部署が、定められた役割を果たした……」

学生の頃、夏休みのバイトで一週間だけ、工場のライン工として働いた事がある。パネルのはめ付けとナット締めの二つだけの工程の指導を受けて、すぐに現場に就いた。それが何の部品なのかも、完成した姿がどんなものかもわからなかったが、最後にはベテラン工員に「ここでずっと働かねぇか？」と褒められたものだ。

それぞれの部署が、自分の権限でやるべきことを完璧《かんぺき》にこなし、次の部署へと受け流した。その分業の帰結として一つの製品が完成するように、彼らの「死」が完成したというのだろうか。全体を見渡す者もいなければ、自分の管轄部分以外の責任を負う者もいない。もちろん、彼らの「死」を悼む者も……。それは、苦渋の決断として「処分」の決定が下されるよりも、いっそ残酷だろう。

「申し訳ないが、戦死者についてこれ以上の追及をすることは、『組織』の上層部も望んでいない」

嶋田の表情は、私情を差し挟まないものだった。

「国民未認定者は、崩壊旗騒動によって一時的に均衡が破れた危ういバランスの上で、国民としての権利を獲得した。戦死者の調査という新たなおもりを持たされてしまうと、再びバランスが崩れて、せっかく獲得した権利まで失うことにつながりかねない」

「組織」が黒瀬とつながりを持ち、尚人を救ったのも、国民未認定者の権利獲得という目的達成のために必要だったからで、戦死者の行方の追及は、彼らの主目的ではない。

「こんな言い方は残酷かもしれないが、３５７人が消えてしまったことよりも、君だけが消えずに済んだということを見つめていった方がいいんじゃないか？」

実際の戦争であれば、もっと大勢の犠牲者が出ていたのだから、「たった３５７人」の犠牲には目をつぶれと言われているようなものだ。

「傷が、口を開けたままなんですよ。俺の心の中だけでね」

彼らの死は、架空の戦争に現実味を持たせるための「見せ傷」のような存在として想定されていたのだろう。だが実際は、戦後処理の過程での手違いなのか方針転換なのか、見せ傷として利用されることすらなく、彼らの死は消された。傷が消えたのではない。傷があったという事実そのものが無かったことにされた。

それは、消された傷よりもずっとずっと深い場所に、国家の癒《い》やし得ない病巣があるということだった。傷は無かったことにされ、病巣に溜まった膿《うみ》は、吐き出される場所もないまま蓄積され続ける。

嶋田と別れ、奥崎は再び、街を歩き始めた。崩壊旗は三つ目の意味を持たされ、今も街に翻っている。デザインした望月さんは、今頃は飛行機で雲の上だろう。

そして、そんな街を大手を振って歩けることに、今はまだ慣れていない。奥崎尚人であって、本来の奥崎尚人ではない自分の足音は、以前と同じなのに、どこか違って聞こえた。

エピローグ　3　遠回りの旅

角材にロープを張っただけの簡易的な壁で囲まれた空間は、すべてがあからさまで、まばらな雑草は、まだその「荒れ地」ができて間もないことを示していた。

「何もかも、なくなってしまいましたね」

初老の男性が横に立っていた。嘆くでも、悲しむでもない。何らかの感情が込められてはいるが、その「色」は判然としない。

「所長……。なぜ、私がここだと？」

「あなたが最後にお別れをするのは、この場所だろうと思いましてね」

上級官庁で退職辞令を受け取った帰路だった。新研究所のわずかな私物はすべて引き払っていたので、今日はもう、顔を出す気はなかったのだ。

「建物は消えても、なくならないものも、あるんじゃないでしょうか？」

「例えば、何でしょう？」

「例えば……。この場所から地下の抜け穴を使って施設に不法侵入され、国家優先回線を乗っ取られた挙句、休眠ＩＤを使って不都合な情報を拡散された事実」

所長は、有希の突きつけた不都合な過去を、そよ風のように受け流した。

「休眠ＩＤによる情報拡散は、海外からのランサムウェアによる被害ということで決着し、研究所の責任は回避できました」

穴を塞《ふさ》ぎ、建物も消えてしまえば、そこで起きた不祥事も、無かったことになってしまうかのようだ。

「ミシラヌ言語の拡散や、旧軍の抜け穴情報の流出も、すべて碇沢教授の単独犯ということで、被疑者死亡で責任論は棚上げされましたよ」

「死人に口無し、ですか？」

所長は目の前のロープに手を伸ばし、意味もなく揺らした。

「死して徒花《あだばな》を咲かせた、とも言えるかもしれません」

「徒花……。実を結ばない花ですね。ミシラヌ言語はよみがえり、少しずつ人々の間に広まっています。徒花は、しっかりと花開き、実を結ぼうとしています」

眼の前の荒れ地には、名も知らぬ雑草が密《ひそ》やかな花を咲かせていた。新たな開発までの束の間の花園だった。

「ミシラヌからの難民受け入れという形で、ミシラヌ言語はなし崩しに復活することとなりましたね。もっともここから先は、研究所は何ら関与しませんし、しようとも思いませんが」

その言葉には、棚橋のさまざまな疑惑にも目をつぶるという意味も含まれているようだ。

「ミシラヌからの難民受け入れ、始まったそうですね」

それは、報道はまったくされず、噂として立ち上ることもなかった。国際的には今もこの国は、三年間の戦時体制を認めておらず、未知のウイルスによる国境封鎖だったと主張しているからだ。難民受け入れは、「国策として」秘密裏に進められている。

本当は、「戦争などしていない」という国際的な主張の方が真実なのだから、事は複雑だ。「存在しない国家」との「存在しない戦争」による「存在しない戦争難民」の受け入れなど、公表できるはずもなかった。実際には、国民未認定者たちに、超法規的に「ミシラヌからの難民」という名目で、国民としての権利を付与しているのだ。

「まあ、そのあたりは一研究提言機関に過ぎない研究所が関与できる話ではありませんが……。むしろ、国務執行当局にとっては、都合がいい話でもあったようですね」

「都合がいい……とは？」

「落としどころがなく、棚上げされてきた問題を、別の形で一気に解決できるのであれば、それは国家にとっても長い目で見れば好都合ということですよ」

実際のところ、この国の戸籍を持たない国民未認定者たちの実態はさまざまで、個別の事情に合わせた法整備などできず、放置されてきた——放置せざるを得ないほどに、複雑で根の深い問題だったのだ。それを、「消滅した国家の難民」という統一規格によって受け入れることができるのであれば、事は単純化できる。しかも、国際的に秘密の戦争という建前を前面に押し出せば、騒ぎ立てられることもなく粛々と、「難民」として国民に準じた権利を付与できるということだ。

人はそれをご都合主義と言うのかもしれない。自身の受けた迫害や疎外までもが単純化されることを嫌う国民未認定者も多いだろう。だが、これまで彼らにとってのこの国で生きる権利とは、さまざまな方向から引っ張られてズタズタになった服のようなものだった。新たに用意された「服」は、みな同じサイズと色柄で、多少身体に合わないとしても、破れて着られない服よりましかもしれない。

「もちろん、ミシラヌという国が存在するという前提であれば、国家としてミシラヌと国交を結ぶなど、障壁は高かったでしょう。ですが、かつて存在し、戦争によって壊滅した国家からの難民であれば、国家認定することなく難民受け入れが可能です。むしろ長官からは感謝されましたよ」

「存在しない国」と、「かつて存在し、無くなった国」とでは、同じようで、その扱いはまったく異なる。ご都合主義と建前が筋交いとなって、空虚な組織の論理を補強する。ＡＩやビッグデータによって未来予測がされる時代になっても、その本質は変わらない。

「棚橋さんは、これから先は、何を？」

所長がそう尋ねるのは、調査の結果、棚橋の今後の足取りが確定も想定もできなかったからに違いない。礼子さんの会社にも誘われたが、正式に断っている。

る国。

存在しない国。だが、政府によってかつて存在したと認められ、戦争によって壊滅したとされ

「しかし、ミシラヌはもう……」

「ありますよ」

碇沢教授が作り上げ、ソラが受け継いだ、ミシラヌの言葉。存在しない国に形を与え、過去と未来を創ったのだ。ミシラヌは存在する。有希の心の中に。存在しないものに形を与えることで、人の幸せという脆《もろ》く崩れやすいものにも、小さくとも確かな形を与える……。そんな「誘導」だったら、自分に許してもいいだろう。

「残念ですね」

声が何かを伝えた気がして、有希は所長に向き直った。

「あなたなら、私を超える上級誘導者に成長し、研究所を新たな場所へと導いてくれると思ったのですがね」

それは、どんな感情抑制技術によっても上書きされていない、所長の素直な感情の発露に思えた。

「以前も言いましたが、私は過去に拘泥して、未来を見据えた誘導など考えも及ばない、三流のコネクターでしかありませんから」

互いの視線は、反発もせず、溶け合いもせず、それぞれ相手の内に少しだけ入り込んでいた。

「そうですね。せめて、いくつもの顔を持つインフルエンサーとなって、目的のために何百万人もの人々をネット上で誘導するほどの気概と能力がなければ、研究所の未来を託すことなどでき

ませんね」

そう言って、所長は有希に微笑みかけた。個性を消し去った所長の、心の隙間を見せるような微笑みだった。

「ありがとうございます」

棚橋もまた、感情をフィルターで濾過《ろか》することなく、感謝の気持ちを込めた。

所長は珍しそうに、有希の足元に目をやった。

「ほう、スニーカーですか?」

退職辞令を受け取るきっちりとしたスーツ姿に、スニーカーはいかにもアンバランスだった。

「今日から遠回りの旅が始まりますから。しっかり歩けるように」

スニーカーで踏みしめる足元にも、名も知れぬ花は、そっと咲いていた。

エピローグ 4 辿り着く場所

浜を訪れた。海から直接そびえ立つ二つの山襞《やまひだ》に挟まれた、弧を描いた入り江だった。丸い石が重なり合う石浜には、規則正しい間隔で波が訪れていた。拍子を外すような石浜の不思議な波音が、尚人の感覚を揺らす。

まっすぐに歩いてくる姿。その歩く姿は、尚人の心をいつも揺り動かした。その歩みに惹《ひ》かれ続け、決して追いつけないと気後れも感じた学生時代を思い出す。だからこそ、若かった尚人は彼女のそばから離れたのだ。

あれから六年の時が経ち、「架空の戦争」にそれぞれが違う形で翻弄《ほんろう》され、今はこうして向き合って立っている。

「この浜も、護岸整備で数年後にはなくなってしまうんだって」

昨日の会話の続きのように、彼女は話しかけてくる。

「ここにミシラヌからの漂着物が届いていたって事実を消し去るためかな？」

「単に、津波対策ってことらしいよ」

浜には工事の看板が立ち、ブルドーザーがうずくまっていた。

「そうやって、別の理由で覆い隠すってことか」

「何事も、勘繰ろうとすれば、いくらでも裏の理由は見付けられる。そうでしょう？」

「ミシラヌからの難民受け入れ」という形で、架空の戦争という欺瞞《ぎまん》が明るみに出るのを覆い隠したことと似ているだろう。

海からの風が、二人の髪を旗のようにはためかせた。

「碇沢教授の思いが、こんな形で実現できるだなんて、思ってもみなかった……」

出逢った頃を思い出させる伸びやかなまなざしで、有希は風の向かい来る先へと眼を細める。

「一件落着って気分にはならないけどな」

国家の形作るピラミッドのバランスを、ほんの一瞬、崩しただけだ。バランスを再構築する際のおこぼれのようにして、今の居場所を作った。

「俺は、奇跡的に生き残った帰還兵士って役割を演じ続けなきゃいけないって、肩肘《かたひじ》張ってたのにな」

隠れ棲《す》む立場から一転、国民の英雄へと姿を変え、気付けば元の自分に戻っていた。いや、戻らされていた。

「相談に乗るつもりだったのにね。違う人格を生きる人生だったら、私の方がずっと先輩だし」

彼女はユイやユカ、ユミカとして、どこでもない場所の文字や言葉を追い求める人々の心に寄り添ってきた。そして、研究所の「裏切り」が発覚すると、今度はインフルエンサーとなって複数の人格を操り、何百万人もの人々の心を魅了した。

それができたのは、有希の中に、揺るぎない自分があったからだろうか？　いや、逆かもしれない。人の心は常に揺らぎの中で変化していくことをわかっているからこそ、その揺らぎの振幅の中の「誰か」を、束の間、自分のものにすることができたのだろう。

そして今、彼女はただの棚橋有希として歩きだそうとしている。

「思い出さない？　大学生の頃の、セミナーのこと」

「ああ、俺も思い出してたところだよ」

二人が出逢ったセミナーで、有希は尚人に問題提起した。「人の行動すべてを予測し、その予測範囲外に高い塀を築いたとしたら、彼らは自分の行動に束縛を感じるだろうか？」と。戦争事業はまさに、国民を「見えない塀」で囲むためのものだった。架空の戦争が直接に、人々の周囲に塀を築いたわけではない。だがその心に、見えない重たい鎧《よろい》を着せた。人々は自由が狭まったことなど気付きもせずに、「変わらぬ日常」を安穏と生きている。それは、自ら塀を作ると同義だった。

崩壊旗騒動は、着せられた見えない鎧を、ほんの一時だけ「見える化」しただけだ。騒動が収まれば人々はまた、与えられた自由の中に安住し、見えない塀の存在など考えようともしない。

「これが、有希が望んだ、国民の幸せの姿だったのか？」

改めて彼女に問う。小さな幸せに安住する国民の姿は、まさに昔、有希が理想としたものだったはずだ。

「私の理想は、幸福のパイが小さくなっていく現実の中で、限られた大きさの幸せを少しずつ分け合って、小さな幸せを作ること……。一度は自分を納得させて戦争事業に加担したけれど、こんな風に、無理やりダイエットさせて空腹を空腹と感じさせないような幸せじゃあ、胸を張ることはできないね」

国家の幸福と、個人の幸福が、イコールであるはずがない。だが、二つの円は必ずどこかで重なり合い、重なり合う部分を少しでも大きくしようとすることが、国家の責務だろう。戦争事業は、ただただ国民の円だけを小さくして、だまし絵の中で前と同じ大きさだと錯覚させるような欺瞞に満ちていた。

「尚人はどうなの？　戦争事業で、目指していた場所に、辿り着くことができた？」

尚人はセミナーの場で、行動力を持ちつつも方向性を間違った層の意識改革を主張した。没落旗族のような層に明確な目的を持たせて、国家の推進力として利用すべきだと。

「俺自身が没落旗族みたいなものだったよ。自分の意思で動いて、国家を前に進めることができる存在だと自負していたのに」

漁船が、乾いたエンジン音を山襞に反響させながら横切ってゆく。

「その結果がこのザマだ。何も知らされていない国民以上に振り回されて、使い捨てにされてしまったんだからな」

国家の幸福と個人の幸福は、同じ方向に向かわなければならない。国家は国民の伴走者であり、先導者であるはずだ。だが、時に国家は二つの幸福の狭間《はざま》に見えない壁や亀裂《きれつ》をつくり、国民を容赦なく突き放す。

「それが現実だね。見えない国との、起こってもいない戦争の責任は、誰も負わないし、追及することもできない」

戦争事業という巨大で空虚な器の中で、器が空虚であることを悟らせないために、システマチックに、無感動に、流れ作業のように処分された、357人の秘密工作員たち……。彼らは、架空と現実の狭間の、折り合いの付かない場所に消えてしまった。

「この国は、これからどこに進んでいくんだろうね」

人口の縮小と経済の停滞で「落ち日の国」と称されていたこの国は、発展と衰退の狭間で漂流しているかのように思える。それが本当の漂流なのか、どこかに流れ着くように仕向けられているのかは、尚人にはわからない。

有希が石浜にしゃがんで、平らな石を吟味するように手に取り、三つを積み上げた。その上に、尚人は二枚の石を重ねた。有希が一枚、尚人が一枚……。石は奇妙なバランスで、重なり続けていく。

いびつな石のタワーは、手を触れたら倒れそうで、二人とも手出しができなくなった。有希が傾いたタワーに手を添える。それは支えるようでもあり、崩れる時を待つようでもあった。

「これが、今のこの国の姿だね」

国家のありようとは、こんな風なのかもしれない。永続する安定の上に成り立っているかに見せて、その実は、頼りないバランスを、幻想の見えない柱で支えて、盤石なふりをしているだけだ。そして国民は、国家の安定がそんな微妙なバランスの上にあることとすら知ろうとせず、「平和」が明日も明後日《あさって》も続くと信じ込んでいる。気まぐれな風が、「平和」をあっけなく倒してしまうその時まで……。

何かが、波打ち際に漂っていた。

「あれって……もしかして」

有希はスニーカーを脱ぎ捨てて波打ち際に走り、波に抗《あらが》った。漂流物は、有希の指先が触れるわずか手前で沖へと逃れた。その先は急に深くなっているようで、有希は進めずにいる。手の届かない場所で波間に揺れる漂流物。

そこには確かに、ミシラヌの文字が刻まれていた――。

「もう、存在しないはずなのに。なぜ……？」

有希のかすれた声は、求めるものに手が届かなかった幼子のように心細く聞こえた。

存在しない国家。

存在しない戦争。

存在しない言葉。

存在しないものの幻によって、二人は波にもまれるようにして漂い続けてきた。見知らぬ国の幻想が運んでくる未来は、手を伸ばしたほんの少しだけ先にあって、二人を思いもよらぬ場所へと導くのだろう。それでも、見知らぬ未来に向けて歩き続けるしかなかった。

漂流物は、引き波に乗って、少しずつ浜から遠ざかってゆく。寄せては返す波の向こうには、水平線しか見えなかった。

本書は書き下ろしです。
この物語はフィクションであり、実在の人物・団体とは一切関係がありません。

三崎亜記（みさき　あき）
1970年、福岡県生まれ。熊本大学文学部卒。2004年、「となり町戦争」で第17回小説すばる新人賞を受賞しデビュー、同作で第18回三島由紀夫賞、第133回直木賞にもノミネートされる。その他の著書に『バスジャック』『失われた町』『鼓笛隊の襲来』『廃墟建築士』『刻まれない明日』『ニセモノの妻』『メビウス・ファクトリー』『博多さっぱそうらん記』『名もなき本棚』「コロヨシ!!」シリーズなどがある。

みしらぬ国戦争《くにせんそう》

2025年３月17日　初版発行

著者／三崎亜記《みさきあき》

発行者／山下直久

発行／株式会社KADOKAWA
〒102-8177　東京都千代田区富士見2-13-3
電話　0570-002-301（ナビダイヤル）

印刷所／旭印刷株式会社

製本所／本間製本株式会社

ISBN 978-4-04-114944-7　C0093